화전

화전

심봉순 장편소설

도서출판 북인

Contents

벚꽃	8
번개탄	30
굴	52
채꾼아리랑	66
까마귀	86
화양연화	107
탱자나무 울타리	130
화전민	146
책	155
옥화	174
직박구리	189
달	196
파란 배	238
작가의 말 | 산길 다니며 잣송이나 알밤 줍듯한 이야기	245

화전

벚꽃

1

버스 안은 햇빛이 닿지 않는 굴속처럼 캄캄했다. 어디선가 태평하게 코고는 소리와 통로 쪽 승객의 파르스름한 휴대폰 불빛이 없다면 쉰은 넘어 보이는 기사와 20대 남자 둘만 있는 듯했다. 어쩌면 잠이나 자라는 기사의 암묵적인 의도로 보였다. 버스가 출발하면서 조명을 모두 꺼버려 다른 승객들은 익숙한 일인지는 모르겠지만 젊은 남자는 어리둥절했다. 창밖으로 펼쳐진 현란한 불빛들이 보이지 않았다면 조금 울었을 테다. 그 불빛은 시간이 지날수록 차츰차츰 사라지다가 마침내 이따금 지나가는 자동차 불빛과 가로등만 다문다문 보였다. 다리로 전해오는 스팀 바람이 따듯해 남자도 잠깐 잠이 들었다. 고개가 앞으로 푹 꺾이는 바람에 잠이 깬 남자는 사방이 어두워 여기가 어딘지 모르겠다는 듯 두리번거렸다. 창밖은 검은 바다처럼 캄캄했다. 창문에 부옇게 차오른 습기를 옆에 드리워진 뻣뻣한 커튼 자락을 끌어당겨 닦은 후에 다시 봐도 온통 캄캄했다.

검은 길은 가도 가도 끝이 없었다. 남자는 이정표 하나쯤 있을 거라는 기대로 눈을 부릅떴다. 창문은 곧바로 습기가 차올랐고 그럴 때마다 커튼을 당겨 쓱쓱 문질렀다. 산허리를 감아돌면 몸도 저절로 창 쪽으로 쏠렸다가 곧 통로 쪽으로 쏠리길 반복했다. 시간도 몇 시간

따라 흘러 드디어 멀리 아슴푸레하게 빛이 보였다. 와락 반가운 마음이 들었다. 이즈음 뭘 반겨보기는 처음이었다. 시계를 내려다보면서 이제 첫 정류장에 도착한 모양이라고 짐작했다. 그의 목적지는 시간상으로 아직 30분은 더 가야 했다. 정류장은 이 버스 때문에 가까스로 등 하나 밝히고 있었다는 듯 어둑어둑했다.

버스가 승차장에 주춤주춤 들어서자 그때서야 버스 안에 불이 켜졌다. 통로 쪽에서 내내 핸드폰을 만지작거리던 여자 손님이 발딱 일어나 보스턴백을 챙겨 나간 등 뒤로 여러 명이 우르르 따라 내렸다. 그는 버스를 탈 때 언뜻 보였던 승객들이 모두 내려 불안했다. 그도 엉거주춤 일어나자 대뜸 기사가 자리에 앉으라고 소리를 질렀다. 운전석 바로 위에 달린 거울을 통해 신경질이 덕지덕지 묻은 눈과 마주쳤다. 얼떨결에 앉자마자 기사는 버스를 거칠게 출발시켰다. 꼭 그 때문에 안 가도 되는 길을 가는 것 같아 의기소침해져 창밖을 내다볼 엄두가 나지 않았다.

화전터미널은 30분 전에 들렀던 터미널보다 더 어둑어둑했다. 버스는 그를 짐보따리 하나 덜렁 내려놓듯 부려놓고 부앙 사라지고 말았다. 그는 그 자리에 가만히 서서 버스 꽁무니에 달린 붉은 불빛이 보이지 않을 때까지 물끄러미 바라보고 있었다. 느닷없이 버스가 가는 데까지 함께 타고 가고 싶었다. 퉁명스러운 기사였지만 혼자보다는 훨씬 위로가 될 것만 같았다. 출입문은 어두컴컴한 대합실답게 굳게 잠겨 있었다. 입구에 파르스름하게 불을 밝히고 있는 형광등 하나가 이 모든 것을 대신했다. 잠시 후 형광등도 제 임무가 끝나버렸다는 듯 꺼지자 순식간에 온천지가 캄캄했다. 꼭 그를 쫓아내는 느낌이었다.

그때 바람 한 자락이 뺨에 스치면서 향긋한 꽃향기가 코끝에 맴돌았다. 얼떨결에 꽃향기를 따라갔다. 거대한 검은 산이 그를 삼킬 듯 입을 커다랗게 벌리고 있었다. 서쪽 산마루에는 날 선 초승달이 곧 넘어갈 듯 위태롭게 걸렸다. 좁은 길을 따라 벚나무 가로수가 길게 펼쳐졌다. 꽃이 활짝 피어 캄캄한 밤중인데도 꽃등을 단 듯 희부연했다. 검은 길을 달려오면서 언뜻언뜻 창으로 다가왔다가 멀어졌던 희부연한 실체들을 눈앞에서 확인하는 느낌이었다.

흐릿하게 물 흐르는 소리가 들려 진원지를 찾기 위해 두리번거렸다. 몇 걸음 못 가 조그마한 시멘트 다리가 보였다. 다리 위에 올라섰다. 물소리는 더 크게 들려왔다. 뜬금없이 앞으로 펼쳐질 일이 기대되었다. 이것 또한 얼마 만에 느껴본 감정인지 몰라 자기도 모르게 몸을 부르르 떨었다. 때맞추어 강바람이 불어와 추워서인 듯도 했다. 그가 방금 떠났던 도시의 기온과 지금 막 도착한 이곳의 기온은 10도 정도 차이가 났다.

그는 밤이 더 깊어지기 전에 어서 목적지에 도착해야겠다고 마음먹었다. 오늘 안으로 도착한다고 연락했을 테니 기다리고 있을 거라는 생각에 마음이 바빠졌다. 다시 시계를 흘낏 바라보았다. 터미널에서 강물 흐르는 쪽으로 걸어 10분 거리이며 직선의 길이 곡선으로 굽기 전에 끝집이라고 했다. 밤 아홉 시면 살던 곳에서는 지금부터 활기가 느껴지는 시간인데 여긴 칠흑같이 캄캄했다. 꼭 세 시간 만에 타임머신을 타고 딴 세상으로 옮겨온 기분이었다.

터미널에서 본 벚나무는 좁은 길을 따라 끝없이 흘러내렸다. 거대한 산은 조금 전보다 더 커다랗게 몸을 부풀리며 바싹 내려왔다. 산마루와 산마루 사이에 걸린 노란 초승달은 보였다가 안 보였다가 했다. 벚나무 옆으로 강물이 흘러내렸고 강물 옆으로는 산맥이 꼭 마을을 둘러싸듯이 강물과 나란히 흘렀다. 산은 검은 짐승처럼 더 커다랗게 몸을 부풀리며 그를 위협했지만 강물이 막았고 벚꽃이 화사하게 불을 밝혀 무섭지 않았다. 대개 악은 밝은 곳에서는 기를 펴지 못하는 법이라고 그의 할머니가 입에 달고 살았더랬다. 길이 군데군데 움푹 패여 몇 번이나 고꾸라질 뻔했다. 그럴 때마다 등에 멘 가방이 머리 쪽으로 쏠렸다.

어둠이 차츰 익숙해지자 꽃등보다 환한 가로등이 눈에 들어왔다. 어림잡아도 서 있는 곳에서 한참이나 가로질러가야 할 거리였다. 그것보다는 강물과 함께 흐르는 이 길이 마음에 들었다. 가로등이 마주 서 있는 길은 넓고 환한 길이겠지만 강물을 끼고 가는 이 길도 결국은 그 길과 만날 것이다. 보건소나 시장이나 우체국이나 어디를 가더라도 10분 안에 다 해결되는 동네였다. 만약에 10분 가다가 길을 잘못 들었다면 다시 10분을 더 쓰면 되겠고 어둠은 10분만큼 더 짙어질 뿐이었다.

조금 전보다 강물 소리가 더 크게 들리며 꽃등의 흐름도 시나브로 멈췄다. 직선의 길이 끝나가고 곡선의 길로 돌아설 참이었다. 꽃등이 사라지자 아슴푸레한 형체마저도 보이지 않을 정도로 캄캄 그 자체가 되었다. 그때 그를 마중하듯이 모롱이에 덩그렇게 불을 밝힌 집

한 채가 눈에 들어왔다. 서쪽 하늘에 초승달마저 진작 자취를 감추어 버려 천지간에는 그 집만 존재하는 듯했다.

처마 밑에 매달아놓은 알전구 불빛으로 마당이 환했다. 그는 망설이는 기색도 없이 마당 안으로 성큼성큼 들어섰다. 꼭 외출에서 돌아온 식구 같은 발걸음이었는데 그것도 잠시 우두커니 서 있었다. 줄곧 컴컴한 곳을 배회하다가 갑자기 밝은 불빛에 눈이 부셨다. 얼핏 보기에는 마당이 집보다 넓어 보였다. 시멘트 블록 담장은 키 작은 사람들도 목을 늘이면 들여다볼 수 있을 정도로 야트막했다. 담장 밑으로 자두나무가 하얗게 꽃을 피웠다. 그 옆에는 붉은 명자나무꽃과 박태기의 분홍꽃이 자두나무 그늘에 반쯤 가려져 제 빛깔을 보여주지 못했다. 때맞추어 불어오는 바람에 살랑살랑 흔들렸다.

"거 누고?"

마루를 중심으로 오른쪽 여닫이문이 벌컥 열리며 한쪽 팔이 불쑥 나왔다. 뽕나무 밑에 검게 서 있던 남자는 깜짝 놀라 여기에 온 이유를 잊어버린 듯 어안이 벙벙한 얼굴이었다. 뽕나무가 커다란 그림자를 드리우며 그를 숨겼다. 문지방 너머로 나머지 팔을 내밀어 바닥에 짚고서야 노인의 얼굴이 보였다. 노인은 야트막한 문지방도 나오기 힘든지 한참 애를 쓰고 있었다. 남자는 이런 모습에 벌써 기가 질렸지만 이내 마음을 가다듬었다. 노인이 엉덩이걸음으로 주춤주춤 나오고 있는 마루 쪽으로 마중하듯 다가서며 고개를 꾸벅 숙였다.

"안녕하세요. 윤윤주라고 합니다. 할매 돌보미로 왔습니다."

"뭐라?"

노인은 한참 동안 어기적어기적 기어와 얼굴을 발딱 젖히고 윤주를 뚫어질 듯이 쳐다봤다. 젊은 사내가 올 줄은 꿈속에서조차 생각하지 못해 깜짝 놀랐다. 돌보미를 새로 보낼 거라는 장수의 전화를 받았을 때만 해도 저번처럼 늙수그레한 여자를 생각했었다. 또 이번에는 몇 달 만에 내뺄까 싶어 별 기대도 하지 않았더랬다. 노인은 초저녁에 잠깐 든 잠이 아직 깨지 않았나 싶어 머리를 세차게 흔들어봤다.

윤주를 뚫어질 듯이 쳐다보는 눈빛에 빛이 번쩍였다. 얼떨결에 새파란 눈빛과 마주친 그는 가슴이 덜컥 내려앉으며 섬뜩한 기운이 등골을 훑는 기분이 들었다. 풀어헤친 백발 머리가 등을 다 덮을 정도로 길었고 참나무껍질처럼 고랑이 깊게 파인 얼굴에 웃음이 슬쩍 흘러 마귀할멈이다, 소리치고 말았다. 다행히 입 밖으로 흘러나오지 않았지만 또다시 등골에 소름이 쫙 끼쳤다. 반면에 노인은 기분이 좋았다. 이제 겨우 스무 살을 갓 넘긴 듯한 새파란 총각은 등 푸른 고등어처럼 팔팔했다. 구불구불한 머리카락이 어깨까지 내려와 찰랑거렸고 얼굴색이 여자처럼 하얗고 잘생겨서 마음에 들었다. 분명 며칠 못 있다가 달아날 게 뻔해 안타깝긴 했지만 노인은 모처럼 흡족해서 자기도 모르게 입을 크게 벌리고 벙싯 웃고 말았다.

입속이 동굴처럼 검었다. 노인의 입이 호물딱거린 이유였다. 윤주를 의식했는지 몸을 일으키며 두 손으로 입을 가리는 시늉을 했다. 뒤늦게 틀니를 빼놓은 게 생각났다. 마귀할멈처럼 생긴 노인이 부끄럼 많은 소녀에게나 어울릴 행동을 해 윤주는 어이가 없으면서 무서웠다. 더군다나 등에 낙타처럼 혹이 하나 올라앉아 있는 데다 목이 쏙 들어가 삼백 년이나 묵은 늙은 거북이처럼 보였다.

윤주는 슬그머니 후회가 찾아왔다. 이 자리에서 휙 돌아서서 들어올 때처럼 마당을 저벅저벅 걸어나가고 싶었다.

"언제까지 그라고 서 있을끼노. 남 자부러워 죽겠는데."

노인은 몸을 조금 세우더니 앉은걸음으로 연체동물처럼 주춤주춤 흐느적흐느적 움직였다. 커다란 연체동물은 알전구의 노르스름한 불빛 아래에서 느리게 움직이며 목이 쏙 들어간 고개를 돌리려다가 아예 몸통까지 돌렸다.

"니 방은 저쪽이다."

턱짓으로 가리킨 방을 그도 얼떨결에 쳐다봤다.

"뭐하노. 얼른 들어가 한숨 자지 않고서리."

노인이 금방 빠져나온 방문과 똑같은 방문이 대청마루를 가운데 두고 맞은편에 자리잡고 있었다. 노인 방문과 같은 노란 불빛이 창호지를 통해 은은하게 비치자 그는 갑자기 피로감이 몰려왔다. 어차피 지금 마당을 나서봤자 마을을 떠날 방법은 없을 테니 잠이나 한숨 푹 자고 내일 아침에 떠나도 나쁘지 않겠다는 생각이 들었다. 타고온 버스가 막차였다. 뭐 캄캄절벽 시골이라도 택시는 있겠지만 윤주의 주머니 사정으로는 어림도 없었다.

꼭 자기 방으로 들어서는 사람처럼 마루 밑으로 운동화를 훌훌 벗어던지고 창호지 문을 벌컥 열어젖혔다. 빈 옷걸이 세 개 걸린 철제 행거와 앉은뱅이 나무 책상 위에 이부자리 한 채가 전부인 방안이 의외로 아늑하게 느껴졌다. 무엇보다도 방바닥이 따끈따끈해 얼른 몸을 내려놓고 싶었다. 강바람을 맞으며 설어온 몸에 따듯한 기운이 전해지자 물에 한 방울 떨어뜨린 물감처럼 노곤하게 풀리는 느낌이었다. 꼭 겨우내 꽁꽁 얼어 있었던 흙이 봄볕에 푸슬푸슬 일어나는 것처럼 살덩이가 슬금슬금 일어났다. 감색 반소매 라운드셔츠 위에 베이지색의 홑점퍼를 걸치고 얇은 청바지 차림이 화전의 4월 밤 기온에는 역부족이었다.

'케개객 켁켁 캐개객 캑켁.'

요란한 새소리에 잠이 깼다. 윤주는 처음 들어보는 괴상망측한 새울음에 영 정신을 차릴 수가 없어 벽을 더듬어 스위치를 찾았다. 형광등 빛이 방안을 골고루 비춰주었다. 어젯밤 미처 보지 못했던 조그만 창문이 머리맡에 있었고 연두색 깨끼 재질의 커튼이 창문을 반쯤 가렸다. 그는 만약에 이 집에 계속 머물게 된다면 저 연두색 커튼부터 뜯어내리라 작심했다. 커튼이 쳐진 창문이나 쳐지지 않은 창문이나 컴컴했다. 새벽 공기가 방안 가득 싸하게 맴돌았다. 마을의 온갖 새가 다 몰려들었는지 울음이 가지각색이었다. 불빛에 놀란 새가 날아갈까봐 다시 불을 끄고 따듯한 방바닥에 누워 새소리를 가만히 듣고 있었다. 숨소리도 죽였다.

울음소리로 새의 크기를 짐작했다. 짹짹거리며 우는 새는 분명 몸통도 작을 듯했다. 가벼운 몸에 어울리게 자주 포로롱 날갯짓을 하며 이 가지 저 가지에 날아올랐다 앉았다 하는 모습이 보이는 듯했다. 작은 새는 큰 새에 비해 숫자도 많은 듯 더 요란스러웠고 더 자주 울었다면 몸통이 큰 새는 이따금 마침표를 찍듯이 울었다. 푸르스름한 빛으로 창문이 차츰차츰 물들어가면서 마침내 환해지는 모습을 방바닥에 누워 물끄러미 지켜보고 있었다. 도시에서 날마다 새벽 오는 모습을 지켜보았지만 지금처럼 마음이 편안한 적이 단 한번도 없었다.

벌떡 일어나 연두색 커튼을 활짝 제치고 창문을 열어보았다. 눈앞에 벚나무 한 그루가 우뚝 서 있었다. 지붕을 훌쩍 넘길 태세로 키가 컸고 그가 양팔을 활짝 벌려야 다다랄 듯 아름드리 나무에는 벚꽃이 활짝 피었다. 연분홍 꽃가지에 앉아 있던 갈색 참새는 변덕쟁이처럼 연신 포로롱 앉았다가 포로롱 날아올라 옆 가지로 옮겨갔다. 참새보다 덩치가 훨씬 큰 물까치도 께게격게게 요란스럽게 울어대며 부챗살 같은 푸른 꼬리를 펼치며 날아올랐다 앉았다 했다. 어젯밤에 저벅저벅 걸어들어왔던 마당이 보이지 않아 뒷마당쯤이라 짐작되었다. 방이 점점 마음에 들었다. 더군다나 벚나무는 온통 윤주 혼자만의 나무라는 생각에 기분이 좋아졌다.

"일어났으면 밥을 해야지 배고파 죽겠는데."

윤주는 벚꽃과 벚꽃 가지 사이사이를 날아올랐다 내렸다 하는 참새들을 바라보느라 문소리를 듣지 못했다. 황갈색 작은 참새는 그가 지켜보고 있는데도 달아나기는커녕 고개를 갸웃거리며 윤주를 마주쳐다보고 있어 거의 넋이 나가 있었다. 노인이 버럭 소리를 지르는 바람에 참새도 물까치도 놀라 푸드덕 날아갔다. 윤주는 그동안 노인을 잊은 게 분명해 보였다. 더 커다래진 눈으로 당신은 누구요, 하고 묻는 듯했다. 오른손이 이미 방안으로 들어와 바닥에 턱 짚고는 몸무

게가 그쪽으로 실려 기우뚱 앉은 노인은 그 눈빛의 의미를 알아챘는지 혀를 찼다.

"쯧쯧 밥은 할 줄 알까."

'뭐 이런 아를 보냈을꼬.'

이 말은 얼른 삼켜버렸다. 다시 봐도 마음에 들었다. 젊은 사람이 집안에 있자 집이 환해지는 것도 모자라 모처럼 개운하게 잘 잤다. 고픈 적이 없었던 배도 밥 생각이 들자 자기도 모르게 버럭 소리를 질렀다. 평소 습관이었지만 속으로 벌써 후회했다. 혹 기분이 나빠 뒤도 돌아보지 않고 가버리면 어쩌나 싶어서였다. 밥을 제대로 못 얻어먹어도 좋으니까 그냥 여기서 몇 달만이라도 함께 살고 싶었다. 윤주가 젊어서 마음에 들고 잘생겨서 마음에 들기도 했지만 그게 다는 아니었다. 하여간에 마음에 들어 그의 눈치를 슬슬 살폈다. 그제야 그도 파악되었는지 머리를 긁적거렸다. 노인에게 밥 한 그릇 해주는 거야 문제가 없었다. 자신도 어제저녁 동서울 버스터미널에서 햄버거 세트 한 개 먹은 게 다였고 낱알은 몇 날 동안 구경도 못했다.

"할매 쌀이 어디 있능교?"

"뭐라?"

노인은 윤주의 말투에 속으로 깜짝 놀랐다. 그동안 애써 잊고 있었던 고향 말이었다. 말도 자꾸 써야 느는 데 몇 십 년을 홀로 쓰다보니 여기 화전 말과 섞여 이제 거의 형체마저 사라져 여기 말도 고향 말도 아닌 말을 쓰며 살았다. 윤주도 마찬가지였다. 평소에는 전혀 쓰지 않다가 기분이 아주 좋거나 당황스럽거나 뭔가를 요구할 일이 있으면 저절로 이런 투의 말이 흘러나왔다. 그의 할머니가 기분이 좋을 때 가끔 쓰는 말을 어느 순간 배웠다.

얼른 정신을 차린 노인은 방바닥을 짚고 있던 손을 끌고 나와 마루 구석을 가리켰다. 윤주도 방문 밖으로 고개를 내밀고 노인이 가리키고 있는 손끝을 따라가봤다. 마루 끝이었다.

푸르스름한 새벽빛에 둘러싸인 주방이 아슴아슴 보였다. 그곳으로 다가가 벽에 붙은 스위치를 찾아 눌렀다. 갓을 쓴 등에 노란 불이 들어왔다. 주방이 의외로 정갈했다. 어제까지 누군가가 살림을 해준 것 같았지만 굳이 물어보지는 않았다. 자신도 언제 떠날지도 모르는데 오지랖을 떨기도 싫었다. 쌀통처럼 보이는 항아리 뚜껑을 열자 쌀이 가득 담겨 있었다. 그걸 두 컵 꺼내 씻어 전기밥솥에 안쳤다. 전기밥솥 바로 옆에 우뚝 서 있는 냉장고 문을 열어봤다. 석 달 열흘은 장을 보지 않아도 될 정도로 각종 음식 재료들이 냉장실과 냉동실에 그득했다. 그 중에 생닭을 꺼내고 야채실에 있는 무 반 토막과 양파 한 개와 대파 한 대궁과 청양고추 세 개를 꺼냈다. 노인의 식성을 몰라 청양고추 한 개는 도로 야채실에 넣어두고 냉장고 문을 닫았다.

싱크대 수납장에 크기별로 다 갖추어진 냄비 중에 붉은 법랑 냄비를 꺼내 물에 한번 헹구어 가스 불에 올리고 닭곰탕을 끓였다. 닭곰탕이 뽀얀 국물을 우려내자 기다렸다는 듯이 전기밥솥의 추가 칙칙 소리를 내며 돌아갔다. 달걀 다섯 개를 뚝배기에 풀고 새우젓 한 숟가락과 대파 송송 썰어넣고 달걀찜도 휘리릭 만들었다. 그가 제일 잘하는 음식이었다. 노인이 엉덩이걸음으로 는적는적 다가와 밥하는 모습을 보는 듯 안 보는 듯 내내 지켜보고 있다가 한마디 했다.

"냉장고에 갈치가 있을낀데 두 토막 꺼내 노랗게 꾸버 먹자."

"네."

이번에는 대답도 냉큼 잘하며 냉장고를 얼른 열었다. 조금 전에 냉장고를 열람하면서 토막 쳐진 갈치가 은빛 비닐을 반짝이며 랩에 감긴 것을 보았다. 윤주가 좋아하는 생선이어서 대답이 저절로 나왔다. 갈치를 노랗게 굽고 냉장고에 있는 나물무침과 배추김치를 꺼내 앉은뱅이 소반을 펴고 차례로 차렸다. 밥과 국을 푸고 있는데 노인이 주춤주춤 밥상 앞으로 다가와 앉았다. 늘 주방에서 밥을 먹었던 모양이라 일손을 덜겠다는 생각이 들었다. 윤주의 국과 밥을 퍼담아 노인을 마주 보고 앉자 노인은 속으로 깜짝 놀랐다. 전혀 기대하지 않았었다.

지금껏 노인은 혼자 밥을 먹어왔다. 아마 자기 모습이 밥맛 떨어지기 안성맞춤일 테니 짐작하며 이해했다. 자기 속으로 낳은 아들들도 노인과 언제 마주 앉아 밥을 먹어본 기억이 없는데 타인들의 행동에 서글퍼할 일도 노여워할 일도 아니라고 생각했다. 물 찬 제비처럼 반지레하게 생긴 윤주는 노인의 젓가락이 들락날락한 갈치 토막에 거리낌없이 젓가락을 대고 살을 발라 먹었다. 노인의 입속으로 들락거린 숟가락이 달걀찜 뚝배기에 들락거려도 아랑곳없이 자기 숟가락을 푹 넣어 떠먹었다. 노인은 가슴이 뭉클하면서 눈물이 났다. 마음을 들키기 멋쩍어 참아보려했지만 잘되지 않았다.

"할매 왜 울어요? 찬이 맛없어요?"

숟가락 몽둥이가 부러지도록 밥을 복스럽게 먹던 그가 밥이 소복이 담긴 숟가락을 든 채 걱정스러운 얼굴이었다.

"맛이 없긴, 참말로 사내자슥이 솜씨도 좋다 아이가. 늙어보라. 맥없이 흐르는 게 눈물뿐인 줄 아냐. 구녕이란 구녕에서는 다 흘러나와 정신이 하나도 없지. 어여 먹자. 마이 해본 솜씨인지 입에 짝짝 달라붙는데이."

"할매가 시장통에서 장사하느라 제가 어렸을 때부터 밥을 자주 해 먹었어요."

"그랬구만, 어여 먹자."

노인은 윤주 밥 먹는 모습을 흐뭇하게 쳐다보았다. 며칠 굶은 사람처럼 허겁지겁 잘 먹는 모습에 짠한 마음도 들었다. 하긴 젊은 사내가 이런 궁촌에다 고약한 성격의 병든 노인네를 수발하기 위해 왔다는 것은 보통 일은 아니지 싶었다.

"어여 마이 먹어라. 냉장고에 음식 꽉꽉 채워놓았으니께 먹거리는 걱정하덜 말고."

"누가 이리 많이 채워놓았어요?"

"누구긴 장수 놈이지. 니도 그놈아가 보냈다고 하던데."

"네 그렇지요. 어느새 여길 다녀갔나보네요."

"그놈아가 오긴. 택배차가 와서 잔뜩 부려놓고 갔지."

"네, 바빠서 그렇겠지요."

노인은 윤주의 말을 인정하고 싶지 않은지 못 들은 척했다. 얼굴에 쓸쓸한 표정이 슬쩍 지나갔다. 반면에 그는 배가 부르자 마음도 흐뭇해졌다. 냉장고에 꽉꽉 들어찬 소고기며 대패삼겹살이며 훈제 오리고기를 다 먹고 떠나도 괜찮겠다는 생각이 들었다. 마귀할멈처럼 생겼어도 달걀찜을 앞으로 밀어주는 폼이 박장수 말처럼 그렇게 낭창할 것 같지 않아서였다. 물론 장수는 노인의 신체적 결함에 관해서는 얘기도 없었다. 사실 그건 중요한 일도 아니어서 생략했을 거라는 짐작이 들었다. 냉장고에 가득 들어찬 음식물 앞에서는 모든 게 이해가 될 정도로 그동안 많이 굶고 살았다.

설거지하면서 동네를 한 바퀴 돌아보고 결론을 내려야겠다는 마음이 들었다. 동네가 마음에 들면 장편소설 한 권 쓸 동안 머물러보자는 생각이었다. 냉장고에 가득 든 음식 다 먹고 나면 또 채워줄 테고 노인 비위 맞춰가면서 허약해진 심신도 치유해보자는 속셈이었다. 사실 노인보다 자신이 더 심신이 허약한 상태였다. 인생은 초콜릿 상자라는데 혹 소설이 성공하면 김별도 다시 만날 수 있을 것만 같았다.

윤주가 설거지를 하는 동안 노인은 엉덩이걸음으로 방으로 들어가더니 이내 코 고는 소리가 들려왔다. 갑자기 설거지하는 손길이 바빠졌다. 동네를 어서 한 바퀴 돌아보고 싶었다. 어젯밤 강줄기를 따라 흘렀던 강물이 어느 길을 따라 어디로 흘러가는지 궁금했다. 새벽잠을 깨웠던 새들도 모두 어디로 날아가버려 정적만 감도는지도 궁금했다.

짐작했던 대로 마당이 넓었다. 누런 마사토 군데군데에 파란 쑥이 소복소복해 꼭 빈집처럼 보였다. 어젯밤 발바닥을 푹신하게 했던 거였다. 마당가로는 명자나무와 박태기나무가 한창 꽃을 피우며 벌을 불러들이느라 정신없었다. 조팝나무와 라일락나무도 봉오리가 몽올몽올 맺혔다. 야트막한 담장에 대문은 없었다. 그냥 시멘트 담장 한가운데가 뚫렸고 그 옆에는 뽕나무 한 그루가 대문처럼 커다랗게 서 있었다.

마당을 나서자 직선으로 뻗은 길이 곧바로 곡선으로 변하며 첫머리에는 시멘트 다리가 보였다. 그런데 다리를 건너기 전에 왼쪽으로 좁다란 길이 있었다. 승용차 한 대 겨우 지나다닐 수 있는 좁은 길 옆으로 새마을기와 태극기와 대한노인회기가 펄럭이는 마을회관과 지붕이 야트막한 집 몇 채와 과수원이 늘어섰다. 그리고 둥그스름한 산과 산 사이로 가르마처럼 길이 나 있었다.

윤주는 잠깐 갈등이 생겼다. 가르맛길도 궁금했다. 그런데 뭔가가 그의 발목을 잡는 듯한 느낌이 들었다. 가르마를 중심으로 양쪽으로 나누어진 산은 오른쪽과 왼쪽의 산 모양이 똑 닮았는데도 다른 느낌이 풍겼다. 연초록으로 물든 낙엽송에 군데군데 산벚나무가 분홍으로 화사하게 피어 아름다운 산이었다. 미처 지지 못한 진달래가 군데군데 섞인 것도 오른쪽으로 길게 펼쳐진 산과 다름이 없었지만 왼쪽 산은 으스스한 기분이 들었다.

그래서 시멘트 다리로 올라섰다. 다리 입구에는 문지기처럼 라일락나무가 한 그루 서 있었다. 높지도 낮지도 않은 다리는 차가 마주오면 다리 난간에 올라서야 할 만큼 보행자 공간에 인색했다. 다리 밑으로 흐르는 강물은 바닥이 훤히 보일 정도로 맑아 눈으로는 깊이를 짐작할 수가 없었다. 물이 닿지 않는 곳에는 노랗게 피어난 버들강아지와 쑥이 무성했다. 수양버들은 강물을 향해 머리를 길게 늘어뜨렸다.

다리를 건너자마자 또 사잇길이 나타났다. 이번에는 망설임 없이 사잇길로 접어들었다. 세렉스 한 대 겨우 지나다닐 수 있는 농로가 끝없이 이어졌다. 길 옆으로 벚나무가 가로수처럼 일정한 간격으로 늘어서서 절정으로 향해 치달았다. 바람 한 자락 불어오자 켜켜이 결을 드러내며 흔들리는 강물 위로 벚꽃이 하늘하늘 비처럼 떨어졌다. 윤주의 머리카락에도 연분홍 벚꽃이 팔랑 내려앉았다. 어젯밤 버스터미널에서 시작된 벚꽃길이 곡선에서 잠시 끊겼다가 다시 연결되었다. 벚나무 옆으로 넓은 강이 펼쳐졌고 강 너머로는 가르마 오른쪽 산과 연결된 산이 강을 따라 길게 흘렀다.

아침햇살이 오른쪽 산에 노랗게 비쳤다. 반면 왼쪽 산은 햇살이 미치지 못해 밤인 양 검게 그늘졌다. 농로 다른 쪽으로는 검은 비닐이 씌워진 밭과 비닐이 씌워지지 않은 밭들이 길게 펼쳐졌다. 밭 옆으로 간간이 승용차와 버스가 교차해 지나가는 2차선의 넓은 도로가 곧게 뻗었다. 어젯밤 그가 타고 온 버스도 그 길로 지나갔다.

길게 흐르는 산맥 아래에는 비술나무가 일정한 간격으로 줄줄이 서 있었다. 건물의 삼층 정도 높이로 키 큰 비술나무는 줄기가 철골처럼 시커멓고 기다란 가지에는 연녹색의 이파리가 조롱조롱 매달렸다. 왜가리 한 마리가 긴 부리를 강물에 담갔다가 푸드덕 날아올라 비술나무 가지에 앉자 가지가 출렁했다. 군데군데 올라앉은 왜가리로 인해 연녹색의 비술나무숲은 하얀 점이 아로새긴 듯 보였다.

아치형 터널의 오미자밭을 지나자 누런 황토가 드러난 빈 밭이 나왔다. 맞은편 강물 위에는 시멘트로 만든 보가 보였다. 보로 인해 강물은 이제 시퍼런 빛으로 술렁거렸다. 청둥오리 떼는 얼룩무늬를 뽐내며 시퍼런 물에 유유히 떠다녔다. 불쑥불쑥 솟은 바위에는 왜가리들이 앉아서 물고기 사냥에 여념이 없었다. 보 밑으로 흰 물보라를 일으키며 강물이 떨어져 물소리가 요란했다. 조금 더 내려가자 마른 갈대가 누렇게 강을 덮었다. 군데군데 보이는 푸른 갈대숲으로 멧새가 들락날락했다. 먼 산에는 주황색과 흰 색이 교대로 칠해진 철탑이 군데군데 놓였다. 전선이 세 가닥씩 한 묶음으로 이룬 다섯 줄이 철탑과 철탑 사이로 연결되어 마주 보이는 산 능선으로 넘어갔다. 더 멀리로는 강과 밭과 도로를 사이에 두고 아래로 길게 흐르던 능선이 서로 만난 듯 오므려져 보였다. 그 사이로 강물이 흘러내려 도로 위를 지나가는 차량과 집들과 밭들과 비닐하우스를 품은 거대한 호수로 보였다.

강물 소리가 점점 요란해졌다. 강폭이 점점 좁아지며 강물 따라 흐르던 산자락도 점점 우묵해졌지만 그만 발길을 돌렸다. 노인이 그새 일어나 그를 찾을 것만 같아 마음이 바빠졌다. 노인의 비위를 잘 맞추어가면서 살아야겠다고 결정했다. 발걸음이 빨라졌다. 숨이 턱턱 차올라 심장이 터질 것 같았지만 발걸음을 늦추지 않았다.

2

종호가 윤주에게 특별히 관심을 두게 된 계기는 박장수의 부탁 때문이었다. 윤주를 119에 실어놓고 제일 먼저 장수에게 전화했다. 그는 득달같이 나타났다. 윤주의 몸이 차츰 회복되자 이번에는 장수가 직접 윤주에게 제안했다. 시골에 어머니가 홀로 계셔서 재택 요양보호사가 필요한데 그 일을 맡아달라고 했다. 윤주는 이상하게도 그에게 끌렸다. 처음 본 사이인데도 이전에 많이 보아왔던 사이처럼 친숙한 느낌이었다. 종호도 옆에서 거들었다. 윤주는 입이 열 개라도 종호에게는 할 말이 없었다. 그래도 확실히 해두고 싶어 요양보호사 자격증이 없다고 했다. 비교적 건강하니까 말동무나 해드리고 식사 시중만 해드리면 되어 자격증은 필요 없다고 했다. 조용한 곳이라 책 읽기도 좋다는 말에 윤주는 고개를 끄덕였다. 장수가 윤주를 얼마쯤은 파악한 느낌이었지만 따지고 보면 상관할 일도 아니었다. 윤주 자체가 별로 탐나는 정보도 없고 비밀스러운 것도 없었다.

윤주는 언제 떠나면 되겠냐고 물었다. 그는 몸이 회복되는 대로 곧바로 갔으면 좋겠다고 했다. 어머니이긴 하지만 성질이 낭항해서 오래 붙어 있는 요양보호사가 없었다고 덧붙였다. 저승 문턱까지 다녀온 사람이라 잘 적응할 거라고 종호가 옆에서 거들었다. 장수는 종호의 말에 고개를 끄덕이면서 당장 계약서를 쓰자고 했다. 윤주도 나쁠 게 없었다.

그는 계약서도 준비해놓았는지 속주머니에서 봉투를 꺼냈다. 흰 봉투 안에는 계약서가 들어 있었다. 주로 윤주가 해야 할 일이었는데 노인에게 음식을 만들어 식사하는 걸 돕고 방 청소와 빨래 정도였다. 그리고 정기적으로 보건소에 모시고 가서 약을 타오거나 정기검진을 받게 하는 거였다. 그리고 노인과 관계된 모든 일은 담장 밖으로 나가지 않았으면 좋겠다는 단서도 붙었다. 시골 노인에게 무슨 비밀이 있다고 계약서에 명기까지 해놓았을까 싶어 약간 웃음이 나왔지만 확실하게 문서화하는 것도 괜찮겠다는 생각이 들었다. 오히려 계약서에 사인하고 나자 뭔가 일다운 일을 하는 것 같아 의욕이 생겼다.

거기다가 연봉도 좋았다. 대기업 신입사원 수준이었다. 이런 조건인데도 얼마 못 버틴다면 평범한 노인이 아닌 모양이었지만 자신감도 막 생겼다. 종호 말처럼 저승 문턱까지 다녀왔기에 청부살해 말고는 뭐든지 할 수 있을 것만 같았다. 그럭저럭 노인 비위를 잘 맞추며 살다가 언제쯤 김별이라도 한번 만날 수 있다면 더 바랄 게 없었다. 그동안 밀린 방세와 병원비 그리고 편의점에서 난동을 부린 대가로 생긴 합의금까지 모두 장수가 대신 지불했다는 말을 듣자 더 거절할 수가 없었다. 문제는 자기에게 후한 듯한 느낌이 들었다. 지나치게 효자라든가 아니면 그만큼 노인이 고약한 성격일 거라 짐작했다.

종호는 윤주가 소주병을 들고 찾아왔을 때부터 이 생활을 오래한 경험자로 가슴이 두근거렸다. 이게 뭔가 일을 꾸미려고 작정했군. 그냥 떠나기에는 빚이 많아 사죄 차원에서 찾아왔을 거고, 조금이라도 살아야겠다는 명분을 찾고 싶은 모양이라고 짐작했다. 한번도 자기 속 얘기를 하지 않던 사람이 자기 이야기를 주절주절 늘어놓았다. 중간중간 오징어땅콩볼 맛에 대한 예찬도 빼먹지 않으면서 수다를 떨었다. 원래 자기 꿈은 작가였고 실제로 대학문예공모에 단편소설이 당선되기도 했다고 자랑할 때 처음으로 이를 활짝 드러내고 웃었다. 잇바디가 하얗고 가지런해 원래 좋은 인물이 더 좋게 보였다. 저 잘난 이를 한번도 드러내지 못할 정도로 힘든 삶이 가여웠다.

박장수가 어느 날 낮에 찾아왔다. 윤주가 루비고시텔에 입주한 지 한 달도 되지 않은 날이었다. 그날도 중국인들이 주방이며 복도를 얼마나 어질러놓았는지 욕이 저절로 나왔다. 어쩌면 욕하는 힘으로 청소를 하는 줄도 몰랐다. 출입문을 등지고 서 있어서 박장수의 얼굴이 보이지 않았다. 검은 실루엣 하나가 전봇대처럼 우뚝 서서 종호의 길을 막고 서 있었다.

방을 구하러 온 사람인 줄 알았다. 방이 없다고 조금 신경질적으로 소리 질렀다. 귀찮았고 없는 거도 맞고 무엇보다 피곤했다. 대부분 사람은 방이 없다고 해도 곧바로 나가지 않았다. 이것저것 성가시게 물어보는 게 많아 어떤 여지를 주지 않으려면 일부러 불친절할 필요가 있었다. 그 사람들 입장에서야 당연히 궁금한 게 많겠지만 종호는 조금이라도 에너지를 비축하고 싶을 뿐이었다.

박장수는 종호가 손사래까지 치면서 거듭 방이 없다고 해도 그 자리에서 꿈쩍도 하지 않고 가만히 서 있었다. 종호는 그런 그를 흘끔 쳐다보고는 청소도구를 가져다놓기 위해 창고로 가버렸다. 돌아와도 그 자리에 서 있자 벌컥 짜증이 났다. 그래서 다짜고짜 그 앞에 딱 섰다. 그때 보았다. 박장수는 이곳에서 방을 구할 사람의 차림으로 보이지 않았다. 얼굴도 어딘지 모르게 글자깨나 읽었을 듯한 교양 있어 보였다.

종호는 대뜸 태도가 공손해졌다, 부탁이 있어서 왔다고 했다. 종호는 이미 뭐든지 들어줄 용의가 있어 박이 앉을 자릴 찾아 두리번거렸다. 원래는 복도 입구에 철제의자 몇 개를 놓았더니만, 중국인들이 밤마다 몰려와 배를 훌러덩 내놓고 얼마나 떠들고 지저분하게 해놓는지 머리를 절레절레 흔들며 치워버렸다. 박장수는 뭘 찾고 있는지 안다는 듯 괜찮다며 잠깐이면 된다고 했다. 속주머니에서 사진을 꺼내 보여주었다. 윤주 사진을 이 사람이 왜 갖고 있는지 의아해하면서도 어째 좀 닮은 듯해 복잡한 가정사가 있겠군 짐작했다.

"동생이겠군요. 더군다나 말 잘 안 듣는."

"네, 동생 맞습니다. 그런데 윤주는 제가 그러니까 형이 있는 줄도 모릅니다. 복잡한 가정사라서 부끄럽습니다."

"아니 뭐 집집이 말 못할 사정이 한 가지는 다 있는데요. 부끄럽긴요."

"그리 이해해주시니 감사합니다. 바쁘실 텐데 죄송합니다."

박장수가 종호가 늘 입에 달고 사는 바쁘다는 단어를 사용하자 얼떨결에 핸드폰을 바라봤다. 습관이었다.

"괜찮습니다."

"감사합니다. 윤주를 잘 살펴달라는 부탁을 드리고 싶어서 왔습니다. 그리고 이건 절대 비밀로 해주고 무슨 일 생기면 이리로 연락을 주면 제가 곧바로 달려오겠습니다."

박장수는 명함 한 장과 봉투를 건넸다. 얼떨결에 받은 봉투 안에는

5만 원짜리 지폐가 꽤 들어 있었다. 종호는 기분이 좋았다. 안 그래도 자꾸 눈이 가는 손님이었다. 괜찮다고 말을 하면서 벌어진 입을 굳이 다물지 못했다. 걱정하지 마시라고 제가 잘 살펴보겠다고 했다. 꼭 비밀을 지켜야 한다고 재차 말하자 그것도 걱정하지 말라고 했다.

윤주가 떠나면 더는 봉투를 못 받는 게 섭섭했다. 그래도 폭탄을 안고 사는 것보다는 나을 거라는 생각에 윤주의 등을 툭툭 두들겨주었다. 몇 년 경치 좋은 시골에 가서 요양보호사 역할도 잘하고 좋은 글도 많이 쓰라고 했다. 윤주가 깜짝 놀란 얼굴로 종호를 쳐다보는 모양새가 자기가 그런 말을 한 것도 모르는 모양이었다. 뭐 기억이 나지 않아도 상관이 없다는 뜻인지, 그러겠다는 것인지, 윤주가 고개를 끄덕이자 종호도 고개를 끄덕였고 박장수도 고개를 끄덕였다.

번개탄

1

노인이 동굴같이 거무칙칙한 입을 떠억 벌리고 손가락을 넣어 꺼낸 물건을 윤주 눈앞에서 흔들었다. 윤주는 욕지기가 일어 엉겁결에 시선을 돌렸다. 아무리 애써도 친할 수가 없는 구조였다. 흉측하거나 혐오스럽지 않게 만들 치기공사가 나타난다면 노벨상감이라고 생각했다. 시뻘건 잇몸에 촘촘히 박힌 새하얀 이빨은 호랑이 머리통도 아작아작 씹어먹을 것같이 견고해 보였다. 순수의 색을 상징하는 하얀 색은 이것을 보고 있으면 천사를 가장한 사특한 폭력도 담겼다. 그것도 모자라 시뻘건 잇몸이 혓바닥처럼 너덜너덜거리자 꼭 죽은 동물의 사체처럼 보였다. 노인의 꼬막처럼 쪼글쪼글한 입매는 웃고 있었다. 탁한 눈동자가 담긴 눈꼬리도 비웃음이 대롱대롱 매달렸다. 노인은 이런 상황을 즐겼다. 윤주가 틀니라면 질색팔색을 하자 고약한 심술을 부리는 중이었다. 하긴 다 윤주 탓이다.

며칠 전 새벽에 물을 마시기 위해 주방으로 들어갔었다. 냉장고 불빛과 정수기 불빛과 창으로 들어오는 달빛으로 주방기기가 어슴푸레하게 보였다. 선반에 놓아두었던 머그잔이 싱크대 위로 내려와 이상했지만 기억이 잘못되었거니 했다. 정수기에 찬물을 받아 들이키려는데 뭔가가 입속으로 들어가려고 했다. 아슴아슴한 달빛으로는 그 수상한 물체를 알아볼 수가 없어서 불을 켜봤다. 윤주는 기겁하고 들고 있던 머그잔을 떨어뜨렸다. 바닥에는 머그잔과 거기에서 흘러나온 물과 시뻘겋고 새하얀 틀니가 뒹굴었다. 구스타프 클림트의 키스 그림이 복사된 잔이었다. 비명에 잠귀가 밝은 노인이 못 들었을 리가 없었을 텐데 적막강산처럼 잠잠했다. 조그마한 기척에도 온갖 참견을 다 하던 때와 너무 달라 일부러 그의 잔에 그것을 넣어둔 듯했다.

늘 어기적어기적 기어다니는 노인이 선반에 올려놓은 머그잔을 어떻게 내릴 수 있었는지 불가사의했다. 틀니라면 경기할 정도로 무서워하는 걸 눈치채고 장난하고 있었지만 장난으로 받아들일 여유가 없었다. 바닥에 뒹굴고 있는 틀니를 밟아버리고 싶었다. 하지만 그럴 수도 없어 애꿎은 머그잔을 들어 바닥에 내리쳤다. 도자기 머그잔은 깨지지 않았다. 다시 더 높이 들고 바닥에 내리쳤다. 내리치면서 유리잔이었으면 하는 생각이 들었다. 머그잔은 생긴 모양대로 깨지는 소리도 둔탁했다. 날카로운 소리도 내지를 줄 몰라 지금 그의 마음 상태를 제대로 표현할 수가 없었다. 노인은 숨소리도 죽인 채 방안에 가만히 엎드려 있었다.

장날 난전에 펼쳐진 단팥빵을 보자 윤주는 노인이 생각났다. 노인은 유난히 단팥빵을 좋아했다. 아무리 좋아한다고 해도 그가 사다주지 않으면 먹을 수가 없을 거라는 생각에 측은한 마음이 들었다. 어쩌면 단팥빵 한 봉지로 노인과 그 사이에 놓인 팽팽한 신경줄이 느슨해질 수 있을 거라는 기대였다. 노인은 몇 달 전에 틀니를 새로 교체

하고는 제대로 먹지 못해 새끼 갓 낳은 어미 고양이처럼 날이 잔뜩 서 있었다.

윤주가 툭 건네준 단팥빵 봉지를 노인 또한 무심한 듯 힐끗 보더니 그걸 받아들고 방으로 달팽이처럼 스르륵 들어갔다. 그도 모르게 안도의 한숨이 나왔다. 본체만체하면 어쩌나 싶었다. 그런데 노인이 거칠게 다시 방문을 열고 나와 마룻바닥에 엎드려 걸레질하고 있는 그에게 단팥빵을 휙 던졌다. 그와 동시에 입을 떡 벌리고 꺼낸 시뻘건 잇몸이 축 늘어진 틀니를 눈앞에 들이대고 흔들었다. 틀니가 덜거덕거려서 빵을 씹을 수가 없다며 소리를 질렀다. 얼떨결에 들여다보게 된 노인의 시커먼 입속은 동굴같이 음흉했고 백내장이 살짝 덮인 눈동자는 살기가 돌았다. 조그마한 틀니는 사특한 괴물로 변해 달려들 것만 같았다.

노인은 언제나 자기 말만 했다. 윤주 말은 아예 듣지 않았다. 노인에게 불리한 말은 일부러 못 알아듣는 척했다. 늙어 기억력이 없다고 얼버무렸다. 심지어 언제 그런 말을 했냐며 도리어 그를 몰아붙였다. 그럴 때마다 그는 미치고 환장할 노릇이었다. 어떤 날은 노인과 함께 지내는 24시간을 동영상으로 찍어두고 싶어질 정도로 암담했다. 방법은 딱 한 가지밖에 없었다. 어서 이 시궁창 같은 곳에서 탈출하는 일이었다. 이러고 있다보면 노인보다 먼저 죽을 수도 있겠다는 생각에 사로잡혔다. 노인은 회춘이라도 했는지 날이 갈수록 포동포동 살이 올랐다. 그는 날이 갈수록 제초제 뿌린 풀밭처럼 누렇게 시들시들 말라갔다. 들은 소리 때문인지도 몰랐다.

그날도 노인을 휠체어에 태워 보건소에 갔었다. 노인은 휠제어를 타고 돌아다니는 것을 좋아했다. 윤주도 나쁘지 않았다. 집안에 틀어박혀 노인과 신경전이나 벌이는 것보다는 몇 배나 좋았다.

마을은 오월답게 온통 꽃천지였다. 집마다 경쟁이라도 하듯 철쭉꽃이 만발했다. 하늘매발톱에 금낭화에 할미꽃 몇 포기쯤은 마당 구석이 아니라면 담장 밑이라도 꽂아두었다. 보건소 가는 길은 세 가지 길로 나누어졌다. 첫 번째 길은 일 년 전 윤주가 이 마을에 처음 도착한 밤중에 강물을 따라 흐르듯이 걸어간 길이었다. 가장 좁고 군데군데 길이 패여 사람들이 별로 이용하지 않는 길이었다. 두 번째 길은 첫 번째 길과 세 번째 길 사이에 난 길로 마을 한가운데로 나 있었다. 가장 넓은 길답게 사람과 차량의 통행이 빈번했고 길을 따라 양쪽으로 2층짜리 상가 건물이 얼마쯤 다닥다닥 붙어 있었다. 상가 건물 앞으로는 장날이 되면 장꾼들이 두세두세 모여들어 난전이 펼쳐졌다.

첫 번째 길이 강물과 산을 끼고 흘렀다면 세 번째 길은 온전히 산을 따라 흘렀다. 꽃잎처럼 포개진 산 밑으로 길이 길게 흘렀다. 윤주는 보건소나 도서관에 갈 때는 늘 이 길을 이용했다. 제일 마음에 드는 길이었다. 길 중간쯤에 보건소와 도서관이 있어 한꺼번에 여러 업무를 볼 수가 있어 효율적이기도 했지만 노인을 휠체어에 태우고 다니기에도 좋았다. 첫 번째 길은 좁고 울퉁불퉁해 휠체어를 밀기 힘들었고 두 번째 길은 소란스러워 싫었다. 무엇보다 세 번째 길은 첩첩으로 포개진 산에서 철마다 다른 색의 옷을 차려입어 갈 때마다 늘 처음 가는 길인 듯했다.

오월의 산과 들판은 연두색의 어린 잎이 슬슬 녹색으로 짙어지는 시기였다. 산은 더 푸르게 살이 쪘고, 군데군데 연분홍의 산철쭉과 하얀 산조팝과 쥐똥나무들이 섞여 한 폭의 수묵담채화 속에 한 점으로 스며드는 느낌이었다. 푸른 하늘에는 하얀 구름이 떠 있었고, 때맞추어 한 자락 불어온 바람이 나뭇잎을 살짝살짝 뒤집자 숲은 반짝반짝 빛이 났다.

둥그런 산자락 밑에 보건소가 제비 둥지처럼 틀고 있었다. 단층으로 아담한 건물은 하얀 페인트를 칠해 병원 냄새가 나긴 했지만 정갈해보였다. 작은 뜰에 백목련 나무 두 그루가 건물을 가릴 듯 커다랗게 서 있어 꽃이 절정일 때를 상상하는 맛이 좋았다.

접수대에서 한가롭게 수다를 떨던 간호사 두 명이 윤주와 노인이 들어서자 전처럼 뚱하게 쳐다봤다. 이제 윤주도 이들의 태도에 익숙했지만 처음에는 당황스러웠다. 꼭 백설공주 생일 파티에 마녀가 나타나자 쳐다보는 눈빛과 닮았다. 그러거나 말거나 노인은 정기적으로 혈압약을 받아야 했다. 간단한 건강검진에 각종 예방 백신 접종 때문에 풀방구리에 쥐 드나들 듯이 들락거릴 수밖에 없었다. 간호사는 둘 다 나이가 마흔 중반은 넘어보이는 여자였다. 똑같이 재색 바지에 분홍색 니트 차림의 유니폼을 입었다. 몸매도 닮은 듯이 둘 다 펑퍼짐했고 정리되지 않은 짧은 파마머리는 부스스해 보였다. 특히 접수를 보는 여자는 정수리 부분이 불빛에 반들반들 드러나 옆에서 지켜보는 여자보다 더 나이가 들어보였다. 머리숱이 없는 간호사는 큰 결심이라도 했는지, 아니면 무심한 듯한 얼굴을 일부러 만들었는지, 하여간에 정리가 안 된 얼굴로 대뜸 윤주에게 물었다.

"도치 할머니와 어떤 관계세요?"

"네?"

윤주는 간호사의 말이 언뜻 이해가 안 되었다.

"윤도치 할머니와 어떤 관계냐고요."

노인의 이름이 도치라는 것은 보건소를 몇 번 들락거리면서 알고 있었지만 매번 생뚱맞아 순간적으로 말문이 막혔다.

"아. 딱히 어떤 관계가 있기보다는 그냥 노인돌보미입니다."

두 간호사는 그럴 줄 알았다는 듯이 서로 눈빛을 주고받으며 고개를 끄덕였다. 그리고는 마치 결심이라도 한 듯이 머리숱이 없는 간호사가 입술에 침을 한번 발랐다.

"그 마을에 대해 뭘 알기나 하고 일을 맡았나요. 그것도 젊디젊은 남자가?"

간호사는 남자에 유독 힘을 넣어가며 대들듯이 물었다. 윤주는 어리둥절해 대답할 말을 찾을 수가 없었다. 도치 할머니에 대해 뭘 알고 일하냐고 물었다면 할 말이라도 있겠다. 마을에 관해서 물으면 가만히 엎드려 있는 마을에 대해 무슨 이야기를 하라는 걸까. 혹 마을에 살인자라도 살고 있다는 걸까. 아니면 전염병 환자가 있어서 경계하라는 뜻으로 말했다면 그럴듯했다. 하지만 그의 마음을 읽기라도 한 듯 간호사의 표정에는 강한 부정이 실렸다.

때마침 지팡이를 짚은 할머니가 출입문을 열고 어기적어기적 들어서자 자별나게 반겼다. 자기 역할은 끝났으니 알아서 하라는 암시가 여자의 넓은 등판에 쓰여 있었다. 윤주는 옆에 서 있는 또 다른 간호사에게 구원을 청하듯 물끄러미 쳐다보았다. 그녀 또한 모르쇠로 일관된 표정을 한 채 혈압약을 건넸다. 원장실을 지나 여섯 개의 안마 의자가 놓인 휴게실을 찾아갔다. 안마 의자에 앉아 더 안마받겠다고 했다가, 집에 가겠다고 했다가, 변덕을 부리는 노인을 휠체어에 태워 현관문을 나섰다. 뒤통수가 불을 맞은 듯 뜨끈했지만 뒤돌아보지 않았다.

휠체어를 밀고 내려오는 길이 올라갈 때와 사뭇 달랐다. 마음이 복잡해지자 눈앞에 펼쳐진 풍경이 눈에 들어오지 않았다. 겹겹으로 겹쳐 꽃잎 같았던 산이 윤주의 가슴을 옥죄는 요새로 느껴졌다. 생각에 생각을 거듭하게 되었다. 윤주의 성격이 집요한 스타일은 아닌데 자꾸만 뭔가 꺼림칙한 마음이 들었다.

무슨 동네가 남자라고는 눈을 씻고 찾아봐도 볼 수가 없었다. 집마다 할머니 혼자 살았다. 더군다나 스무남은 정도의 가구 수가 말해주듯이 다른 마을보다 인구 수가 유난히 적었다. 눈치라고는 없는 윤주도 이런 특이한 마을이 처음에는 의아했다. 이 일을 제안했던 박장수에게 물어볼 때만 해도 대수롭지 않게 생각했다. 오히려 너무 과한 반응을 보여 어리둥절할 지경이었다. 통상적으로 남자보다 여자 수명이 더 길다고 보면 할머니들만 남은 게 이상한 일은 아니었다. 노인회관에 가면 할머니 숲에 드문드문 섞인 할아버지들이 기를 펴지 못해 식사만 얼른 하고 마당에서 어슬렁거리는 장면이 익숙했다. 그렇지만 이 동네는 괴이했다. 할아버지들이 드문드문도 섞이지도 않아 꼭 입매가 꼬막 같은 할머니들만 살아가는 마을 같았다.

길이 끝나가고 파란 함석지붕이 보이자 할머니들만 사는 마을에 젊은 남자가 나타나자 일종의 호기심의 표현이겠다는 결론을 내렸다. 어딜 가나 흘낏거리는 시선 때문에 난감했었는데 이제 슬슬 익숙해져 오히려 쳐다보지 않으면 섭섭한 마음이 들었더랬다. 보는 눈은 있어서, 혼잣말을 하며 고개도 끄덕이며 마당으로 들어섰다.

2

학교 옆에 얻은 원룸은 보증금 500만 원에 월 30만 원짜리였다. 지은 지 오래된 건물에 시설도 노후해 다른 곳보다 가격이 저렴했다. 그래서인지 학생보다 하루 벌어 하루 먹고사는 중국인 노동자가 더 많았다. 달이라도 손톱만큼 볼 수 있는 방은 월세가 10만 원 더 비싸서 윤주의 방은 대낮에도 불을 켜야 했다. 달이 보이지 않아 안타깝다는 생각에 그도 모르게 피식 웃었다. 7호선이 지나다니는 대학가 원룸에서 달타령을 하나 싶어서였다. 할머니가 달타령을 할 때는 청승맞아 듣기 싫었는데 스스로 달을 찾게 될 줄이야. 좋은 점이라면 대낮에도 방안이 밤처럼 캄캄해 잠자기 좋았다.

오히려 밤에는 시끄러워 잠을 잘 수가 없었다. 막노동판에서 종일 일하고 온 중국인들은 자기들끼리 공동주방에서 밥해 먹고 술을 마시며 떠들어댔다. 끝에는 꼭 싸움으로 번졌다. 윤주는 그들이 만들어 먹는 음식 냄새가 비위에 맞지 않았다. 머리가 지끈거리고 토할 지경이라 밤만 되면 피해버렸다. 원룸을 나와 근처 편의점에서 컵라면을 앞에 두고 삼각김밥을 오랫동안 씹으면서 중국인들이 음식을 다 먹었기를 바랐다. 하루 벌어 하루에 다 먹어치우는지 그들은 몇 시간씩 먹었다. 또 싸움이 얼른 끝나길 기다렸다. 편의점 알바생에게 눈치가 보일라치면 근처 카페에 들어가 죽치고 앉아 있었다. 카페는 날마다 컵라면과 삼각김밥으로 끼니를 때우는 윤주에게 사치였다. 근처에 다닥다닥 붙어 있는 다른 편의점을 순회하듯 돌다보면 새벽의 기운이 먼저 감지되었다.

편의점의 좁은 스툴에 웅크리고 앉아 새벽이 오는 모습을 지켜보고 있었다. 깊은 밤과는 다른 푸른 빛이 섞였다. 이따금 지나다니는 자동차 불빛도 밤과는 다른 빛이었다. 밤은 귀가를 재촉하는 불빛이라면 새벽은 똑같이 졸음에 겨운 빛이라도 활기찬 기운이 느껴졌다. 출입문 위에 매달린 종이 떨렁거리면 졸고 있던 알바생이 벌떡 일어나 인사를 했다. 선득한 새벽공기가 윤주의 뺨에 스쳤다. 인력시장 쪽으로 두런두런 바삐 걸어가는 사람들이 보였다. 굳이 하늘을 쳐다보지 않아도 날이 새고 있다는 신호였다. 외국인들은 젊었고 한국인들은 나이가 든 사람들이 대부분이었다. 그들이 어깨를 잔뜩 웅크린 채 무리를 지어 걸어가는 모습을 물끄러미 바라보고 그도 일어섰다. 이제 원룸은 조용할 테고 잠자기는 딱 좋았다. 온종일 자다가 그들이 일을 마치고 돌아와 음식을 만들어 먹으며 왁자하게 떠들면 일어나는 시간이었다.

학교가 멀 때는 잘 다녔는데 정작 학교가 코앞에 있자 학교에 가지 않고 잠만 잤다. 김별이 없는 대학은 다니고 싶지 않았다. 애초에 할머니가 원해서 들어간 대학이기에 그녀가 죽사 의미가 없었다. 그즈음 윤주 스스로 뭔가 한 일이 있다면 학교에 자퇴서를 낸 게 다였다. 그러다가 월세 내는 날이 돌아왔다는 걸 깨달았다. 통장은 이미 거덜 난 지 오래되었다. 주머니 속에는 며칠 먹을 컵라면 값밖에 없었다. 돈이 있어야 이 생활을 계속할 수 있겠지만 사실 이 생활도 계속하고 싶은 생각이 없었다. 스스로 바퀴벌레가 된 듯해 잠자리에 들 때면 영영 깨지 않길 기도했다. 하지만 매번 중국 사람들 때문에 일어나 방을 뛰쳐나갔다. 아무것도 하고 싶지 않은 깊은 우울증을 그 시절에 앓고 있었다.

김별은 윤주에게 할머니의 달 같은 존재였다. 그 별이 모든 것을 정리하고 떠나겠다고 했다. 정리 항목에 윤주가 포함되었다. 별에게 윤주는 단지 정리 항목 그 이상도 이하도 아니었다. 큰 충격이었다. 하필이면 할머니가 병원에 실려간 다음 날에 별은 문자로 이별을 통고했다. 중환자실 입구에 대기하고 앉아 있다가도 문득문득 별이 생각났지만 그 자체가 사치인 듯싶어 애써 지워버렸다.

종호의 눈을 피해다니자니 밤 외출도 자유롭지 않았다. 복도에서 첫 번째 방이 그의 방이었다. 윤주의 방은 거기서 조명이 흐릿한 복도를 따라 아홉 개의 방을 지나 끝에 있었다. 월세가 밀리자 윤주는 방문을 빼꼼히 열고 종호 방문을 확인하는 버릇이 생겼다. 혹 그 방문이 열려 있다면 다시 문을 꼭 닫고 꿈쩍도 하지 않았다. 종호는 복도로 왔다갔다 하면서 중국인들에게 잔소리를 하고 있었다. 주방을 깨끗이 쓰라는 둥, 음식을 해먹고 나면 제발 설거지를 해놓으라는 둥, 쓰레기를 제때제때 치워야 벌레가 생기지 않는다는 둥 잔소리를 했다. 윤주도 방안에 있는 벌건 스티로폼 사발면 용기들을 힐끗 바라봤다. 검은 초파리 떼가 귀신같이 알고 찾아와 들락날락해도 멀거니 바라보기만 했다.

종호는 중국인들에게 한국말로 계속 잔소리를 했다. 중국인들은 종호에게 중국말로 뭔가를 말하고 있었다. 서로 소통이 되는지는 알 수가 없었다. 중국말과 한국말은 흐릿한 복도에서 만나 한 바탕 엉켰다가 다시 온 곳으로 돌아갔다. 중국인의 입에서 여전히 같은 말이 나오고 종호의 입에서도 똑같은 말이 나왔지만 서로 알아들은 듯 고개를 끄덕였다. 어쩌면 어차피 알아듣고 싶지 않은지도 몰랐다. 관리자 입장에서 내버려둘 수 없어서 공수표 같은 말을 복도에 흘리고 중국인은 그걸 귓등으로 듣고 전날과 똑같이 설거지도 안 했고 시끄럽게 떠들었다. 오히려 어제보다 더 시끄러워 종호는 자기가 할 일이 있어 안도감을 느꼈을지도 몰랐다. 그렇지 않았다면 그의 표정이 그렇게 평온할 리 없었다. 윤주만 수천 마리의 곤충들이 일제히 날개를 퍼덕이며 달려드는 듯해 미칠 것 같았다.

온갖 신경세포를 다 동원해 고양이처럼 다녔지만 어느 날 그만 흐릿한 복도에서 종호와 직통으로 마주쳤다. 월세 입금이 하루 지났다고 했다. 윤주는 잠깐 어리둥절했다. 일 년을 넘게 종호를 피해다니느라 애썼는데 달랑 하루라니. 남들이 활동하는 시간에는 잠만 자버려 시간이 멈춰버린 걸까. 고시텔에 들어오고부터 해를 본 적이 없었으니 어쩜 해가 뜨지 않았을까. 해가 뜨지 않았다면 시간도 멈춰버린 걸까. 이렇게 이상한 상상이 한꺼번에 밀려왔다.

종호는 눈치가 빨랐다. 그동안 밀린 월세는 보증금으로 다 까버렸고 이제는 보증금마저 없으니 월세를 내야 한다고 했다. 윤주는 며칠만 기다려달라고 했다. 기다린다고 돈이 나올 곳도 없지만 임기응변이 필요했다. 여기서 그것 하나는 제대로 배웠다. 종호도 만만치 않았다. 그동안 쭉 지켜봤는데 학교에 다니지도, 일도 하지 않으면서 없는 돈이 어디서 갑자기 나오겠냐고 했다. 그깟 월세벌이는 다섯 번만 일을 나가면 된다고 가르쳐주었다. 윤주가 별 반응 없이 심드렁해하자 따라오라는 눈짓을 했다. 그의 뒤를 주춤주춤 따라갔다. 꼭 보이지 않는 밧줄에 묶인 듯했다.

윤주는 눈이 부셔서 질끈 감았다. 윤주 방과 크기는 똑같아도 창문이 있었다. 햇볕이 가득한 방안에 들어서자 꼭 이 세상이 아닌 별천지에 온 듯한 느낌이 들었다. 밤이면 저 창으로 달이 들어오겠다는 생각도 들었다. 참치찌개 냄새에 노란 햇볕에 머물렀던 시선이 저절로 보글보글 끓고 있는 냄비로 갔다. 종호는 냄비 뚜껑을 열고 두부 한 모를 뭉턱뭉턱 썰어넣고 파도 송송, 마늘도 통통 다져넣었다. 밥다운 밥 냄새를 맡자 윤주 뱃속에서 먼저 요란한 소리가 났다. 오랜만에 뭘 먹고 싶다는 반응이었다. 종호에게 들릴까 싶어 걱정되었다. 그는 참치찌개 냄비를 상 가운데에 놓고 밥솥을 열고 밥을 두 공기 퍼 윤주 앞에 한 공기를 놓았다. 어리둥절해 있는 윤주 손에 숟가락을 쥐여주고 밥 먹으면서 얘기하자고 했다.

“윤주 학생은 방안에서 절대 취사할 생각을 말아요. 밀린 월세는 며칠 봐주지만 방안에서 취사는 절대 봐줄 수가 없어요. 나도 방안에서 취사를 하다 사장에게 들키면 당장 일자리를 잃고 쫓겨나겠죠. 근데 중국 놈들이 얼마나 더럽게 주방을 쓰는지 거기서 뭘 같이 만들어 먹기는 비위에 영 맞질 않아 할 수 없죠. 내가 뭘 먹어야 그놈들이 어질러놓은 것을 청소해줄 게 아니오."

"아, 예."

윤주가 숟가락만 든 채 멍청하게 쳐다보고 있자. 종호가 얼른 먹으라고 재촉했다.

"식기 전에 얼른 먹어요. 밥 많으니까 얼른 먹고 한 그릇 더 먹어요. 밥을 먹어야 일자리를 주선해줄 수 있죠. 아 참, 내 이름은 신종호요."

윤주는 이미 밥 냄새에 이성을 잃어 그의 말이 들리지 않았다. 고개는 끄덕였다. 밥을 먼저 입에 넣고 참치찌개 국물을 한 숟가락 떠 넣기도 전에 목구멍으로 꿀떡 넘어갔다. 그동안 컵라면만 먹었던 속이 난리가 났다. 얼른 집어넣으라고 했지만 윤주는 최대한 자제하면서 밥 한 공기를 비웠다. 종호는 기다렸다는 듯이 밥을 한 주걱 더 퍼서 윤주 그릇에 한번 넣고 또 한 주걱 퍼서 자기 그릇에 담았다. 참치찌개는 금방 바닥을 드러냈다. 살 것 같았다.

"중국 사람들이 일하는 아파트 공사판에 연결해줄 테니 내일 새벽에 그들을 따라가세요. 막노동이긴 하지만 일당이 세서 며칠만 다니면 방값도 벌고 먹을 것도 해결할 수 있겠죠."

"네."

따듯한 밥 한 공기를 먹고 나자 기분이 좋아 만사 오케이였다.

다음날 윤주가 편의점 의자에 앉아 바라보곤 했던 그 새벽에 일꾼들을 따라갔다. 따라가면서 편의점에 미련을 버리지 못해 흘끗 바라보았다. 누군가가 윤주가 늘 앉아 있던 의자에 앉아 윤주를 바라보고 있었다. 하룻밤 나가지 않았다고 벌써 자리를 빼앗기다니. 편의점 저 자리는 윤주에게 가장 안락한 자리였다. 저기에 앉아 있는 한은 근심 걱정도 모두 그와는 별개가 되는 곳이었다. 그런 자리를 빼앗길 수는 없었다. 윤주는 두 번도 생각하지 않고 척 돌아섰다. 편의점에 들어서자마자 그 사내가 앉아 있는 자리로 뚜벅뚜벅 걸어갔다. 사내는 컵라면 뚜껑을 열고 라면을 한 젓가락 건져 먹던 중이었다. 대뜸 사내의 얼굴을 후려쳤다. 사내와 컵라면은 요란한 소리를 내며 바닥에 나뒹굴었다. 라면 사리와 붉은 국물이 사내의 머리를 적시고 더 멀리까지 날아갔다. 바닥에 넘어진 사내가 어리둥절한 표정으로 잠시 있다가 벌떡 일어나 그때까지도 분이 안 풀려 식식거리는 윤주의 멱살을 잡고 흔들었다.

계산대에서 졸고 있던 알바생이 다가왔다. 역시 비몽사몽간에 슬리퍼를 찍찍 끌고 들어오던 손님은 윤주 쪽을 흘끔거리느라 물건을 들지 못했다. 멱살을 잡고 흔들던 남자가 윤주의 뺨을 한 대 때리며 소리를 질렀다. 젊은 경찰 한 명에 늙수그레한 경찰이 종소리를 떨렁이며 문을 열고 들어올 때까지 윤주는 온몸을 짓밟히면서 두들겨 맞았다. 그 남자는 억울했던 일을 임자 만난 듯 풀고 있었다. 남자의 눈에 살기가 번들거렸다. 윤주는 별 저항 없이 맞기만 했다. 윤주 자리만 온전하면 좋겠는데 국물이며 면발이 칠갑이자 그게 영 신경 쓰일 뿐이었다.

경찰 두 명이 윤주와 그 남자를 지구대로 끌고 갔다. 윤주를 신원보증할 사람이 필요했다. 경찰관은 요즈음 세상에 아무 데도 소속되지 않은 젊은이는 처음 봤다고 혀를 찼다. 남자의 전화 한 통으로 사람들이 벌떼처럼 몰려와 일제히 윤주를 범죄자처럼 취급하며 노려봤다. 이른 새벽에 정신병자를 만났다며 교도소에 집어넣으라고 고래고래 소리를 질렀다.

경찰관은 윤주에게 감옥에 들어가고 싶지 않으면 신원보증할 사람을 대라고 말했다. 윤주가 머뭇거리자 어깨에 무궁화가 하나 붙은 늙수그레한 경찰관이 다가왔다. 보아하니 대학생 같은데 최근에 무슨 큰 충격을 받았냐고 물어봤다. 윤주는 그 말에 자기도 모르게 눈물이 핑 돌았다. 젊은 사람이 별일도 아닌 일에 붉은 줄이 그어져야 하겠냐고 했다. 그러자 상대편의 가족들이 그의 말꼬리를 잡고 물어졌다.

"별일이 아니라니요? 지금 이게 당신 눈에는 별일이 아닌 걸로 보여요?"

"지금 어디 와서 당신이라고 부릅니까. 지구대에 왔으면 그것에 맞게 예의를 차리세요."

"루비고시텔."

윤주는 자기도 모르게 고시텔 이름을 말하고 말았다. 얼마 지나지 않아 종호가 지구대로 헐레벌떡 뛰어들어왔다. 그는 들어오자마자 윤주를 힐끔 바라봤다. 경찰관에 다가가 사건 개요를 고개를 끄덕이며 신중하게 듣고, 피해자 쪽으로 다가가 고개를 구십 도로 숙이며 깊이 사죄했다. 종호는 윤주보다 나이가 열 살밖에 차이 나지 않았는데 그 순간은 백 살은 차이가 나는 느낌이었다. 꼭 윤주 큰형쯤으로 보이는 사람이 그렇게 쩔쩔매자 윤주는 피해자가 아닌 종호에게 미안한 마음이 들었다. 윤주 쪽을 힐끗거리며 뭔가를 열심히 말하고 있는데 잘 들리지 않았다.

윤주는 지구대를 나와 종호와 나란히 걸어가면서 도대체 무슨 말을 했기에 저들이 이렇게 나를 불쌍하게 쳐다보았냐고 물어봤다. 종호는 우리나라는 아직 효심만 자극하면 통하지 않는 게 없는 나라라고 했다. 그래도 합의금이 이 정도로 된 거는 돌아가신 할머니 보호 때문일 테니 제사 잘 모시고 빨리 정신을 차리라고 했다. 그 와중에도 할머니 돌아가셨다는 말을 한 적이 있었는지 생각해봤다.

"얼마를 주었는데요?"

윤주가 부룩송아지처럼 버럭 소리를 질렀다. 그때 종호의 호주머니 속에 든 전화기의 진동이 옆에 서 있는 윤주도 느낄 만큼 부르르 떨었다. 그가 전화를 받으면서 뛰자 윤주도 덩달아 따라 뛰었다. 이미 해는 한참 올라와 고층 건물의 유리에 반사되어 반짝였다. 번쩍한 빛에 눈이 마주치자 현기증이 나서 길 한복판에 주저앉았다. 종호는 뒤도 돌아보지 않고 뛰어갔다. 사람들은 윤주를 무슨 전염병 환자 대하듯 멀찍이 떨어져 지나갔다. 길 한복판에 윤주로 인해 블랙홀이 생긴 듯했다. 윤주는 블랙홀 중심에 홀로 주저앉아 차라리 영영 꺼져버렸으면 싶었다. 사람들의 눈초리에 창피해 어디든지 숨고 싶었지만 몸이 움직이지 않았다. 이렇게 사느니 차라리 죽고 싶다는 생각이 또 들었다. 무슨 미련이 남아서 죽지도 못해 민폐나 끼치는 스스로가 한심했다. 더는 미루지 말아야겠다고 결심했다.

빨리 실행에 옮겨야 했다. 미적거리다가 갚을 수 없는 빚만 자꾸 쌓여갈까 두려웠다. 이 순간 유일하게 생각나는 사람은 별이었지만 그녀는 별처럼 윤주에게서 까마득히 멀어져갔다. 도포 자락을 펄럭이며 딱 한번 나타났던 사람도 저승에서나마 할머니를 무시하지 않았으면 바랐다. 자기 눈으로 빨리 확인하고 싶었다. 스스로 목숨을 끊는 방법에 대해서는 지금껏 수백 번도 더 생각해보았다. 사람들이 많이 애용하는 방법이 가장 쉬울 듯했다. 하여간에 이렇게 판단이 빠른 것도 처음이었다. 길바닥에 쭈그리고 앉아 있다가 벌떡 일어났다. 주머니를 뒤져봤다. 만 원짜리 한 장과 천 원짜리 세 개가 꾸깃꾸깃 들어앉아 있었다. 돈도 윤주 호주머니에 들어오면 제대로 대접 못 받고 만신창이가 되었다.

일단 번개탄을 구해야 했다. 원룸 건물 뒤로 조그마한 슈퍼마켓을 본 적이 있었다. 그쪽으로 설렁설렁 가다가 유리에 비친 자기의 모습을 바라봤다. 이 꼴로 가다가는 번개탄을 구입하기는커녕 구입했다가도 신고당할 확률이 높았다. 새벽에 난동을 부렸던 편의점을 지나 다른 편의점으로 들어가 노란 박스 테이프를 한 개 샀다. 소주를 물끄러미 바라보다가 번개탄 가격을 알 수가 없어 그냥 지나쳤다. 원룸에 들어가서 씻고 나오려다가 그러는 사이에 마음이 바뀔까봐 편의점 화장실에서 대충 씻었다. 거울에 비친 자기 꼴을 물끄러미 바라봤다. 눈이 퀭해도 당장 죽을 사람으로는 보이지 않았다. 용기를 갖고 번개탄을 팔 만한 가게를 찾아 허적허적 나섰다. 번개탄 열 개를 사고 나도 돈이 남았다. 소주 한 병과 오징어땅콩볼 한 봉을 들자 주머니에는 백 원짜리 한 개와 십 원짜리 두 개가 쩔렁거렸다.

소주는 종호와 나누어 마시고 싶었다. 어젯밤 참치찌개를 맛있게 얻어먹었던 답례였다. 지금 제일 미안한 사람이니까 이렇게라도 사죄하고 싶었다. 컵라면 박스에 번개탄을 넣어 박스테이프로 잘 붙여서 들고 들어왔다. 복도 입구에서 종호가 밀대로 바닥을 닦고 있었다. 윤주는 심장이 두근거렸다. 그가 컵라면 박스를 열어보자고 할 것만 같았다. 만약 그런 일이 생기면 무슨 말을 하면서 위기를 모면해야 할지 걱정이 되어 정신이 하나도 없었다.

처음에는 그가 보이자마자 휙 돌아서서 나오고 싶었다. 본능적으로 일단 피하고 싶었는데 어쩌면 그게 더 의심을 살 듯했다. 역시나 엑스레이를 찍는 것처럼 박스를 뚫어지게 바라봤다. 심장이 다시 펄떡거려 기절하기 일보 직전이었다. 이깟 벽도 못 넘으면서 무슨 거사를 일으킬 수 있을까 싶어 발각된다면 깨끗이 포기하고 말리란 생각도 들었다. 그런 생각이 들자 오히려 발걸음이 가벼워졌다. 지금껏 대책 없이 뛰던 심장도 다시 평온해졌다. 마음 한구석에서는 발각되길 바라는 마음이 있는 게 속상했다. 그가 날마다 컵라면만 먹지 말라고 하자 말 잘 듣는 아이처럼 고개를 크게 끄덕이며 무사히 방으로 들어갔다.

처음의 계획대로 종호와 소주를 한 잔씩 나누어 마시고 싶었다. 무엇보다도 누군가와 이생의 이별식을 치르고 싶었다. 또 별이 생각났지만 고개를 한껏 저었다. 지금쯤 세상 끝 어디선가에서 욕심껏 공부하고 있겠지. 자신의 몫까지 열심히 하길 진심으로 바라는 마음이 처음으로 들었다. 윤주는 박스를 침대 밑에 숨겨두고 소주와 오징어땅콩볼과 종이컵을 들고 복도로 나섰다. 종호는 그새 바닥 청소를 끝내고 주방에서 설거지하고 있었다. 윤주가 소주병과 오징어땅콩볼을 양손에 들고 흔들자 씨익 웃으며 고무장갑을 벗었다. 그가 앞서고 윤주가 그 뒤를 줄레줄레 따라 들어갔다. 한쪽 벽에 세워둔 밥상을 펴고 소주병을 올리고 종이 접시 한 장을 내와 오징어땅콩볼 봉지를 터트려 그 위에 쏟았다. 윤주가 술잔을 종호에게 건넸다.

"어, 이거 낮술인데 괜찮나 몰라."

"딱 한 잔인데 어때요."

윤주는 종이컵 가득 술을 콸콸 따르면서 대답했다.

"어쭈, 반나절 만에 많이 컸네. 맞아, 한 잔쯤이야."

단숨에 입에 털어넣고 오징어땅콩볼 한 개를 파삭 씹었다. 그 모습을 물끄러미 바라보던 윤주는 자기처럼 아침도 못 먹었겠다는 생각이 들었다. 종호가 이번에는 윤주에게 빈 컵을 건넸다. 윤주처럼 가득 따라주었다. 종호처럼 단번에 벌컥벌컥 마셨다. 안주 생각은 없었다. 그것보다는 혹 나중에 입에서 이런 게 흘러나오면 추잡스러울 듯해서 깨끗해 보이는 게 마지막 바람이었다. 그런데 종호가 자꾸 권했다. 빈속에 술만 들이켜면 위가 망가진다나 하면서 본인도 오징어땅콩볼을 몇 개 집어 우적우적 씹었다. 자기가 제일 좋아하는 과자라고 배시시 웃자 종호를 더 먹이려면 윤주도 먹어야 했다. 하긴 윤주도 좋아하는 과자였다.

오징어도 먹고 땅콩도 먹고 파사삭 깨물 때의 소리도 좋았다. 할머니가 시장에 나가면 늘 혼자여서 싫었다. 이 과자를 먹을 때만큼은 파삭 소리 때문인지 혼자라는 생각이 들지 않아 날마다 오징어땅콩볼을 고집했다. 그동안의 정리를 위해서라도 몇 개쯤 먹어도 괜찮을 듯했다. 윤주가 유난히 바사삭 소리를 내며 오징어땅콩볼을 깨물자 종호도 따라서 바사삭 소리를 내면서 땅콩볼을 집어먹었다. 소주잔이 한번씩 더 왔다갔다 했다.

"그동안 감사했습니다."

윤주는 지나가는 말처럼 마치 바람 불면 꽃잎 떨어지듯이 슬쩍 말했다. 종호는 땅콩볼을 씹으면서 고개를 끄덕였다. 때마침 술병 옆에 두었던 핸드폰이 부르르 떨자 그걸 집어드느라 대충 들었는지도 몰랐다. 전화를 받으면서 방에서 나갔다. 윤주도 따라 일어났다. 빈 병은 쓰레기통 옆에 두고 종이컵과 은박지 접시를 쓰레기통에 넣으면서 분리수거를 해야 하는데 어쩌지 하는 생각도 했다. 물티슈를 찾아 밥상을 한번 닦은 후에 다리를 착착 접어 원래 있던 자리에 세워두고 방을 나왔다. 나오면서 방을 한번 더 둘러보았다.

윤주 방으로 들어와서도 방을 한번 둘러봤다. 쓰레기 소굴이었다. 저걸 청소를 할까 말까 잠시 갈등했다. 어차피 오징어땅콩볼 때문에 아름답게 마무리하기는 틀렸다는 생각에 금방 포기했다. 테이프로 방문을 돌려서 꼼꼼하게 붙였다. 번개탄을 피울 그릇으로 전기밥솥을 선택했다. 할머니가 쓰던 물건은 모두 버렸는데 이것은 버리지 못하고 들고나왔다. 고시텔에 와서 한번도 사용해보지 않은 6인용 밥솥을 이렇게 쓰게 되었다. 내솥을 꺼내어 그 안에 번개탄을 차곡차곡 쌓았다. 종호는 근무 중이라 소주를 두 잔만 먹어 나머지를 혼자 다 마셔버려 정신이 알딸딸한 게 잠이 잘 왔다.

두 눈가로 눈물이 맥없이 흘러내렸다. 눈물은 김별과의 작별인사였다. 마지막까지 그리웠다. 지금 그녀가 나타난다면 침대를 뚫고 바닥 밑까지 내려앉은 몸을 거뜬히 일으켜 방문에 꽁꽁 붙인 테이프를 잡아뗄 수 있겠다. 그 이유 말고는 이 세상에 살고 싶은 마음이 조금도 없었다. 별 말고 미련이 있다면 글 잘 쓰는 작가가 되고 싶었다. 할머니의 삶을 관찰하면서 든 생각이었다. 그녀는 윤주의 상상력으로는 불가능한 삶을 살아갔던 인물이었다. 글로 풀어낸다면 풀릴 듯 싶었다. 그녀가 자기의 삶을 한마디도 얘기해주지 않으니 그 방법밖에 없었다. 일이 이렇게 되어버려 이제 그것도 접어야 했다. 생각은 꼬리를 물고 이어지려고 했지만 더는 생각을 붙잡을 힘이 없어 그만 스르르 놓았다.

윤주가 다시 눈을 떴다. 하얀 벽이 마주 보였고 눈앞에는 낯선 남자가 윤주를 물끄러미 내려다보고 있었다. 윤주 몸에 주렁주렁 줄이 달렸다. 윤주 할머니의 마지막 모습과 닮았다. 뭔가 꼬인 것 같아 벌떡 일어나려고 했지만 줄 때문에 일어날 수가 없었다. 낯선 남자가 문 밖으로 뛰어나갔다. 뒤이어 간호사가 뛰어오고 종호도 뛰어왔다.

의사도 달려왔다. 간호사가 호들갑을 떨며 윤주를 침대에 바로 눕혔다. 주삿바늘이 빠져 링거액이 침대 시트를 적셨다. 윤주는 차라리 눈을 감아버렸다. 의사가 윤주의 가슴을 헤집고 청진기를 대보는데 종호가 살아날 수 있겠냐고 옆에서 물었다. 많이 놀란 목소리였다. 미안했다. 누군가의 가호가 있지 않고는 살아날 수 없는 상태였다고 했다. 그 말은 윤주는 잘했는데 누군가의 가호로 실패했다는 뜻이다. 윤주는 눈물이 흘러내렸다. 누군가에게 감사해서인지 저승에서조차 받아주지 않아 통한의 눈물인지 저도 알 수 없었다. 낯선 남자는 장수였다.

굴

1

박장수가 꼭 남의 집 오듯 왔다. 마루에 엉거주춤 걸터앉은 품이 신발을 벗고 마루로 올라올 생각은 아예 없는 듯 보였다. 노인은 역시나 장수가 오자 아침을 윤주보다 훨씬 더 많이 먹어놓고도 두 번도 쳐다보기 싫을 정도로 오만상을 했다. 노인은 인상을 쓰면 앓는 소리도 물 흐르듯이 자동으로 흘러나왔다. 박장수는 이런 노인을 처음에는 모른 척했다. 그가 반응을 보이면 노인의 앓는 소리가 더 커지니까. 노인도 그의 반응이 없으면 강도가 점점 더 세졌다.

노인의 레퍼토리가 슬슬 시작되었다. 입안이 소태처럼 써 밥맛이 없다고 징징거렸다. 장수가 못 들은 척하자 속에 들어가는 게 없어 똥통에 앉아 있어도 밑으로 싸는 게 없다고 덧붙였다. 어쩌다 싸도 새처럼 물똥만 찔끔찔끔 갈긴다고 했다. 이렇게 노인은 같은 말을 해도 언제나 더러운 말을 양념처럼 투척했다. 하긴 이런 투의 말이 장수의 반응을 빨리 불러오기는 했다. 그런데 이번에는 이 정도로는 어려운 모양이었다. 장수는 여전히 마당가 뽕나무 가지에 앉은 참새처럼 포로롱 날아갈 듯이 마루턱에 위태롭게 걸터앉아 있었다. 노인이 온갖 앓는 소리를 해도 노인에게 눈길 한번 안 던지고 자기가 금방 저벅저벅 걸어온 마당에만 눈길을 주었다.

그는 마당가에 웃자라고 있는 닭 볏처럼 생긴 시뻘건 맨드라미를 쳐다보는 듯도 했지만 어쩌면 마당 군데군데에 악귀처럼 자리잡은 잡초를 바라보는 듯했다. 잡초를 제때 뽑아주지 못해 윤주는 저도 모르게 목이 움츠러들었지만 이내 고개를 폈다. 계약서에 마당 관리 조항은 없었다. 노인 수발하기에도 스물네 시간이 부족했다. 그렇지만 마당 군데군데 잡초가 마치 노인의 얼굴에 퍼진 검버섯 같아 마음이 심란하기는 했다. 장수의 얼굴도 말끔하지 않아 그처럼 심란해서라는 생각도 언뜻 들었다. 아니 이 집에 들어올 때부터 그의 얼굴은 똥씹은 얼굴이었으니 마당의 풀 때문은 아니다.

그래도 장남이라는 책임감 때문인지 이런 얼굴을 하고서라도 마당에 들어서서 고맙기도 했다. 노인에게는 아들이 셋 있다지만 찾아오는 자식은 지금 마루 끝에 새처럼 앉아서 날아갈 궁리만 하는 이 아들밖에 없었다. 노인도 이 자식 얼굴이라도 보려면 덜 엄살을 부려야 한다는 것쯤은 깨달아야 했다. 그런데 무슨 억하심정인지 더 못잡아먹어 안달이었다. 장수는 여전히 소 피처럼 붉게 핀 맨드라미에 눈길을 주었다가 마당 한복판에 우물처럼 물이 괸 웅덩이에 눈길을 줄 뿐이었다. 애고 애고를 질러대고 있는 노인에게는 눈길을 주지 않았다. 노인만큼 폭 세어버린 하얀 머리카락이 햇볕에 반짝반짝 빛났다.

이번에는 아무래도 장수가 이길 듯했다. 그는 단단히 작정하고 이 집 울타리를 넘어온 듯싶었다. 하긴 노인의 심통을 알고도 남겠지. 그동안 잘 알고 있으면서도 다 받아준 것은 아들로서 해야 할 도리였겠지만 더는 그리하고 싶지 않다는 표정이 얼굴에 득시글득시글 꿈

틀거렸다. 윤주는 이렇게 그의 마음을 얼음알처럼 잘 보이는데 노인은 안 보이는지 아니니, 보고 싶지 않은지 점점 강도가 세졌다. 장수는 버텨볼 만큼은 버텨볼 작정인 듯했다. 옆에서 지켜보는 윤주가 도리어 불안할 지경이었다. 급기야 이럴 작정이면 차라리 다른 자식들처럼 마당으로 저벅저벅 들어오지나 말지라는 생각도 들었다.

"애고 애고 나 죽네. 저눔이 어미가 죽어 나가 자빠져도 눈도 깜짝 안 할 놈이네. 애고 애고 나 죽네."

노인은 갑자기 마루에 벌러덩 누워 데굴데굴 구르기 시작했다. 그때야 장수는 노인의 이런 모습을 질린 표정으로 물끄러미 바라봤다. 입은 여전히 싱싱한 홍합처럼 꽉 다물었다. 그의 고집도 노인을 닮은 듯했다. 노인은 이런 그의 모습을 옆눈으로 흘끔흘끔 살피면서 소리소리 질렀다.

'아이고, 아이고, 아파 죽겠네. 나 죽겠네.'

노인의 목소리는 앞으로 백 년은 더 살 수 있을 듯 파란 함석지붕을 들었다 놓았다 할 지경으로 쩌렁쩌렁 울렸다. 목소리는 기어코 울타리를 넘어 지나가는 동네 사람이 마당 안을 기웃거리게 했다. 지나가는 노인이라고 해봤자 할머니들뿐이었다. 이 동네 할머니들은 기력이 모두 입으로 모였는지 말만 많았다.

지금 담장 밖에서 키가 껑충한 해바라기와 함께 기웃거리는 할머니도 입으로 뱉는 말은 모두가 말이라고 생각하는 노인이다. 그것도 안 통하면 늙어서라며 늙은 게 죄라고 둘러댔다. 마지막에는 너희들은 안 늙을 줄 아느냐고 협박을 보태고 나면 그 말은 말이 되는 식이었다.

박장수도 잘 알고 있었다. 무엇보다도 그 할머니가 담장 안으로 저벅저벅 들어오는 발걸음을 막아야 했다. 여전히 쭈글쭈글한 얼굴만 담장 안으로 늙은 고양이처럼 들이밀고 눈치만 할끔할끔 살피고 있었다. 평소 같으면 머뭇거리지도 않았겠지만 마루에 손님이 걸터앉아 있자 나름 예의를 차렸다. 십중팔구 인사를 득달같이 하면서 자기를 안으로 모실 거라는 계산도 했다. 하지만 장수는 이제 그것도 귀찮은 모양이었다. 불과 석 달 전만 해도 대문까지 나가 할머니를 모셔왔었다. 그것도 손까지 꼭 잡고 우리 어머니와 잘 지내시라고 당부했었다. 그러나 이제는 전혀 영양가 없는 입싼 할머니에 불과하다고 알아챘나보았다.

장수가 담장 밖으로 마중은커녕 쳐다보지도 않자, 담장 안으로 얼굴만 들이밀고 이제나저제나 기다리던 노인은 이러지도 저러지도 못하고 있었다. 그런데 장수는 그것도 잠깐이라고 짐작했다. 입이 싼 만큼 인내력도 없는 할머니는 곧 나이를 앞세워 쳐들어올 거라는 생각에 엉거주춤 일어섰다.

이번에도 노인이 이겼다. 어쩔 수 없는 변수가 생겨 이겼다고 볼 수 없었다. 언제 한번이라도 장수가 노인을 이겨본 적이 있었을까. 만약 이겼다면 패륜이라고 손가락질받을 테니 이겨도 이긴 게 아니었다. 장수는 마침내 입을 뗐다. 백 년 만에 처음 입을 뗀 듯 목소리마저 아득하게 들렸다. 그런데 그 내용이 수상했다. 알아들을 수가 없었다.

'저놈의 징글징글한 굴.'

노인은 정확하게 알아들은 모양이었다. 조금 전까지 떼쟁이 아이처럼 마룻바닥을 구르고 발버둥치면서 아프다고 고래고래 소리지르던 일을 순식간에 뚝 멈추고는 벌떡 일어나 앉았다. 심지어 장수 눈치를 힐끔힐끔 살폈다. 장수는 이런 노인의 태도를 안 본 듯 보면서 한번 더 중얼거렸다.

"저놈의 굴이 다 잡아먹지 먹어.'

마지막 화룡점정을 찍듯이, 꼭 늑대가 으르렁거리듯이 낮게 중얼거렸다. 그러자 노인은 숫제 방으로 절뚝절뚝 걸어들어가서 문을 살그머니 닫았다.

윤주는 눈앞에 벌어진 일이 믿을 수가 없어 저절로 입이 딱 벌어졌다. 노인이 스스로 벌떡 일어나서 걷는 모습을 처음 보았다. 그동안 잘 걷지 못한다고 여겨 화장실까지 부축해 변기에 앉혀주었더랬다. 이제서야 틀니 소동 때가 이해되었다.

노인의 방에서 텔레비전 소리가 흘러나왔다. 생뚱맞게 일요일 낮이면 방송되는 전국노래자랑 프로였다. 시그널 음악과 함께 특유의 사회자 멘트가 천장을 뚫을 태세였다. 노인이 일주일 내내 기다렸던 프로그램이었다. 일이 이쯤 되자 이 프로그램이 노인의 투정을 멈추게 한 듯싶었다.

"굴이라뇨?"

노인돌보미가 최고로 지켜야 할 일은 함봉이었다. 장수와 계약서를 쓸 때 별도의 사인까지 한 항목이었다. 가족 간의 주고받는 이야기는 절대로 들으면 안 되었다. 들었다 해도 귀에 남아두면 안 되고 어쩔 수 없이 귀에 담겼다면 그것이 말로 재생되어 담 너머로 넘어가는 일은 절대 금기였다. 이것만 지켜준다면 노인의 밥을 한번쯤 굶긴다고 해도 상관이 없어 보였다. 그런데 이 상황에서 물어볼 수밖에 없었다.

장수는 윤주를 힐끗 쳐다봤다. 당황한 빛이 눈동자에 어렸다. 그런데 금방 수습하고는 못 들은 척 딴청을 부렸다. 노인이 식사를 잘 하시는지, 잠은 잘 주무시는지 같은 하나마나한 물음이었다. 질문에 진정성이 눈곱만큼도 없었지만 고용된 입장이라 대답을 하긴 해야 했다.

"식사도 잘하고 똥도 잘 싸십니다. 먹은 만큼 싸기 때문이지요."

윤주도 노인을 닮아 말속에 더러운 게 들어가야 말이 완성되는 느낌이었다. 단어를 조금 에둘러 쓴다고 해서 더러운 말이 깨끗하지도 않아 그냥 직설적인 단어를 조금도 망설이지 않고 썼다. 장수도 처음에는 그런 말투가 거슬렸는지 눈살을 찌푸렸지만 이제는 그냥 덤덤히 받아들이는 눈치였다.

윤주는 이런 원색적인 말을 툭 뱉고 나면 속이 후련해지는 느낌이 들었다. 노인을 돌보면서 받았던 온갖 스트레스가 확 풀리는 기분이었다. 사람들이 왜 불필요한 욕을 하는지 이 집에 와서 깨달았다.

장수는 더는 마루에 앉아 있을 필요가 없겠는지 벌떡 일어났다. 노인에게 작별 인사를 건네지도 않았다. 하긴 기껏 방안에 들여보냈는데 굳이 부스럼을 만들 이유가 없었다. 마당을 저벅저벅 걸어나가자마자 노인이 방문을 빠끔히 열고 윤주를 불렀다. 십중팔구 배고파 죽겠다고 죽는 시늉할 테다. 전국노래자랑이 시작되었으니 점심때가 되긴 했다. 담장 밖 노인이 어느새 들어와 마루 끝에 늙은 고양이처럼 쭈그리고 앉아 있었다. 장수처럼 한번 힐끗 쳐다보고 주방으로 들어갔다.

뚝배기에 굵은 멸치 세 마리와 함께 된장 한 숟가락을 풀었다. 표고버섯과 호박과 감자와 양파를 나박나박 썰어 그새 보글보글 끓는 된장 물에 함께 쓸어넣었다. 그것이 끓을 동안에 옆 버너에 프라이팬을 올리고 해바라기 씨 오일을 둘렀다. 팬이 달아오르자 고등어 한 토막을 노랗게 구우면서 장수가 얼떨결에 내뱉은 굴에 대해 생각했다. 그제서야 기억 저편에 있었던 보건소 직원의 말이 예사롭지 않다는 생각이 들었다.

2

윤주 눈에 굴은 한마디로 실망이었다. 적어도 언뜻 보기에는 그랬다.

휠체어를 꺼내 먼지를 닦고 있자 마루에 앉아 단풍이 막 들기 시작하는 앞산을 물끄러미 바라보고 있던 노인의 눈이 반짝반짝 빛났다. 틀니 소동 이후로 휠체어를 꺼내지 않았기 때문이다. 여름의 폭염 때문이기도 했지만 가을 들어서도 노인의 어깃장이 점점 심해지자 노인이 좋아하는 일은 아무것도 해주기 싫었다. 나름 아주 소심한 복수였다. 창고에 웅크리고 있는 휠체어를 보기만 해도 이상하게도 노인에게 복수하는 마음이 들어 저절로 실쭉 웃게 되었다.

한 달에 한번 보건소로 혈압약을 타러 가는 것도 혼자 일른 다녀오고 말았다. 노인 컨디션이 안 좋아 함께 오지 못했다고 둘러대도 젊은 의사는 별말이 없었다. 창구에 앉아 눈을 반짝이는 간호사에게도 지나치리 만큼 공손하게 인사하자, 뭔가 말하고 싶어 팥죽색 입술을 실룩거리다가도 입을 다물고 약봉지를 내밀었다. 윤주 스스로 체득한 처세술이었다. 이 고장에 살아가자면 하루에 열 번을 만나도 꾸벅 인사만 잘하면 되었다. 윤주만 보면 말을 걸고 싶어 몸살이 다 날 정도로 안달복달하는 사람들에게도 미리 인사를 정중하게 했다. 머쓱해서 입 밖으로 조금 비어져나오던 말이 저절로 들어가는 것을 몇 번 경험했다. 그게 습관이 되어 지나가는 길고양이에게도 무심결에 인사했던 일도 있었다. 노인은 윤주 눈치를 흘끔흘끔 보면서 외출 복장으로 꾸미기에 바빴다.

노인은 보건소 갈 때는 절대로 혼자 옷을 찾아 입지 않았다. 꺼내놓았다. 옷마다 색깔이 어떻다니 모양이 어떻다니 하면서 타박을 놓았다. 옷을 입히고 양말까지 신기고 나면 등에서 진땀이 흘렀다. 그런데 장날에 장 구경 갈 때는 옷장과 서랍을 있는 대로 다 파헤쳐 가면서 마음에 드는 옷을 찾아 입었다. 그럴 때 노인의 방은 꼭 뒷산에 사는 멧돼지 떼가 출몰한 꼴로 어수선했지만 타박을 듣지 않는 것만 해도 이런 정리는 일도 아니었다. 사람의 입에서 나온 말이 제초제처럼 독이 될 수 있다는 진리를 노인과 함께 살면서 알게 되었다.

노인이 색 바랜 분홍색 물방울 스카프를 꺼내 목에 두르면 기분이 매우 좋다는 뜻이다. 가장 아끼는 물건이라 좋은 날에만 둘렀다. 하긴 노인에게 좋은 날이 언제였을까. 명절이나 생일이 되면 마치 화룡점정처럼 분홍색 물방울 스카프를 두르고 온종일 자식들을 기다렸다. 미역국이 식어 기름이 동동 떠 몇 번이나 데워 내놓아도 먹지 않았다. 먹는 일 말고는 낙이 없는 노인네라 측은한 생각이 들 때도 이 때였다.

노인을 태운 휠체어가 시장 쪽이 아닌 반대 길로 가자 노인은 어안이 벙벙한지 뒤로 목을 돌리려고 애썼다. 마음대로 목이 움직이지 않자 이내 포기하고 대신 나지막하게 중얼거렸다. 흐드러지게 핀 코스모스 꽃대를 심술궂은 사내아이처럼 툭툭 분질렀다. 노인 나름의 애정 표현이었다. 구름 한 점 없는 코발트블루 빛 하늘을 물끄러미 올려다보면서 또 어딜 가느냐고 물었다.

"굴에요."

"뭐? 어디 간다고?"

"굴요."

"암것도 볼 게 없는 곳을 뭐 한다고 가노?"

"그냥요. 궁금해서요."

"나는 가기 싫다. 가봤자 흉측스럽기만 할 텐데."

"흉측스럽다고요?"

"내가 언제 그렇게 말했노?"

노인은 시치미를 뚝 뗐다. 노인의 특기였다. 그래도 어깃장을 놓는 것보다는 참을 만했다. 시치미를 떼고 나자 가기 싫다는 말도 더는 하지 않았다. 코스모스와 맨드라미와 세숫대야만큼 커다란 해바라기 무리를 지나자 할머니들밖에 없는 노인회관이 우뚝 서 있있다. 노인회관 앞에는 하얀 메밀밭이 펼쳐졌다. 메밀밭을 지나치자 햇살에 자글자글 익고 있는 사과 과수원이었다. 사과는 가지가 척척 늘어지도록 발갛게 달렸다. 과수원을 지나자 길은 점점 좁아지면서 발목을 겨우 담글 수 있을 듯한 도랑물이 졸졸 흘러내렸다. 도랑 바닥에는 물이끼가 파랗게 붙었다. 수초가 웃자라 물을 덮었고 도랑가로는 좁쌀처럼 작은 꽃이 대롱대롱 달린 연보라색 여뀌가 군데군데 피어 있었다. 도랑물은 길게 흘러내려 또 다른 길을 끼고 흐르는 냇물과 합류했다.

또 다른 길은 윤주가 이 마을에 도착한 다음 날 아침에 산책했던 그 코스였다. 삼거리에서 잠깐 망설이다가 오른쪽을 선택했더랬다. 오른쪽은 시멘트 다리를 건너가는 길이었고 왼쪽은 노인회관을 지나고 과수원을 지나는 길이었다. 햇볕이 들지 않아 어둑어둑했던 기억이 났다. 무엇보다도 마음이 내키지 않아 시멘트 다리 위로 발을 올려놓았더랬다.

도랑물을 따라 올라가자 커다란 암벽 밑으로 단춧구멍처럼 가느다란 구멍이 뚫린 산이 눈앞에 우뚝 서 있었다. 있다는 확신 아래에 자세히 찾아보아야만 보이는 구멍은 대낮인데도 컴컴하다 못해 으스스한 느낌이 들었다. 구멍 입구에도 물이 찰방찰방 괴어 있었다. 고개를 한껏 늘려 굴 속을 들여다보았지만 어둑어둑해서 잘 보이지 않았다. 바위에 다닥다닥 붙은 돌단풍이 불그스름하게 물들었고 칡넝쿨이 무성했지만 어째 오싹한 기운이 구멍에서 뿜어져나왔다. 굴을 품은 산은 높지도 가파르지도 않았다. 노랗게 물이 든 매끈한 낙엽송이 군락을 이루어 산은 화려했다. 서향이라 양짓녘에서는 파릇파릇 새순이 돋아도 얼음이 풀리지 않을 듯싶었다. 산은 마치 형제처럼 남북으로 길게 능선을 이루며 그것보다 더 높은 동쪽 산과 길게 연결되었다. 남쪽으로 연결된 산은 자작나무 군락지였고 북쪽으로 기다랗게 능선을 이루고 있는 산은 낙엽송이 끝없이 펼쳐졌다. 굴에서 흘러나오는 물은 동남북으로 길게 연결된 이 모든 산에서 함께 만들어낸 물인 듯했다.

"어째 이런 곳을 오고 난리노."

노인의 목소리는 평소와 달리 잔뜩 주눅이 들었다.

"왜요? 저 구멍 안에 뭐가 있어요?"

"있기는 뭐가 있어. 다 할망구들이 지어낸 야그지."

"이야기요?"

노인은 윤주 말에 못 들은 척했다. 말이 하고 싶지 않은 얼굴이자 윤주는 점점 더 호기심이 일었다.

"지어낸 이야긴데 왜 무서워하는데요?"

"내가 언제 무서워했다고 사람을 잡나?"

노인은 벌컥 화를 냈지만 윤주는 대답하지 않았다. 노인의 말을 유도하기 위해서였다. 얼마 못버티고 입을 열었다.

"무섭다기보다는 여기만 오면 기분이 나빠서 그렇지. 이렇게 날씨가 좋은데도 저 굴 좀 보래이. 꼭 구신이 나올 것같이 으스스하잖어."

"저 안에 들어가보셨어요?"

"암만."

전혀 기대하지 않고 물어본 말이었는데 노인의 대답은 뜻밖에 선선했다.

"기분이 나쁘다면서 왜 들어가셨어요?"

"다 타고난 팔자였겠지. 어두운 시절이었으니께. 다른 방법도 없었고…. 영감을 살릴 수만 있다면 호랭이 아가리 속으로도 들어갈 수 있었지. 아니 지금도 마찬가지일 거야. 살릴 수 있다면 왜 못하겠어. 금방까지 시퍼렇게 살아 있던 양반이 눈을 까뒤집으며 죽어간다면 남의 무덤을 파서 시신이라도 훔쳐올 수 있제. 당해보지 않은 사람은 말을 하지 말아야지, 당해보지 않은 할망구들이 말은 더 많아. 죽어도 열 번은 더 죽었을 나이에 죽지는 않고 입으로 양기가 뻗쳐서 말만 많지."

노인의 눈빛은 촉촉해졌다가 화톳불처럼 이글거렸다가를 인광처럼 넘나들었다.

"아직도 저기 무당이 살고 있을 것만 같구먼."

"무당요? 어디요?"

"저기, 저 굴 옆에 납작 엎드려 있는 집이 무당집이었지. 우리 집이기도 했고."

노인이 갈퀴 같은 손가락으로 가리킨 곳을 따라가자 집이 있었다. 말을 하지 않았다면 집이 있는지도 모를 정도로 거무튀튀하게 썩은 슬레이트로 뒤집어쓰고 있는 지붕은 납작했다. 두 칸짜리 방문은 문살이 군데군데 부러졌고 방문 앞에 조그맣게 놓인 나무 마루도 밟으면 푹 꺼질 것처럼 위태로웠다. 돌담도 허물어졌지만 지붕만큼 웃자란 돼지감자가 마당 가득 노랗게 꽃을 피웠다. 사람이 사는 집이라기보다는 돼지감자집이었다. 빈집 같다고 윤주가 말하자 노인은 고개를 끄덕였다.

"저래 보여도 저 집에서 장수를 낳았지."

"네? 저 집에서요?"

"암만, 장수뿐 아니라 그 밑으로 두 놈도 다 저 집에서 낳았구먼."

"무당집이라면서요."

"무당 흉내를 냈지."

"아~ 무당이 영험했어요?"

"무당보다는 굴이 영험했었지."

"굴요?"

"암만, 굴이 노하니께 어메를 앞세우지 않으면 굴이 열리지도 않았어."

"네? 저 돌 구멍이 저절로 닫힌다는 말인가요?"

"아. 배고파. 밥도 안 주고 자꾸 말만 시켜? 무서워 죽겠는데 집에는 안 가고."

갑자기 노인의 태도가 돌변했다. 노인은 배고픈 거는 절대로 못참았다. 노인의 채근에 습관이 되어 하늘을 쳐다보았다. 해가 서쪽으로 자울자울 넘어가고 있었다. 붉은 노을빛에 노인의 얼굴도 오랜만에 생기가 돌아보였다. 휠체어를 왔던 방향으로 천천히 돌렸다. 바람이 건듯 불자 길가에 코스모스가 휘청거렸다.

"할매 뭐 잡수시고 싶으세요? 저녁 식사로 맛난 요리해드릴 테니 굴에 관해 이야기 좀 해주세요."

식탐이 많은 노인네라 금방 반응이 올 줄 알았건만 못 들은 척했다. 기억 저편에 있는 이야기를 끄집어내는 일이 잘하는 건지 알 수 없기는 윤주도 마찬가지였다.

채꾼아리랑

1

도치는 지금껏 단 한번도 박귀남을 누구에게 말한 적이 없었다. 이유는 뭐랄까 귀남을 입 밖으로 내뱉는 순간 공기와 접촉한 보석이 돌로 변할 듯했고 비눗방울처럼 스르르 꺼져버릴 것만 같았다.

윤주가 휠체어에 턱 태우길래 오랜만에 콧바람을 쐬어주나 싶어 기분이 좋았다. 그런데 평소에 다니는 장터 방향이 아닌 정반대로 가고 있었다. 영문을 몰라 어리둥절했지만 길가에 낭창낭창 핀 코스모스에 눈길을 뺏겨 나쁘지 않았다. 적어도 도랑물이 보이지 않을 때까지는 기분이 좋았다. 졸졸 흘러내리는 도랑물이 굴에서 나오는 바로 그 굴물이라는 생각이 스치자 가슴이 방망이질하기 시작했다. 정신이 아득했다. 꼭 비밀을 들킨 기분이었다. 윤주가 갑자기 굴로 데리고 간 이유는 분명코 뭐 들은 소리가 있는 듯했다. 굴이 가까워질수록 마음이 착잡했고 두렵기만 했다. 제발 굴에는 가고 싶지 않다고 소리치고 싶었지만 입이 떨어지지 않았다.

마침내 굴 앞에 떡 버티고 서서 자꾸만 굴에 관해 물어보았다. 물어보는 품새가 들은 소리가 없는 듯해 안심되기도 했지만 뱀장어처럼 반지르르하게 생긴 값을 하느라 보통 영리한 놈은 아니었다. 그래서 무슨 말을 해야 할지 종잡을 수가 없었다. 잘못 말했다가는 이놈아도 그날로 보따리를 싸들고 가버릴 것만 같았다. 자식들도 다 싫다고 떠났으니까. 그나마 장남은 책임감 때문인지 일 년에 두세 번은 오긴 하지만 마루 위로 발가락 한 개도 걸치지 않고 달아나기 바빴다. 장수를 마루에라도 올려놓으려고 얼마나 엉구렁을 쓰고 난리 발광을 부렸는데. 남사스럽고 꼴사나운 짓도 마다하지 않았다. 하지만 장수는 끄떡도 하지 않아 새벽녘 굴물에 드리워진 물안개처럼 아득하기만 했다. 그럴 때마다 굴이 생각났다. 그런데 드디어 장수 입에서 그 말이 나올 줄이야. 장수가 작별 인사는커녕 뒤도 돌아보지 않고 마당을 저벅저벅 걸어나갈 때까지 쥐 죽은 듯이 가만히 엎드려 있어야 했다.

귀남은 빚은 듯 잘 생긴 사내였다. 허우대도 좋았다. 어쩌다가 그 널찍한 품에 안기는 날이면 정신이 훌러덩 나갈 정도로 아득했다. 혼례를 올리고 안방을 떡 차지하고 있는 자신도 그 모양이었으니 문 밖의 여자들은 말할 것도 없었다. 거기다가 세심하고 보드라운 성정까지 갖춰 여자들에게 인기가 많았다. 그 당시 시골에서는 보기 드문 학력인 농업고등학교 졸업도 인기에 한몫했다. 그걸로 풀어먹고 살지는 못했지만 귀남의 입에서 나온 말은 진실이 되었고 믿어 의심하지 않았다. 이런 점은 그의 일터에서 커다란 장점이었다.

귀남이 좋다고 하면 비루먹어 털이 몇 가닥 남지 않은 소도 곧 생생하게 기운을 차릴 거라며 축산고등학교는 괜히 나왔겠냐고 사람들은 말했다. 귀남은 이렇게 우시장에 가면 축산고등학교 출신으로 재빠르게 학력 세탁이 되었다. 그것이 문제 되지 않는 이유는 그의 입에서는 한마디도 그런 말이 나오지 않았다. 그런 말이 나올 때 정작 당사자는 가만히 있었던 게 문제가 되지 않을까 걱정하는 사람은 단 한 명도 없었다. 그들의 머릿속은 계약이 끝나고 벌어질 술판이 뒹굴고 있었으니까. 귀남은 그들을 절대로 모른 척하지 않았다. 소를 홍정할 때 홍정이 잘되도록 옆에서 말부조했던 사람들을 모두 주막으로 데리고 가 흐드러지게 술판을 벌이는 일을 한번도 거른 적이 없었다.

가령 소를 팔아 얼마의 이문이 남았다고 치자 그것을 제대로 집에 들고 들어온 적이 없었다. 사람은 먹은 만큼 똥을 싸는 법이니까. 잘 먹여놓아야만 다음 홍정이 쉽지 않겠느냐 말에는 더는 토를 달지 않았다. 남들 소 한 마리 팔 때 자기는 세 마리나 네 마리를 팔 수 있어 훨씬 이문이라는 말이 그럴듯해 고개를 끄덕이기까지 했다. 눈을 살살 감아가면서 참기름 바르듯이 좔좔 말을 하면 쳐다보느라 정신이 홀라당 나가 있었으니까.

귀남은 소장수였다. 귀남은 도치가 이렇게 말하면 무식하게 그런 말을 쓴다고 힐책했다. 소중개인이라고 했다.

"굴 야그를 한다는 게 그만 삼천포로 빠진갑다."

"아니어요. 재미있어요. 할매가 이렇게 얘기를 재미있게 하는 줄 몰랐네요."

"아이고야. 정신이 오락가락하는 노인 야그가 재미있기는 뭐가 재밌냐? 야그 좋아하면 가난뱅이로 산다고 하더구먼."

"그것도 다 옛날 사람이 지어낸 말이겠죠. 이야기가 없으면 세상살이가 너무 팍팍하잖아요."

"하긴, 사는 게 다 야그지. 날마다 야그를 만들어가는 거여. 목마른데 시원한 배 없나?"

"당연히 있지요. 얼른 깎아 대령할 테니까. 이야기 더 해주세요."

2

처음에는 소를 끌어다주는 채꾼 일부터 했다. 운송수단이 오직 사람이었던 시절에 소장수인 박봉달은 그 일을 고작 열두 살밖에 안 된 아들 귀남에게 맡겼다.

소장수는 우시장으로 소를 끌고 나온 소 주인에게서 소를 사서 소를 필요로 하는 다른 사람에게 웃돈을 받고 파는 일이었다. 소가 필요할 때마다 소를 만난다면 땅 짚고 헤엄칠 정도로 쉬운 일이겠지만 흥정 붙일 소가 없으면 낭패였다. 골 속 골 속으로 소를 사러 다니는 일은 흔한 일이었다. 소를 사면 소 주인이 우시장까지 소를 끌어주기도 했지만 그렇지 않을 때는 소장수가 채꾼에게 그 일을 맡겼다. 소를 팔고 나서도 새 주인이 자기 집 마구간까지 끌어주길 바란다면 또 채꾼에게 맡겼다.

채꾼의 가장 큰 역할은 장마다 소를 끌고 가는 일이었다. 한번에 스무 마리부터 많게는 쉰 마리 정도를 끌고 다녔다. 밤을 새워 다음 장이 열리는 장터를 향해 산을 넘고 강을 건너 소를 끌고 가면 소장수는 벌써 장터에 와서 기다리곤 했다.

그날은 화전에서 오일장이 서는 날이었다. 화전장은 전국에서 열 손가락 안에 드는 큰 시장이었다. 다른 장터보다 우시장 규모도 컸다. 장날만 되면 이천 평이 넘는 우시장에 오백 마리에서 육백 마리 정도의 소가 말뚝에 묶여 길게 울었다. 백파령을 넘어 들어왔고, 전재와 문재를 넘어온 소들이 콧김을 휙휙 내뿜으며 김이 무럭무럭 나는 쟁반만 한 검은 똥을 바닥에 철썩철썩 쌌다. 이른 아침부터 이런 진풍경을 보기 위해 구경꾼들과 소를 사기 위해 두둑한 전대를 앞가슴에 찬 사람들이 자꾸 몰려들었다. 국밥집과 선술집에선 김을 풀풀 흘리며 구수한 술국 냄새를 풍겼다.

박봉달도 이런 날은 한몫 단단히 보는 날이었다. 전대가 두둑해지면 당연히 질펀한 술자리가 기대되는 날이었다. 장도 파하지 않았는데 선술집에서 술판을 마련해놓고 기다리는 치가 당연히 있었다. 얻어먹는 데 눈치가 구단인 이들은 그날 흥정된 소의 숫자로 안주를 아끼지 않았다. 배포가 큰 봉달은 기분이 좋아지면 안줏값을 탓하지 않기 때문이었다.

여느 날과 달리 그날은 문제가 하나 생겼다. 뒤늦게 소를 산 새 주인이 소를 자기 집 외양간까지 끌어달라고 했다. 장터에서 옛 친구를 만나 술을 곤드레만드레 마셔서 소를 끌고 갈 수가 없었다. 흥정이 많은 날이라 평소에 부리던 채꾼은 다음 장터인 제천으로 일찌감치 떠난 후였다. 봉달은 난감했다. 새로운 주인의 요구를 들어주지 않으면 신용을 잃어버릴 수가 있었다. 우시장에서는 신뢰가 목숨만큼 중요했다. 소가 시골의 웬만한 집에서는 재산 목록 1호로 대접받는 귀한 존재였고 그만큼 큰돈이 오갔기 때문이다. 신뢰를 잃은 소상수에게는 아무도 재산 목록 1호를 맡기지 않았다.

상황이 이런 지경이고 보니 봉달이 직접 소를 끌고 가는 수밖에 없었다. 그런데 이미 술청에 마련되어 있는 술상이 눈앞에 왔다갔다 했다. 아니 솔직히 말하면 새로 온 색시 때문이었다. 그녀만 보면 괜히 불두덩이 근질근질해서 이참저참 기회를 엿보던 중이었는데 이날이 바로 절호의 기호였다. 다른 소장수가 손을 대기 전에 먼저 접수해야 했다. 뭐 따로 약속해두지는 않았지만 느낌이 좋은 날이었다. 아침에 술국을 핑계로 슬쩍 들러봤는데 봉달을 보더니 박속 같은 이를 살포시 드러내며 샐쭉 웃었다. 늘 그를 대하는 태도가 야멸차 깊은 동굴에 돌을 던지는 것 마냥 마음이 아득했었다. 거리가 가깝다면 또 어찌 방법을 써보겠지만 대관령 아흔아홉 고개를 넘어 안목까지 내려가야 하는 먼 길이었다. 대관령에 사는 호랑이 등을 빌리지 않는다면 오늘 안으로 절대로 돌아올 수 없는 먼 여정이었다.

그때 장터를 기웃거리는 귀남이 눈에 들어왔다. 이놈은 필시 제 어미 심부름을 왔을 테니 얄밉기도 했다. 심부름도 뻔하디뻔한 제 아비 염탐질일 테니까. 기웃거리는 품새가 벌써 비굴했다. 화전장이 마음에 들지 않는 점은 바로 집이 가깝다는 이유였다. 귀남을 불렀다. 그는 눈을 반짝이면서 냉큼 다가왔다. 어느덧 키가 껑충해 봉달의 어깨 위로 올라왔다. 소를 끌고 대관령을 넘어 안목에 다녀오라는 말에 어리둥절한 표정이었다. 가까운 창부도 상계도 아닌 안목이라 이해하고도 남았다. 그것도 처음 해보는 일이었다. 더군다나 대관령에는 밤이면 호랑이가 이마에 시퍼렇게 불을 켜고 사람을 기다린다는 소문이 열두 살 아들도 듣고 남을 일이었다. 호랑이가 좋아하는 소 냄새를 폴폴 풍기며 대관령을 넘어가라니 귀남의 얼굴은 곧 울음보가 터질 태세였다. 이런 귀남을 힐끗 쳐다보며 봉달은 큰 선심이라도 쓰듯이 "니 혼저 가라는 게 아이야" 했다. 이들 부자의 옆에서는 방물장수가 나귀에 짐을 턱턱 싣고 있었다.

앞에서도 잠깐 말했지만 성정이 고운 귀남은 거절하지 못했다. 하긴 어느 안전이라고 거절하겠나. 아버지 말이 법보다 더 위에 자리잡고 있던 시절의 얘기였다. 기어들어가는 목소리로 기껏 한다는 말이 내일 학교는 어떻게 하느냐고 봉달에게 물었다. '그깟 핵교 할루 빠지는 게 무신 대수나. 이 일만 잘해주면 아부지가 고등핵교까지 보내줄 기야' 했다. 귀남은 고등학교까지 보내준다는 말보다 이 일을 잘해주면에 감격했다. 평소 엄격하고 어려운 아버지라서 감히 제대로 쳐다보지도 못했는데 그런 어마어마한 아버지가 부탁하자 갑자기 어른이 된 것처럼 용기가 솟았다. 소고삐 잡는 일은 소장수의 아들에게는 일도 아니었다. 소를 미처 팔지 못하면 집에 있는 마구간으로 끌고 와 꼴을 먹이는 일도 귀남의 역할이었다.

불뚝거리는 황소의 고삐를 단단히 틀어지고 방물장수를 따라 길을 나섰다. 마침 추석 대목장이라 하늘에 떠 있는 달도 한껏 차올랐다. 길은 대낮처럼 환해 숲에 숨어 있는 짐승도 함부로 모습을 드러내지 못할 것만 같았다. 방물장수도 같은 생각이었는지 환한 달밤에는 짐승들도 함부로 날뛰지 못한다고 했다. 달빛에 주눅이 든 모양이라고 했다. 원래가 그렇단다. 악은 사특해 컴컴한 데서 생기는 법이라고 했다. 모릿재를 넘어 창부를 지나고 상계를 지날 때까지는 마치 유람을 떠나듯 순조로웠다. 문제는 처음부터 대관령이었고 대관령 깊은 곳에서 그들을 기다리고 있을 호랑이였다. 그런데 호랑이도 교교한 달빛에 취했는지 아니면 산 그림자가 검은 색으로 선명하게 보일 정도로 달빛이 너무 환해 기회가 없었는지도 몰랐다. 어느 순간 고개를 다 내려가 바닷가 마을 안목에 도착했다. 그것을 신호로 바다에서 시뻘건 해가 쏘옥 올라왔다.

귀남은 이따금 그때 수평선에서 막 올라오던 해가 생각났다. 그날 이후로 수백 번이나 해 뜨는 장면과 맞닥뜨렸지만 그때만큼 피가 뚝뚝 떨어질 정도로 시뻘건 해는 보지 못했다. 그날 처음으로 채꾼 일을 했는데 성공이었다. 결과적으로는 성공하지 말았어야 했다. 그랬더라면 그의 팔자가 바뀌었을까.

그때부터 봉달은 툭하면 귀남에게 채꾼 일을 시켰다. 부리던 채꾼 한 명이 쉰 마리의 소와 함께 도망을 가버리고나자 사람을 잘 믿지 못했다. 귀남도 이미 채꾼 일이 익숙해 스무 마리가 넘는 소를 끌고 가기 위해 소 사타구니를 가로질러 고삐를 맬 줄도 알았다. 코뚜레를 꿰지 않은 어린 송아지가 가끔 무리에서 이탈할 때가 골치였다. 그럴 때면 그 어미 소에게 맡기면 되었다. 어미 소가 점잖게 송아지를 부르면 송아지는 귀를 쫑긋거리며 달려와 어미의 젖꼭지를 찾아 주둥이를 들이밀었다. 사나운 황소에게 몇 번 들이받혀 개골창에 빠지는 일도 피할 수가 없었다.

그 말을 듣고 놀란 광자가 이불을 뒤집어쓰고 누웠지만 봉달은 멈추지 않았다. 귀한 자식일수록 궂은일을 시켜야 귀신이 헷갈려 잡아가지 못한다고 했다. 오히려 성질 사나운 황소에게 받히지 않기 위해 턱밑을 바싹 세워 대가리가 움쩍달싹 못하게 고삐를 매는 방법을 가르쳐주었다. 새끼줄로 머리부터 묶기 시작해 코도 묶고 엉덩이로 둘려서 배를 뜨면 대가리는커녕 커다란 눈망울도 제대로 돌리지 못했다. 눈을 하늘로 한껏 치뜬 채로 걸어가게 되면 풀이 죽어 순한 소로 둔갑했다. 그렇게 채비해도 한순간도 방심할 수가 없었다. 황소가 어느 순간 번쩍번쩍 일어나면 막대기 끝에 끈을 매 척척 때리면서 길을 재촉했다.

채꾼이란 말도 막대기에 끈을 매달아 채찍으로 사용해서 유래되었다. 짚신도 잘 삼았다. 마방에서 소가 여물을 잔뜩 먹고 쉴 동안 다른 채꾼들과 함께 짚신을 삼았다. 험한 자갈길을 오랫동안 걷는 소의 발을 보호하기 위해서였다. 발이 네 개라 소 마리에 따라 짚신 삼을 양도 덩달아 많았다. 빠른 손놀림으로 능숙하게 잘 삼아 어린놈이 타고났다고 채꾼들의 칭찬을 받곤 했다.

그 무렵 채꾼들은 두세 명만 모였다 하면 산적 이야기를 했다. 산적은 소나 옷이나 돈만 빼앗지 않고 목도 딴다는 말을 그들은 누가 들을세라 소곤소곤 말했다. 주로 한밤중에 험한 산길을 걸어가는 여정이어서 호랑이와 산적은 피할 수 없는 실체였다. 길목을 지키고 있던 산적들에게 동료가 당했다는 소문이 장터마다 휘감아돌았다. 동료 채꾼이 보이지 않으면 산적에게 당했을 거라며 그들은 본 듯이 확신하며 벌벌 떨었다.

정선 임계에서 화전 우시장으로 오자면 하늘을 찌를 듯이 높은 벽파령을 꼭 넘어야 했다. 대관령만큼 험한 고개였지만 호랑이 대신 산적이 출몰한다는 소문이 돌았다. 이제 간이 커질 대로 커진 귀남은 그 소문을 듣고도 코웃음을 쳤다. 대관령을 수없이 넘나들어도 호랑이는커녕 여우 꼬리도 마주치지 않자 채꾼들이 흘린 헛소문이라고 단정지었다.

그날은 어찌하다가 일행을 놓쳐 귀남 혼자 벽파령을 넘었다. 아니 서른 마리 소가 곁에 있어 혼자 넘는다고 생각하지 못했다. 구름 한 점 노니지 않는 검은 하늘에는 노란 보름달이 둥실 떠 길을 밝혀주었다. 소들이 내뱉는 거친 숨소리와 워낭소리가 떨렁거렸고 적막하다 싶으면 한번씩 번갈아가며 울었다.

그런데 벽파령 꼭대기에서 소 떼가 갑자기 침을 질질 흘리며 술렁거렸다. 덜덜 떨며 뒷발에 힘을 주고 한 걸음도 나아가려고 하지 않았다. 소 떼 앞에는 축구공처럼 둥근 정체 모를 것이 데굴데굴 굴러다녔다. 그것은 한 개도 두 개도 아닌 여러 개였다. 맨 뒤에 서 있던 귀남이 아무 생각 없이 다가가 살펴보자 사람 머리였다. 달빛은 환하다 못해 푸르스름해 잘린 머리도 푸르스름했다. 귀남보다 먼저 떠난 채꾼 일행이 눈도 감지 못한 채 굴러다녔다.

발에 챈 머리는 평소 아버지처럼 의지했던 채꾼이었다. 그는 채꾼 아리랑을 기가 막히게 잘 불렀다. 그의 노래를 듣고 있으면 이미 서른 해는 훌쩍 나이를 먹은 듯한 느낌이 들었고 표현할 길이 없는 아득한 마음에 숨이 멎는 듯싶었다. 동료 채꾼들도 유난히 달빛이 훤한 밤이나, 사방이 고요해 풀포기에 맺힌 이슬방울 떨어지는 소리도 들릴 듯하면 그에게 채꾼아리랑을 청했다. 그는 한번도 거절한 적이 없었다. 때로는 그가 선창하면 동료들이 따라부르며 팍팍한 밤길을 재촉했다. 소들도 노랫소리를 듣고 있는지 숨소리조차 참고 있는 듯 고요하기만 했다.

귀남은 머리끝이 쭈뼛 일어서 자기도 모르게 소 떼를 팽개치고 홀로 벽파령 고개를 넘어 줄행랑을 쳤다. 내리막길은 발걸음이 심장뛰는 소리와 함께 거침이 없었다. 고개를 거의 다 넘어오자 그제야 팽개친 소 떼와 봉달의 무서운 얼굴이 떠올랐다. 오줌을 싸 축축해진 바지 섶을 내려다보면서 이렇게 죽으나 저렇게 죽으나 죽을 거라는 생각이 들었다. 다시 소 떼 곁으로 허적허적 돌아왔다.

겁을 잔뜩 먹은 소 떼는 채찍으로 아무리 내려쳐도 뒷발에 힘을 더 줄 뿐 꿈쩍도 하지 않았다. 꼭 벽파령 꼭대기에 거대한 자석이 심어져 소 떼를 끌어당기는 듯했다. 어찌할 바 모르는 귀남이 그 자리에 주저앉자 꺼이꺼이 우는 것 말고는 할 일이 없었다. 눈물 콧물이 철철 흐르면 옷소매를 끌어당겨 닦으며 한참 울다가 목이 쉴 즈음에 울음이 시나브로 채꾼아리랑으로 변했다.

벽파령 산마루에 말 방울 소리가 떨렁
새초거리 마방집 큰아기 엉덩춤이 나온다
새초거리 마방집 아지매 소 받아 매기요

우족가리 백 개나 되는데 여물값이 얼마요
송아지는 젖을 먹으니 열 마리 값만 받을 테니
해가 지고 달이 뜨거든 내 방으로 오세요
하룻밤 맺은 사랑을 잊지 못해서 울었나
문재 전재 신작로에도 봄비가 온다
화전 방림 부는 바람아 쉬엄쉬엄 불어라
문재 전재 넘는 정든 님 손발이 얼어서 터진다
아리랑 아리랑 아라리오
아리랑 고개 고개로 나를 넘겨주게

자기도 모르게 흘러나온 노래였지만 채꾼아리랑이 벽파령을 안개비처럼 적시자 숨 막힐 듯한 두려움이 시나브로 사라졌다. 꿈쩍도 않던 소들이 슬슬 움직이기 시작했다. 채꾼아리랑을 부르고 또 부르며 고개를 넘어 첫 마방집 주막 여자 치마폭에서 정신을 잃었다. 그날 이후로 귀남은 채꾼아리랑을 자주 흥얼거렸다. 노래는 그의 수호신이었고 산길에서 무섭고 적적할 때 길동무가 되었다.

봉달은 약속대로 귀남을 고등학교에 보내주었지만 결석하는 날이 더 많아 출석부에 이름만 올려놓은 꼴이었다. 수업 일수를 채우지 못해 고등학교 졸업장을 못 받을 걱정은 할 필요가 없었다. 봉달이 교장선생을 삶아놓는 수완이 대단했다. 그가 고등학교 졸업장에 연연하는 이유는 따로 있었다. 귀남을 당시에는 드문 고등학교 졸업 학력으로 나라의 녹을 먹는 공무원을 시키고 싶었다. 봉달은 아무리 돈을 많이 만져도 관리 앞에서는 굽신거릴 수밖에 없는 처지가 한으로 남아 있었다. 돈은 아비가 벌 테니 아들은 관리를 해서 인사나 받고 다니라고 했다. 그런데 봉달이 그만 예정에도 없이 급살을 맞고 말았다. 그것도 좋게도 아닌 입에 담기도 민망하게 죽어버리자 귀남은 졸지에 집안의 가장이 되고 말았다. 귀남은 봉달이 잘 닦아놓은 그 길로 들어설 수밖에 없었다. 그때까지 유일하게 배웠던 일이 그것밖에 없기도 했다. 봉달 나이 겨우 서른아홉에 그리되고 나니 사람들은 아홉수를 못 넘겼다고 혀를 찼다.

3

이런 사태를 회심의 미소를 머금고 호시탐탐 지켜보고 있는 사람이 있었다.

굴이 살모사 대가리처럼 물 밖으로 얼굴을 쏙 내미는 순간이었다.

낙엽송에 단풍이 들어 온 골짜기가 노랗게 빛을 뿜던 늦가을 저녁이었다. 그날 따라 바람이 세차게 불어 마을이 스산했다. 노란 낙엽송 군락에 바람이 머물자 황금빛 바늘이 떨어질까 우우 소리를 지르며 울었다.

저녁 어스름 무렵에 두 여자가 굴 앞에 나타났다. 머리를 반지르르하게 쪽을 찐 여자는 얼굴이 무척 아름다운 서른 후반이나 될까 말까 한 여자였다. 그 옆에는 키가 작은 처녀가 커다란 보퉁이를 머리에 이고 양손에도 짐을 잔뜩 들고 서 있었다. 처녀는 가분수처럼 머리가 유난히 커다랗고 이마는 자갈돌 몇 개 붙인 듯 울퉁불퉁했다. 눈이 툭 튀어나온 데다 입은 얼굴의 반을 차지할 듯 커다래서 꼭 바닷물고기 도치처럼 생겼다. 거기다가 등에 커다란 혹이 하나 올라앉은 꼽추였다. 처녀는 이름도 도치였다. 낯선 사람이 마을에 나타나자 동네사람들은 저녁을 먹다가 숟가락을 던져두고 두세두세 몰려들었다. 어떤 이는 숟가락을 입에 문 채 왔다.

쪽을 찐 여자는 굳이 불러서 왔다고 소리쳤다. 이름은 옥화였다. 작은 체구에 어울리지 않게 목소리는 살찐 바위가 내지르는 것처럼 우렁우렁하였고 흙탕물처럼 탁했다. 그와 반대로 굴을 가리키는 손가락은 밤벌레처럼 하얗고 오동통했다. 마을 사람들은 옥화의 말에 이해가 되지 않아 설왕설래했다. 가만히 엎드려 있는 굴이 갑자기 입이 달릴 리도 없고 뭘 불렀다고 다 저녁때에 이 난리냐고 물어보는 사람도 나왔다.

옥화는 다짜고짜 물어보는 사람을 쏘아봤다. 아름다운 용모와 달리 눈언저리는 우묵한 구덩이처럼 어두웠다. 번들거리는 눈빛에 물어봤던 사람뿐 아니라 그 자리로 몰려왔던 마을사람들은 자신도 모르게 오금이 저려 고개가 저절로 숙여졌다. 이런 마을 사람들의 태도에 만족했는지 옥화는 굴이 밤마다 나타나서 자기를 괴롭혔다고 했다. 잠을 잘 수가 없어 무작정 보따리 하나 딸에게 안겨 석 달 열흘을 헤매다 겨우 찾아왔다고 주장했다. 그러고 보니 두 모녀의 입성이 말이 아니었다. 둘 다 흰 저고리에 검은 통치마 차림인데 저고리는 땟국물이 졸졸 흘렀고 치마는 군데군데 찢어졌다.

여기다 집을 짓고 굴을 치성으로 섬기겠다며 옥화가 딛고 있는 땅에 마치 점을 찍듯이 발을 한번 굴렀다. 여전히 모양새와는 어울리지 않는 우렁우렁한 목소리였다. 그 바람에 낙엽송의 노란 잎이 퀼트 바늘처럼 그녀의 발 앞에 우수수 떨어졌다. 새들도 둥지를 찾아가는 저물녘에 집도 절도 없이 맨땅에 서 있는 이들 모녀를 남겨둔 채 마을 사람들은 뿔뿔이 흩어졌다. 마을 사람들의 인정이 웬만해서는 이들 모녀가 한뎃잠을 자게 내버려둘 리가 없었지만, 누구 하나 선뜻 자기 집으로 가자고 청하는 사람이 없었다. 무녀는 마을 사람들이 어찌해 볼 수 있는 존재가 아니라고 생각했기 때문이다. 마을 사람들은 옥화가 필시 무녀일 거로 생각했다. 무녀를 하기에는 얼굴이 너무 아깝다는 사람도 있었고 그것도 팔자라고도 했다. 바람의 기세가 잦아들기는커녕 점점 더 거세지자 낙엽송 숲에서 밤새도록 우우 울음소리가 들려왔다. 마을 사람들 누구 하나 잠들지 못한 밤이었다.

제풀에 돌아갈 줄 알았지만 마치 도깨비가 집을 지어준 것처럼 스무하루 만에 집이 완성되었다. 옥화가 발을 굴러 점을 찍은 곳은 굴 바로 옆이었다. 굴이 뿜어내는 습기로 인해 땅이 축축했고 온종일 기다려도 햇볕 한 줌 머물지 않아 무녀의 눈언저리처럼 우묵하고 거무튀튀한 곳이다. 거기에 방 두 칸에 부엌이 달린 오막살이 한 채를 대충 얼키설키 지었다. 모녀 단둘이서 집을 지을 동안 마을 사람들은 근처에 얼씬도 하지 않았다. 암묵적으로 환영하지 않는다는 표현이었다. 아니 옥화의 아름다운 용모에 빠져서 살짝 도와주고 싶은 남자도 많았다. 그녀가 일언지하로 거절했다.

집을 짓고 나자 옥화가 제일 처음 한 일은 박봉달 집을 찾아갔다.

마을에서 가장 부잣집이었다. 봉달 아내인 광자가 미처 막을 사이도 없이 댓돌에 고무신을 훌훌 벗어던지고는 대청을 저벅저벅 가로질러 안방에 들어섰다. 아랫목에 양반다리로 앉자마자 그때까지 우두망찰 서 있는 광자를 쏘아보았다. 동굴 같은 눈매에서 만만찮은 기가 흘러나와 광자는 속으로 움찔했다.

"굴이 음기가 너무 세 치성을 드려야 할 것이다. 만약에 내 말을 따르지 않았다간 마을에 사는 수컷은 사람이든 짐승이든 모두 망조가 들고 말게야."

광자는 찢어진 눈매에 키가 크고 몸집이 두리두리했다. 성격도 만만찮아 남편뿐 아니라 마을 사람들도 이유 없이 절절맸다. 특히 봉달과는 달리 돈에 무척 인색해 아무도 그 집에서 물 한 바가지 거저 얻어먹었다는 사람이 없었다.

"이 예자가 공알 빠진 년인기야. 여개가 워데라구 낯반데기 체들구 와 씨버레하게 떠들어 방치며 얼찐거리구 있아. 꼽새딸 자슥과 먹거지가 없자 뭔가르 얻어내러왔솨?"

광자는 대뜸 옥화에게 폭언을 퍼부며 깔깔 웃었다. 그녀는 옥화가 마음에 들지 않았다. 소문대로 얼굴이 너무 예뻤다. 마을 사람들이 옥화의 미모에 대해 말들이 많아 귀동냥으로 듣고는 궁금하던 차였다. 다시 태어난다면 저런 얼굴로 한번 태어나고 싶은 정도였다. 봉달이 만약에 옥화 얼굴을 한번 본다면 무녀이든 말든 당장 빠져들 것만 같았다.

옥화는 광자의 이런 태도에 말문이 막혔는지 아니면 그녀의 자발스럽게 터진 웃음이 멈추길 기다렸는지 한참 가만히 앉아 있었다.

"어허 이 어리석은 중생을 보래. 그깟 돈이 남편 목숨보다 더 아깝느나. 한심한지고. 쯧쯧쯧."

"이 공알 빠진 년이 뚤펜 주뎅이라고 씨부렁거리는 꼴 좀 봐. 자박세이 꺼들기 전에 어여 썩 꺼자."

그래도 옥화가 아랫목에서 꿈쩍하지 않자 부엌에 부르르 나가 찬물 한 바가지 들고 와서 대뜸 그녀 얼굴에 끼얹었다. 옥화의 누르스름한 무명저고리가 순식간에 폭삭 젖었고, 동백기름을 발라 쪽 찐 머리도 물에 젖어 머리에 찰싹 달라붙었다. 옥화가 엉거주춤 일어나서 대문을 나서자마자 마당가 장독대에서 소금 한 바가지 퍼와 그녀 등에다 획 뿌렸다. 침까지 뱉고도 성이 차지 않는지 대문을 탁 소리 나게 닫아걸었다. 그 기세에 마당 귀퉁이 뽕나무 가지에 앉아 있던 멧새 떼가 날개를 퍼덕거리며 굴로 까맣게 날아갔다.

4

옥화는 굴이 노해 봉달이 비명횡사했다고 공공연하게 소리치고 다녔다. 광자가 자기 말을 듣고 굴에 치성을 드렸다면 이런 일은 없었을 텐데 치성드리기는커녕 질투에 눈이 멀어 생때같은 남편을 잡아먹었다고 질책했다.

일이 이쯤 되자 까마귀 날자 배 떨어진 격으로 마을 사람들은 옥화의 말이 그럴듯했다. 돈에 인색해 무녀의 말을 듣지 않아 남편을 잡아먹었다며 손가락질했다. 옥화는 더 무서운 것은 지금부터라고 했다. 제대로 달래지 않으면 앞으로 계속 애꿎은 동네 남자들에게까지 액운이 퍼진다며 선지자처럼 거침없이 외치고 다녔다.

그런데 옥화가 영험해서인지 아니면 말이 씨앗이 되었는지 마을에 사는 젊은 남자가 물에 빠져 죽었다. 큰물이 나는 장마철이었다면 말거리도 아니다. 겨우내 꽁꽁 얼어 있던 산과 들판이 봄의 전령으로 눈 뜨자, 얼음이 녹아 푸슬푸슬한 밭을 소에 멍에를 씌운 쟁기로 잘 갈았다. 밭가 도랑에는 얼음물이 돌돌 흘러내려 도랑물이 조금씩 부풀어올랐다. 도랑물은 색색의 조약돌이 다 보일 정도로 맑았고 경쾌했다. 그 물에 쟁기를 씻다가 도랑가에 미처 녹지 못했던 한 조각의 얼음을 밟고 그만 미끄러져 엎어졌다. 하필이면 도랑물에 코를 박으며 엎어져 그 충격으로 정신을 잃었다. 그의 아내는 날이 어둑어둑해도 돌아오지 않는 남편을 찾아나섰다. 도랑물에 죽어 있는 남편을 건지면서 가장 처음 나온 말이 광자를 원망하는 말이었다.

이쯤 되자 옥화의 말에 긴가민가했던 마을 사람들도 그녀의 말을 믿기 시작했다. 기력이 다한 노인이 죽어도 사람들은 광자 때문이라고 뒤집어씌웠다. 그즈음 정정한 노인들도 자고 나면 한 명 한 명 죽자 광자는 점점 구석으로 몰렸다. 옥화 말처럼 할아버지만 죽었기 때문이다. 하지만 광자는 봉달을 대신해 소장수의 길로 나선 귀남을 생각하며 꿋꿋이 버텼다.

젊은 남자가 소 뒤꿈치에 차이는 일이 또 일어났다. 귀남이 소장수를 시작해 첫 거래를 했던 소가 사고를 쳤다. 밭갈이 중에 무엇이 못마땅해 주인을 차고 말았는데 힘이 얼마나 센지 공중에 나가떨어졌다. 하필이면 밭 한가운데 엎드려 있는 커다란 너럭바위에 머리를 부딪쳐 그 자리에서 즉사하고 말았다. 순하디순한 암소가 귀신이 씐 모양이라고 수군거렸다.

그 집의 유족들도 제일 먼저 광자를 원망했다. 급기야 죽은 남자의 형이 시체를 가마니에 둘둘 말아 지게에 짊어지고 앞장섰다. 그 뒤로 노모와 처를 비롯한 집안사람들이 횃불을 들고 줄줄이 따라서 광자 집에 쳐들어왔다. 마당에 시체를 부려놓고 광자에게 살려내라며 울부짖었다. 목소리와 목소리가 섞여 제대로 알아들을 수는 없었지만 대충 이런 내용이었다. 노모는 맨바닥에 두 다리를 뻗치고 앉아서 자기의 앙가슴을 쥐어뜯으며 풀죽 마시는 소리로 후루룩후루룩 울었다. 그러다가 갑자기 벌떡 일어나 광자의 멱살을 틀어쥐고 흔들어대다가 마당에 팽개쳤다. 뼈만 남아 비쩍 마른 노인에게서 그런 괴력이 발산되자 몰려든 마을 사람들은 놀랐다. 광자의 옷은 찢어지고 머리는 봉두난발이 되었지만 누구 하나 선뜻 나서서 유가족을 말리지 못했다. 유가족의 눈에서는 푸른 불꽃이 번쩍거렸다.

마을 사람들은 점점 더 광자를 옥죄기 시작했다. 그것이 그녀에게만 해당하면 버티고도 남을 성정이었다. 그런데 귀남에게도 그 여파가 시나브로 미쳤다. 광자는 결단해야 했다. 그것이 귀남을 살리는 길이었다. 애초에 그녀는 마을 사람의 안녕에는 관심이 없었다. 그런데 귀남의 일이라면 생각이 달랐다. 전국에 있는 입에 도는 명산과 절을 다 찾아다니며 제를 올려 얻은 귀한 아들이었다. 귀남도 유명한 스님이 지어준 이름이었다.

굴 입구는 사람이 기어들어가야 할 정도로 좁았지만 그 안으로 들어서면 마을 사람들이 다 모여 운동회를 할 수 있을 만큼 넓었다. 아무도 굴 끝까지 가본 사람이 없었다. 자연히 사람의 상상력이 동원되었다. 어떤 사람은 꼭 가본 듯이 말했다. 하룻길을 걸어들어갔더니 시퍼런 동해 바다가 나왔다고 했다. 어떤 이는 북한 땅이라고 했다. 총으로 무장한 군인들이 북쪽 말을 써서 무서워 되돌아오는 데 일주일이 걸리더라는 말도 했다. 무엇을 먹으면서 걸어왔느냐고 누군가가 물었더니, 어떤 날은 물만 마셨다고 했고, 어떤 날은 동굴 안에 졸졸 흘러내리는 물에서 가재를 잡아먹으면서 걸어왔다고 했다. 총을 든 인민군이 볶은 콩을 주어서 그걸 먹으며 왔다고도 했다. 그러자 어떤 사람은 중국말이었다고 했다. 남자가 치마 같은 내리닫이 옷을 입고 뭐라고 쏼라거리는지 당최 알 수가 없었으니 분명코 되놈이었다고 침을 튀겨가며 말했다.

까마귀

1

밤새도록 고양이 걸음처럼 기척 없이 내린 눈으로 마을은 하얀 눈세상이 되었다. 마을에서 제일 부지런한 광자는 전날에 미리 옮겨놓았던 장작을 아궁이 가득 넣고 불을 지폈다. 물동이로 열 동이는 들어갈 만한 커다란 가마솥 안에는 콩깍지와 송송 썰어둔 옥수숫대가 가득 담겼다. 딱딱 소리를 지르며 불땀이 타오르자 수증기와 함께 달큰한 냄새가 피워올랐다. 외양간에 다섯 마리의 소들은 한 마리가 음매 하고 울자 나머지 소들도 덩달아 한번씩 울며 냄새를 반겼다.

밖은 여전히 눈이 펑펑 쏟아졌다. 소들도 눈 내리는 모습이 보기 좋은지 순한 눈동자를 굴리며 하냥 쳐다보고 있었다. 호기심 많은 수송아지는 긴 혀를 내밀어 눈을 받아먹기도 했다. 구석에 서 있던 소가 폭포수 같은 소리를 내며 오줌을 오랫동안 누면 그 옆에 놈은 검은 피자 같은 똥을 철썩철썩 누었다. 광자도 열린 부엌문을 통해 눈 내리는 모습을 자꾸 힐끗거리면서 봉당에 떨어진 바싹 마른 콩깍지를 쓸어담아 솥 안에 넣었다. 빨갛게 불타오르던 장작이 허리 부러지듯 툭 툭 끊어지자 타지 않은 토막을 불꽃이 활활 타오르는 아궁이 속으로 도로 집어넣었다.

넉가래로는 찰눈이 꿈쩍도 하지 않아 다시 삽을 들고나와 한 삽씩 푹 떠 옆으로 싸놓았다. 마당은 곧 긴 터널이 만늘어졌다. 지붕 없는 터널이었다. 그 길로 삼태기 가득 쇠죽을 퍼담아 들고 외양간 구유에 넘치도록 부어주었다. 소는 대가리를 일제히 내밀고 쇠죽을 반겼다. 순식간에 빈 구유만 헌 신발처럼 덜렁 남았다. 광자는 소먹이는 일에 전문가였다. 늘 해왔던 일이었고 동물에 대한 사랑도 남달랐다. 그런데 요즈음은 소만 잘 키운다고 일이 잘 돌아가는 게 아니었다. 배를 채운 소들은 느긋한 표정으로 되새김질하고 있었다. 다섯 마리의 소들은 귀남이 사왔다. 송아지로 들어온 두 마리도 어느덧 제법 의젓해 코뚜레를 뚫어야 할 때가 되었다. 이래저래 속이 시끄러운 광자는 빨래를 담은 함지와 비누와 방망이를 챙겼다. 여전히 눈이 풀썩풀썩 내리는 모습을 물끄러미 바라보았다. 바람이 쓸고간 흔적이나 꽃잎 같은 새 발자국 하나 찍히지 않은 들판은 꼭 태초의 세상인 듯 여겨졌다.

삽을 들고 집을 나섰다. 굴까지는 150미터 거리였다. 주먹만 한 눈송이가 시야를 가렸다. 굴을 품고 있는 산도 있는 듯 없는 듯 아슴아슴해 다른 세상처럼 보였다. 눈을 한 삽씩 떠올려 옆으로 쌓으면서 길을 만들었다. 길은 곧 다시 눈으로 하얗게 덮였다. 봉달이 살아 있었을 때는 어림없는 일이었지만 그가 죽자 이런 식으로나마 마을 사람들에게 잘 보이고 싶었다. 진작 눈도 치웠더라면 이렇게 막다른 구석으로 내몰지 않을 듯했다. 그녀도 모르게 눈물 한 방울이 얼굴을 적셨다. 눈은 기다렸다는 듯이 눈물 위에 꽃잎처럼 달라붙었다. 광자도 눈사람이 되어가고 있었다. 멀리서 보면 광자도 눈의 한 점처럼 보였다.

굴 앞에는 굴 속에서 흘러나온 물이 늘 찰랑찰랑 고여 있었고 수증기가 아물아물 올랐다. 빨랫돌과 바위 위에도 눈이 항아리처럼 소복이 쌓여 물은 그것을 돌고 돌며 졸졸 흘렀다. 굴물을 둘러싼 나뭇가지 위에도 눈이 요령껏 올라앉았다. 이따금 눈 무게를 이기지 못해 가지 부러지는 소리가 두둑 들리며 눈덩이가 미끄럼 타듯이 풀썩풀썩 물속으로 떨어졌다. 광자는 빨랫방망이로 옷을 퍽퍽 두들기며 빨다가 눈뭉치가 풀썩 물에 떨어지면 그것도 자기 때문인 듯해 가슴이 철렁 내려앉았다. 떨어진 눈더미가 바위처럼 끄떡하지 않아 빨랫방망이로 슬금슬금 떠내려보내고 빨래를 헹구었다. 조바심이 나 자꾸 뒤를 돌아보며 빨래했다.

봉달이 죽고 나자 그녀가 빨래터에 있으면 마을 아낙들은 빨래 함지를 이고 왔다가도 다시 돌아갔다. 어떤 아낙은 노골적으로 싫은 내색을 하며 침을 뱉기도 했다. 뻔뻔스럽다고 욕을 했다. 혼잣말처럼 했지만 그녀의 귀에 잘 들렸다. 그럴 때마다 마음이 눈송이가 물에 떨어지는 것처럼 아득했다. 후회도 걷잡을 수가 없었다. 하지만 앞일을 내려다볼 수 있다면 그게 사람인가 싶어 그냥 모르쇠로 나갈 작정이었다. 될 수 있으면 마을 사람들 눈에 띄지 않는 꼭두새벽에 움직였다. 얼음을 깨서 물을 긷는 일도 남들이 아직 이불 속에 있을 시간에 다녔다. 가마솥 가득 쇠죽을 끓이자면 물도 많이 필요해서 열 번을 넘게 굴물로 왔다갔다 했다.

마을에 변고가 일어나지 않았을 때가 그리웠다. 아니 옥화가 마을에 나타나지 않았을 때가 광자에겐 꽃시절이었다. 광자는 지금도 후회가 되었다. 그날 옥화가 집에 쳐들어왔을 때, 그녀는 지금도 쳐들어왔다는 표현을 바꾸고 싶지 않았다. 백주에 그런 일이 벌어졌다. 광자는 옥화를 처음 보자마자 가슴이 철렁 내려앉았다. 큰일났다는 생각이 번뜩 들었다. 시골구석에서 태어나 대처 구경을 못 가봤다고 해도 이렇게 어여쁜 여자는 처음이었다. 좁은 어깨에 낭창한 허리는 또 얼마나 부럽던지. 자기의 국수 안반처럼 널찍한 등판에 항아리 같은 허리와 너무 대비가 되었다. 광자 외모는 스스로 생각해도 한 가지도 눈에 들어오는 게 없었지만 옥화는 같은 여자가 봐도 저절로 눈길이 가게 만드는 얼굴이었다.

봉달의 얼굴이 떠올랐다. 예쁜 여인네라면 물불을 가리지 않는데 옥화도 가만히 둘 것 같지 않았다. 그녀가 무녀라고 해도 아랑곳하지 않을 사람이라는 걸 잘 알았다. 무녀라고 돈 냄새를 싫어하지 않을 테지. 거기다가 얼굴까지 잘생겨 여자 꾀는 재주는 타고났다. 남편이 집에 들어오기 전에 옥화를 쫓아내야 했다. 어쩌면 이미 옥화를 본 줄도 모르겠지만 그래서 이렇게 기고만장하게 쳐들어온 줄도 모르겠지만 안방에서 마주치게 하고 싶지는 않았다. 소금 세례는 양호했다. 마구간에 널린 소똥을 퍼와 그녀의 예쁜 얼굴에 뿌리고 싶을 만큼 적의로 들끓었다. 그녀의 말 같지도 않은 예언이 귀에 들어올 턱이 없었다.

그깟 소장수 마누라가 뭔 대수라고 그렇게 유세를 떨었는지 광자는 마을 사람들 너나없이 들락거리던 굴 안으로도 한번 들어가보지 않았다. 마을 사람들은 돈내기 싫어 안 온다고 했고 화전민 출신이 돈 있다고 양반 행세가 가당하냐고 입을 삐죽였다. 두 가지 다 맞는 말이라 속으로 혀를 내두르기도 했지만 가장 큰 이유는 따로 있었다. 그냥 굴이 싫었다. 굴만 생각하면 체기가 있는 것처럼 가슴이 답답했고 기분이 나빴다. 굴에서 흘러나오는 물로 쇠죽을 쑤고 빨래를 빨면서도 굴 속으로 들어가보는 일은 죽기보다 싫었다.

이제 옥화는 굴이 사람 제물을 기다린다고 소리쳤다. 마을에 더는 남자들이 비명횡사를 당하지 않는 길이라고 했다. 생김새와 어울리지 않는 독한 말을 서슴지 않고 내뱉었다. 광자는 그날 굵은 소금 한 바가지 때문에 상처를 입었다고 여겼다. 다시 되돌릴 수 있다면 버선발로 달려가 환대했을 텐데 그럴 수가 없어 안타까웠다. 봉달도 어쩌면 옥화가 잡아먹었을 거라는 생각을 내내 했다. 세상에 입에 담기도 싫은 복상사인데 상대 여자가 누군지 아직도 밝혀지지 않았다. 봉달만 벌겋게 죽어 있었다.

마을 들머리집 주모가 꼭두새벽에 집으로 달려와 사시나무 떨듯이 떠느라 말을 못하고 있을 때 새가 떠올랐다. 새벽에 일어나 방문을 열고 나서자마자 그녀를 기다렸다는 듯이 새까맣고 커다란 까마귀 한 마리가 눈앞에서 울었다. 처음 본 새였다. 명자나무가 꽃잎을 활짝 벌려 노란 수술을 한껏 보여주던 시절이었다. 기회를 기다리고 있던 벌이 윙윙거리며 꽃송이 속으로 연신 들락날락하느라 바쁜 나날이었다.

봉달도 그즈음이 한창 바빴다. 농가에서 일소를 사늘이는 시절이었다. 또 일을 시원하게 못하면서 말썽만 부리는 소를 팔아치우기도 했다. 일이 없을 때도 집에 들어오는 일을 질색으로 여기는 그가 일이 많을 때 집에 들어오지 않는 것은 언급할 필요도 없었다. 봄 나고부터 벌써 한 달 가까이 집에 들어오지 않았다. 화전 장날만이라도 집에 들어오길 기대해봤지만 기대는 여지없이 무너졌다. 광자가 우시장으로 찾아가는 일은 보는 눈이 많아 그것도 여의찮았다. 만만한 게 아들이라고 귀남에게 심부름시키면서 외로움을 달랬다. 귀남의 머리가 점점 커지자 말도 잘 듣지 않았다. 그즈음이 옥화가 마을에 나타나 말 같지도 않은 말을 하면서 활개치고 다닐 때였다. 광자는 옥화의 미모가 마을에 파다하게 소문이 돌자 더 안달복달했다. 나쁜 예감은 늘 틀리지 않았다.

까마귀는 명자나무 가지에 폴짝 앉아 까옥까옥 기분 나쁘게 울었다. 붉은 꽃송이와 윤이 좔좔 흐르는 검은 까마귀는 묘하게 어울리면서 으스스한 기분이 들었다. 광자는 눈꺼풀에 조금 남았던 잠이 확 달아났다. 간밤에 꿈 때문에 잠을 달게 자지 못했다. 쇠죽만 아니라면 조금 더 누워 있고 싶을 정도로 온몸이 두들겨 맞은 것처럼 찌뿌듯했다. 광자는 까마귀를 쫓기 위해 발을 구르고 소리를 막질렀다. 까마귀는 더 크게 울었다. 옆에 커다랗게 서 있는 뽕나무 가지가 흔들릴 지경이었다. 까마귀를 피해 굴물로 물을 길으러 가도 그악스럽게 까옥거리며 따라왔다. 울음이 기분 나빠 광자는 길에 굴러다니는 돌멩이를 주워 던져도 까마귀는 요리조리 피하면서 더 큰 소리로 울며 따라왔다. 여느 날과 달리 힘들게 쇠죽을 끓여 구유에 담아주고 아궁이 앞에 주저앉듯 철퍼덕 앉았다. 명자나무 가지로 다시 날아온 까마귀는 쉬지도 않고 까옥거렸다.

대문을 요란스럽게 열어젖히고 주모가 들어오자 까마귀 울음소리가 뚝 멈추었다. 광자는 주모의 말을 도대체 알아들을 수가 없었다. 혼이 반이나 빠진 얼굴로 말을 하긴 하는데 앞뒤가 쏙 잘려나가 맥락이 없었다. 그런데 심장은 알아챘는지 요동을 쳤다. 주모는 광자 손을 덥석 잡아끌었다. 주막의 골방이었다. 하고많은 방 중에 주막의 골방에서 봉달은 죽어 있었다. 간밤에 누구와 잠자리했는지 흔적도 없이 홀로 벌거벗은 몸을 다 드러낸 채 눈도 감지 못했다. 주모는 여전히 사시나무 떨듯이 떨기만 했지 입을 떼지 않았다. 광자는 얼핏 옥화의 얼굴이 떠올랐다. 굴에 치성드릴 돈을 내놓지 않자 남편에게 접근했을 듯했다. 한편으로 옥화만 아니길 바랐다. 옥화는 어찌 되었던지 신의 말을 전하는 무녀라고 하지 않았던가. 그런데 봉달의 죽음으로 끝났다면 좋았을 텐데 그의 죽음이 마을에서는 변고의 시작이었다.

2

며칠째 풀썩풀썩 눈이 내리자 굴이고 굴물이고 하얀 눈더미에 폭 파묻혀 마을은 평화로워 보였다. 광자는 여느 날보다 일찍 일어나 쇠죽을 쒀 구유에 부어줬다. 밥 한 솥에 배추된장국도 한 냄비 가득 끓여놓았다. 귀남이 집에 들어오면 먹을 밥이었다. 귀남은 시원하게 끓인 배추된장국 하나면 밥을 한 그릇 뚝딱 먹어치웠다. 부엌 아궁이 불빛 앞에서 커다란 함지를 내려놓고 뜨거운 물을 가득 받아 몸을 깨끗이 씻었다. 거울 앞에서 머리를 오랫동안 빗고 준비해둔 소복으로 갈아입고 집을 나섰다. 바람 한 점 없이 풀썩풀썩 내리던 눈이 갑자기 눈보라가 쳤다. 꼭 광자의 발걸음을 막는 것 같기도 했고 왜 이제야 결단을 내렸는가에 대한 질책인 듯도 했다. 앞이 잘 보이지 않아 숫제 눈을 반쯤 감고 굴을 향해 한 걸음 한 걸음 내디뎠다. 구름처럼 휘감은 눈발로 인해 굴 입구가 잘 보이지 않았다.

더듬더듬 굴 안으로 들어서자마자 넓은 공간이 눈앞에 펼쳐졌다. 바깥은 온천지가 눈세상인데 굴 안으로 들어서자 딴 세상인 듯 공기가 따듯했다. 굴 입구에서 흘러들어오는 푸르스름한 새벽빛이 어둠을 눌렀다. 가장자리에는 물웅덩이가 있었다. 동굴 어디쯤에서부터 졸졸 흘러나와 웅덩이에 잠깐 한숨 돌렸다가 밖으로 스미듯이 흘러나갔다. 굴 밖으로 나간 물은 여름에는 이가 시릴 만큼 차서 열무김치를 항아리째로 담가두고 꺼내 먹었다. 반면에 겨울에는 맨손으로 빨래해도 될 정도로 미지근한 물이 바로 이 웅덩이에서 나온 물이었다. 웅덩이 물은 꽤 깊어보였다. 물색은 맑고 시퍼렇다. 동굴 천장이 높아 입구로 통해 들어오는 빛이 천장까지 미치지 못했다. 천장과 사방 벽에는 군데군데 종유석이 길게 매달려 있었다. 소똥을 쌓아놓은 듯한 모양도 보였다. 귀남을 낳기 위해 유명하다는 절이란 절을 다 찾아다닐 때 보았던 보살 얼굴도 있었다.

광자는 자기의 원래 목적을 잊어버린 듯 동굴 안을 둘레둘레 살폈다. 그러다가 문득 생각났는지 또 둘레둘레 살펴보았다. 애초에 새끼줄을 선택한 게 잘못인 줄 몰랐다. 줄을 맬 만한 그럴듯한 게 보이지 않았다. 종유석들은 모두 약속이나 한 듯 땅으로만 향했고 보살상의 두툼한 목이 그 중 그럴듯했지만 왠지 불경스러운 짓 같아 망설여졌다. 조금 더 들어갔다. 손에는 여전히 새끼줄을 꼭 들고 걸었다. 굴 바깥에서는 새끼줄이 무슨 뱀 새끼처럼 섬뜩했는데 굴 안에서는 그게 큰 의지가 되었다. 여차하면 생명을 앗아갈 물건에 위로받았다.

안쪽으로 들어갈수록 햇볕이 미치지 못해 점점 컴컴해졌다. 동굴 바닥도 보이지 않아 꼭 구름 위를 걷는 듯 둥둥 떠다니는 느낌이다. 졸졸 물 흐르는 소리는 그치지 않았다. 차라리 눈을 감았다. 눈을 감자 보이지 않는 것을 보려고 애쓰지 않아 오히려 허둥거리지 않았고 어느새 감각도 예민해져 걷기가 쉬웠다. 머리 위로 박쥐 떼의 날갯짓 소리가 들리자 저절로 머리를 숙였다. 박쥐의 발톱에 눈알을 빼앗기고 싶지 않았다. 시신이라도 온전해야 귀남의 마음이 덜 아프겠지. 귀남 생각을 하자 가슴이 미어졌다. 귀남의 얼굴이 생각나지 않았다.

광자가 소복 차림으로 새끼줄을 감아들고 굴 앞에서 서성거리는 모습을 동네 사람이 지켜보고 있었다. 광자는 뒤통수에 눈이 달린 듯 선명해서 혹 저 아낙이 잡으면 못 이긴 척하고 돌아서야지 작정해놓기도 했다. 다른 사람 모두 자기에게 돌을 던져도 그 사람만큼은 자기를 감싸줄 것만 같아 눈물이 핑 돌았다. 어느 흉년에 강냉이 쌀을 꾸러왔을 때 유일하게 꿔준 아낙이었다. 그런데 광자가 굴 안으로 엄금엉금 기어들어가는 것을 꼼짝도 하지 않은 채 지켜볼 뿐이었다. 그녀가 굴에 다 들어가서 휙 돌아봤을 때 그 아낙은 이미 우편배달부처럼 마을을 휘젓고 다닐 듯 움직이기 시작했다. 하루살이처럼 사납게 덤벼들던 눈발이 그녀가 굴 안으로 들어서자마자 거짓말처럼 그쳐 푸르스름한 여명이 깃든 새벽녘이었다.

광자는 눈을 감은 채 앞으로 나갔다. 졸졸 물 흐르는 소리를 따라 걸어갔다. 물이 이정표였다. 어둠이 익숙해지자 뭔가가 보였다. 종유석이 길게 자라 길을 막고 있으면 살짝 돌아갈 수 있었다. 한나절은 걸은 모양이었다. 어쩌면 더 걸었는지도 모르겠다. 마침내 다리에 힘이 풀려 한 발짝도 움직일 수가 없을 정도로 체력이 바닥났다. 길은 가도 가도 끝이 없었는데 갈수록 길이 잘 보였다. 급기야 불빛이 보였다. 꼭 망망대해에서 등대를 만난 심정이었다. 광자는 자석에 끌리듯 그쪽으로 주춤주춤 다가갔다.

촛불을 든 남자가 서 있었다. 불빛 때문에 남자의 얼굴은 잘 보이지 않았지만 나쁜 사람 같지 않았다. 촛불이 일렁거려 남자의 표정도 깊어졌다. 남자는 뒤돌아서서 앞장섰다. 광자는 주춤주춤 그 뒤를 따라갔다. 남자는 아무 말도 하지 않았다. 광자도 말을 하지 않았다. 배가 고파서 힘이 없었다. 발이 너무 아팠다. 촛불을 만나기 전에 발을 헛디뎌 동굴에서 굴러떨어졌다. 새끼줄은 그때 잃어버렸다. 그때 촛불이 보였다. 광자는 자기가 그때 어쩜 죽었는지도 모르겠다는 생각이 들었다. 칠흑같이 컴컴한 동굴에 난데없는 촛불과 남자도 모자라 햇살까지 부챗살처럼 환하게 비춰 그런 생각이 퍼뜩 들었다. 남자는 햇살에 투영되어 신비하게 보였다. 광자는 남자를 놓칠세라 따라갔다.

굴 입구였다. 광자는 해와 눈이 마주치는 순간 눈을 질끈 감았다. 붉은 해가 산마루로 넘어가는 중이었다. 그렇다면 온종일 걸어서 동굴 끝까지 왔다는 얘기일까. 아니면 며칠 밤낮을 걸어서 겨우 해 지는 곳으로 나왔는지 알 수 없었다. 굴 저쪽은 눈이 하얗게 덮였는데 여긴 들판이 푸릇푸릇하다 못해 꽃이 새빨갛게 피었다. 남자는 동굴 바로 옆에 높다랗게 있는 집으로 성큼성큼 들어갔다. 탱자나무 울타리로 둘러싸인 집은 넘어가는 해를 고스란히 받고 있었다. 집 뒤 야트막한 산에는 시퍼런 대나무가 총총 박혔다. 몸통이 장정 팔뚝만 했고 키는 지나가는 구름도 걸릴 정도로 높았다.

집 앞으로 가르마 같은 길을 사이에 두고 동백나무 숲이 길게 펼쳐졌다. 동백나무는 가지가 늘어지도록 붉은 꽃을 매달아 윤이 반질반질 흐르는 초록 잎과 붉은 꽃이 조화를 이루며 붉게 타올랐다. 때마침 바람 한 자락이 대숲을 흔들고 동백나무 숲을 건들자 숲은 한몸으로 일렁거렸다. 장마철에 너럭바위를 타고 떨어지는 계곡물 소리처럼 솨솨 거려 광자는 정신이 아득했다. 꼭 자기를 질시하는 소리 같았다. 아직도 안 죽었느냐는 소리로 들려 절로 몸이 옹송그렸다.

3

이번에도 빛이었다. 눈이 부셨다. 빛은 천장 바로 밑에 사각형의 조그만 들창을 통해 들어왔다. 어디선가 절에서나 맡을 수 있는 향내가 풍겼다. 광자는 벌떡 일어나다가 자기도 모르게 비명을 지르며 다시 누웠다. 옆구리가 무명으로 둘둘 싸매졌다. 옷은 벗겨졌고 속치마 차림이었다. 도대체 알 수 없는 영문에 살펴보고 싶었지만 목이 잘 돌아가지 않았다. 목에도 하얀 무명이 칭칭 감겨 있었다. 그때 문밖에서 헛기침 소리가 났다. 광자는 얼른 광목이불로 몸을 가렸다. 방문이 열리면서 사내가 들어섰다. 전체적으로 하얀 한복이면서도 한복보다 자유로워 보이는 옷차림이었는데 광자보다 나이가 더 들어보였다. 보통 체격에 단단해보이는 몸과 등을 덮은 머릿결이 창으로 들어온 햇살에 반짝반짝 빛났다.

"이제 정신이 좀 돌아왔노?"

다짜고짜 반말을 하는 사내의 목소리는 깊은 동굴 속에서 울려나오는 것처럼 낮았다. 반면에 표정은 온화해보였는데 눈빛은 불을 켜놓은 듯 빛이 났다.

"여가 어데요?"

광자의 말에 사내는 미소가 어린 얼굴로 광자를 찬찬히 바라보았다.

"하나도 기억나는 게 없노?"

광자는 지금껏 계속 뭔가가 머릿속에 맴도는 영상이 어쩌면 꿈일 수 있겠다는 생각이 퍼뜩 들었다. 거기서도 사내는 있었지만 아프지도 않았고 사내 뒤를 자기 발로 따라왔었다. 정신이 온전히 돌아오자 향내도 더 진하게 났다. 사내의 몸에서도 향내가 은은히 풍겼다. 소매가 넓은 옷자락이 펄럭일 때마다 마치 부채를 부치는 것처럼 향내가 진하게 풍겼다. 쑥향 섞인 약초 냄새도 났다.

"언뜩 떠오르는 게 꿈절인지 생시인지 분간이 안 되우야."

"이게 다 인연이다. 암만 인연이 아니라면 이리될 리도 없고 말고. 상처 좀 보자."

사내가 다시 문을 열고 나가 탕약과 약초 짓이긴 것을 들고 왔다. 사내는 광자 목에 둘린 무명을 익숙하게 풀고 상처를 들여다봤다. 광자는 사내의 눈길과 손길에 매우 부끄러웠다. 이런 감정은 잊은 지 오래라 생뚱스러웠다. 가늘게 몸이 떨렸지만 들키기 싫어 눈을 꼭 감고 죽은 듯이 누워 있었다. 사내는 익숙한 솜씨로 쑥 향이 강하게 나는 약초를 목에 바르고 새 무명으로 다시 감았다. 사내의 냄새가 코앞에서 감돌았다. 속치마를 살금살금 걷어올리는 기미가 느껴졌다. 아랫도리가 선득거리지 않아 속곳은 입은 게 분명해 그 와중에도 마음이 놓였다. 허리에 감긴 무명띠를 푸는 기척이 났다. 이번에도 약초를 허리 이곳저곳에 바르고 새 무명띠로 조심조심 감았다. 아랫배 쪽으로 약초를 바를 때 속곳을 조금 내리는 것 같았지만 그녀는 무엇에 감전된 듯 꼼짝도 할 수 없었다. 무명띠를 다 감았는지 다시 속곳을 올리고 걷어올린 속치마를 내리고 이불을 덮어주었다.

"잠시 몸을 일으키겠다."

사내의 팔이 광자의 목 밑으로 불쑥 들어와 가만히 일으켜 사내의 몸에 기대게 했다.

"상처에 바르는 약도 중요하지만 그건 겉으로 난 상처를 치유하는 데는 빠르지만 깊이가 없지. 몇 모금 들이켜야 하니 아~ 해라."

광자가 사내처럼 조금 입을 벌리자 사내가 그녀의 입에 약을 흘려

넣었다. 약이 소태처럼 써서 그녀도 모르게 인상을 찡그렸다.

"이제 다시 한숨 푹 자고 나문 몸이 조금 괜찮아질끼다. 그러면 미음을 묵어도 되겠지."

사내가 일어서는 기척에 광자는 더는 눈을 감고 있을 수가 없었다.

"혹 죽었소?"

"허허, 저승 또한 인연이 있어야 갈 수 있는 곳이니라."

광자는 사내의 말이 퍽 안심되었다. 잠이 쏟아졌다. 사내가 살그머니 흔들어 잠이 깼다. 어느덧 해가 넘어가 방안에는 불이 켜졌다. 사내가 아침처럼 광자를 가만히 일으켜 안고 밥상을 당겼다. 광자는 낯선 사내의 품에 안겨 미음을 받아먹는 게 익숙하지 않아 어색했지만 달리 방법이 없어 그냥 사내가 하는 대로 가만히 있었다. 목에 감았던 무명띠를 풀고 꾸덕꾸덕해진 약초를 살살 떼어내고 그 자리에 새로 가지고 온 약초를 붙였다. 약초가 닿자 선득하기도 하고 시원하기도 했다. 다시 새 무명띠를 약초 바른 자리에 동여매고 아침처럼 이불을 걷고 허리를 살폈다. 광자는 눈을 질끈 감았다. 그런 심정을 알아채기라도 했는지 사내가 한마디 했다.

"이제 살아났구나. 보름 동안 내리 잠만 자서 저러다 깨어나지 않을까 걱정을 많이 했다."

"괜히 살레줬잖소."

광자도 모르게 불쑥 나온 말에 그녀도 놀랐다. 속옷을 입었다고 하지만 낯선 사내에게 매번 맨살을 보여주는 일이 부끄러웠다. 괜한 어깃장이 아니라는 것을 보여주기 위해 한마디 더 했다.

"진즉에 끙겨야 할 목심이잖소."

"이 세상천지 어디에도 스스로 죽어야 할 목숨은 없다."

광자는 그 말에 위로받아 눈물이 흘렀다. 그러다 아침처럼 시나브로 잠이 들었다. 자면서도 눈물이 귓가로 흘러내려 베갯머리를 흥건하게 적셨다. 사내는 그것을 물끄러미 바라보다가 혀를 끗끗 차며 무명수건으로 눈물을 닦아주었다.

4

방안이 달빛으로 훤했다. 들창으로 둥근 달이 보였다. 달은 금방이라도 들창을 열고 들어올 태세로 기세등등했다. 광자는 오줌이 마려워 살그머니 몸을 일으켜봤다. 아침처럼 자발스럽게 아프지 않았다. 문득 그동안 오줌똥까지 스스로 해결 못했다는 생각에 기가 막혀 다시 이불을 쓰고 가만히 누었다. 들창으로 얼굴을 들여놓은 저 달도 매번 얼굴을 바꿔가며 그녀를 들여다봤을 거라는 생각에 달에게도 부끄러웠다. 더는 요의를 참을 수가 없어 방안을 살펴보았다. 방문 구석에 달처럼 둥그런 사기 요강이 보였다. 광자는 엉금엉금 기어가 요강 뚜껑을 열고 오줌을 쏼쏼 누었다. 오줌 누는 소리를 죽여보려고 했지만 그럴수록 소리는 더 적나라했다. 함석지붕 위로 떨어지는 빗소리 같기도 하고 산속 깊은 곳에 홀로 자리한 폭포 소리 같기도 했다.

이번에는 햇살이 들창으로 들어오자 달빛이 머물던 방과 달라보였다. 달빛이 방을 포근하게 감싸주어 꼭 폭설이 들녘이고 장독대고 삐쭉 솟은 삭정나무 울타리를 감쪽같이 덮은 것과 같은 느낌이라면,

아침 햇살은 눈이 부셔 들창을 바로 바라볼 수가 없었다. 구석에 웅크리고 있는 사기 요강이 사나운 도적 떼처럼 보였다. 광자는 다시 살금살금 일어나 앉았다. 요강을 번쩍 들고 나가 물로 깨끗이 씻어내고 싶었다. 마음과는 달리 입고 있는 옷이 홑적삼 바람이었다.

사내가 방문을 열고 그림자처럼 들어섰다. 밥상을 들고 있었다. 사내는 광자가 앉아 있자 놀란 듯 눈을 둥그렇게 떴다. 광자도 속으로 놀랐다. 그동안 사내를 자세히 본 적이 없었다. 모습보다는 작지도 크지도 않은 나지막한 목소리에 익숙했고 향내가 은은히 풍겼던 체취에 익숙했다. 향내와 약초로 인해 절간의 요사채 중에 하나라고 생각했다가도 너무나도 고즈넉해 암자쯤이라고 여겼다.

사내는 보통 체격에 풀어헤친 머리가 허리춤까지 내려왔다. 하얀 피부에 눈이 길며 눈꼬리가 올라갔고 콧날이 우뚝 서 예리해보였다. 짙은 눈썹 밑에 자리잡은 눈동자는 동물의 눈처럼 번쩍거렸다. 그 눈빛으로 광자를 바라보자 그녀는 힘이 쫙 빠져나가는 느낌이 들었다.

"벌써 일어나면 안 될낀데 우야노?"

"우째 살레냈소."

"어허, 또 그 소리."

"하머 죽었어야 했잖소."

"다 인연이겠지. 오늘부터 죽을 먹어도 될끼다."

사내가 밥상을 광자 앞에 놓았다. 그때껏 사내가 밥상을 들고 있었다. 개다리소반 위에는 사기 대접에 흰죽 한 사발과 간장 한 종지와 숟가락이 놓였다. 사내가 간장을 조금 떠서 죽에 넣고 휘저었다. 한 숟가락 떠서 입김을 후후 불어 뜨거운 기운을 밀어내자 광자는 황급히 말했다.

"지가 떠먹을기래요."

오른팔에도 무명이 둘둘 감겨 있었다. 도대체가 멀쩡한 데라곤 찾아보기 힘든 몸이었다. 왼손으로 어찌어찌 죽을 먹는 모습을 사내는 말리지 않고 가만히 보고 있었다. 광자는 그 시선이 불편하기도 했지만 따듯하게 보호받는 느낌이었다. 문득 이 순간이 오랫동안 이어져도 괜찮겠다는 생각이 들었다.

"스님 여를 우터 왔소?"

"어쩌다가 이 방에 누워 있냐고 묻고 싶은거노?"

광자는 숟가락을 밥상에 내려놓고 사내를 바라보았다.

"그 죽 다 묵어라. 불가에서는 음식 남기문 죄악 중에 죄악인기라. 그리고 스님이라고 부르지 마라. 이렇게 긴 머리를 한 중을 본 적이 있나?"

광자는 숟가락을 다시 들고 죽을 싹싹 다 긁어먹었다. 부를 호칭이 마땅치 않아 말없이 사내를 쳐다보았다. 마음 한편에서는 여전히 오줌이 가득 담긴 요강이 신경쓰였다.

"아무것도 기억나는 게 없나?"

"암만 생캐두 우터된 일인지 알 수가 없잖소."

"이 모든 게 인연이지. 기억이 나나 안 나나."

사내는 알 듯 말 듯 한 말만 했다.

사내는 밥상을 들고 나갔다. 문 밖이 얼핏 보였다가 말았다. 다시 방문이 열리자 약초 냄새가 진하게 풍겼다.

"상처가 잘 아물고 있어 다행이다. 뼈도 잘 붙은 것 같고."

"고맙소."

"이 또한 인연이다."

광자는 들고 있던 요강을 자기도 모르게 땅바닥에 떨어뜨리고 말았다. 누워서 볼 때는 분명 푸른 잉어 한 쌍이 서로 주둥이를 맞대고 있는 그림이 그려진 하얀 사기 요강이었다. 그녀가 그걸 밖으로 내가려고 두 손으로 조심스럽게 들자마자 요강은 번쩍번쩍 빛을 발하는 금 요강으로 변했다. 그것보다 더 놀랄 일은 요강 뚜껑에 비친 얼굴 때문이었다. 그녀의 얼굴이면서 아닌 게 거울처럼 고스란히 비췄다. 스무 살쯤으로 되돌아간 듯 얼굴이 팽팽했고 예쁘기까지 했다. 잘못 봤나 싶어 요강 뚜껑을 들어 코앞에 바싹 들이대고 살펴보았다. 조금 전과 변함이 없었다. 분명 어젯밤에 폭포 소리를 내면서 눴던 오줌은 간 곳 없고 요강 안도 눈부신 빛을 뿜어냈다.

광자는 요강 뚜껑을 바닥에 팽개치고 벌떡 일어나 자기 몸을 내려다봤다. 국수 안반처럼 널찍했던 몸이 강가의 수양버들처럼 호리호리하고 낭창하게 변했다. 한때 그녀가 오매불망으로 염원했던 모습이었다. 꼭 누구를 닮은 듯했지만 언뜻 떠오르는 사람은 없었다.

언제부터 이런 모습으로 변했을까. 거산의 품에 안겨 약을 받아먹을 때도 이상하게 품에 폭 안기는 느낌이 들었더랬다. 깃털처럼 가벼운 몸도 약 기운인 줄 여겼다. 생각에 생각을 거듭해도 점점 더 미궁으로 빠지는 느낌이다. 간단하게 말한다면 분명 죽으러 들어간 굴이었는데 어찌 구출이 되었다. 향내 자욱한 사내 집에서 얼마 동안 죽은 듯이 누워 치료받고 나자 20년이나 젊어졌다. 그녀가 평소 바랐던 얼굴과 몸으로 바뀌어 있었다. 믿을 수가 없어 다시 요강 뚜껑을 덜렁 들고 자기 모습을 살펴보았다. 방안은 반닫이 하나만 있어 요강 뚜껑이 거울인 셈이었다.

사내의 헛기침 소리에 광자는 얼른 이불을 머리 끝까지 뒤집어쓰고 자는 척했다. 쑥향이 은은히 풍겨 또 약 먹을 시간인 듯했다. 사내가 이불을 살그머니 들출 때까지 꼼짝도 하지 않았다. 사내가 이불을 들추자 그녀는 할 수 없이 일어나 앉았다. 사내도 놀란 모양이었다. 광자를 찬찬히 쳐다보았다. 광자는 더는 참을 수가 없었다.

"어찌된 일인지요?"

목소리도 젊어졌고 평소에 쓰던 고향 말도 아니어서 또 놀랐다.

"허허 놀랐느냐? 바랐기 때문이지. 자네가 이런 모습을 바란 모양이다."

"하지만 그건 한참 전의 일이었죠."

"지금에서야 연이 닿았을 뿐이지."

"도무지 뭔 말을 하는지 이해가 되지 않네요."

"이쪽과 저쪽은 종이 한 장 차이느니라. 자네가 종이를 뚫고 들어왔을 뿐이다. 종이를 뚫고 나간 사람이나…."

"종이요? 종이가 어디에 있어요?"

"왜? 다시 나가고 싶노? 이 또한 인연이다. 들어올 때와 마찬가지로 인연이 닿아야 나갈 수 있는 법이지. 탱자나무 울타리를 조심하거라."

"그 울타리가 좋이라도 되는 것처럼 들리네요."

"완전 맹탕은 아니구나. 하긴 이 또한 인연이다. 자네가 여기 이렇게 앉아 있는 것도 돌고 돌아 여기로 올 수밖에 없기 때문이지. 자네 마음대로 온 것은 아니니라. 암만 그렇고말고. 산신령이 된 자네 고모의 후광으로 나들이를 온 셈이다."

"고모라면 호랑이에게 물려간 그 고모를 말하나요?

사내는 입을 닫았다. 너무 말을 많이 했다는 걸 뒤늦게 깨달았다. 사실 사내도 좀 흥분했다. 그답지 않은 행동이었다. 속으로 많이 놀랐으니까. 오랜만에 나타난 염력이었다.

들창 밖으로 보름달이 이울어졌다가 다시 차오르자 광자의 몸도 거의 다 나았다. 하지만 광자는 떠나지 않았다. 이 모습으로 갈 데도 없었고 떠나고 싶지도 않았다. 매화꽃이 마당 가득 피어나자 그녀 마음을 보는 것 같았다.

사내 혼자 살림했다고는 믿을 수가 없을 정도로 부엌이 정갈했다. 솥단지 두 개가 걸린 부뚜막은 먼지 한 점 없이 반질반질했고 하나의 아궁이로 두 개의 솥단지와 방으로 불기가 전해지는 구조였다. 봉당 구석에 커다란 항아리 뚜껑을 살며시 열어보자 쌀이 가득했다. 두 개의 솥은 깨끗했고 초롱에도 물이 가득 담겼다. 뒤란 벽을 따라 서까래 밑까지 잔뜩 쌓여 있는 마른 장작을 한아름 안고 와서 불을 땠다. 눈에 띄는 대로 이것저것 모아 아침 밥상을 차려 사내 방문 앞에서 헛기침했다. 사내는 잠시 그녀와 그녀 손에 든 밥상을 번갈아보다가 밥상을 받아들었다. 마치 몇 십 년 동안 이렇게 살아온 듯한 풍경이었다. 사내도 광자에게 떠나라고 하지 않았다. 이렇게 마치 물이 위에서 아래로 흐르듯이 자연스럽게 광자는 스며들었다. 광자는 사내를 부를 마땅한 호칭을 고민하다가 법사님이라고 부르자 사내는 고개를 저으며 자기 이름은 윤 거산이니 거산이 좋겠다고 했다.

화양연화

1

광자가 굴로 들어가는 것을 본 사람은 있어도 나오는 모습을 본 사람은 아무도 없었다. 희한하게도 그 이후로 더는 마을에 흉흉한 사건이 일어나지 않자 광자에 대한 얘기도 마을에서는 암묵적으로 금기했다. 그렇다고 해도 마을 사람들 마음마저 말끔하지는 않았다. 꼭 자기들이 살고자 광자를 굴에 제물로 바쳤다는 죄책감을 지울 수가 없었다. 마을 어른들은 날마다 모여 죄책감을 덜 방법을 모색했다. 그 중에 영리한 남자가 방법을 제시하자 모인 사람들은 무릎을 쳤다. 귀남을 봉달의 꿈인 면서기로 취직시켜주기로 합의했다. 하지만 귀남은 단호히 거부했다. 거절하는 눈빛이 날카로워 마을 어른들은 당황한 빛을 감추지 못했다. 귀남은 채꾼을 자청했다. 채꾼을 몇 년 하다가 다시 소장수 길로 들어서겠다고 고집했다.

귀남의 채꾼 일은 그의 작정과 달리 얼마 하지 못했다. 때마침 신작로가 뚫렸고 그 길로 차가 몇 대씩 다니기 시작했다. 이제 소는 채꾼들의 손에서 산을 넘고 강을 건너는 대신 트럭을 타고 다녔다. 채꾼은 트럭에 밀려 자연스럽게 사라지는 운명과 맞닥뜨렸다.

귀남에게 소장수 일은 땅 짚고 헤엄치는 것처럼 쉬운 일이었다. 죽은 봉달이 그 바닥에서 인심을 잃지 않았기 때문이다. 그 다음은 유전적인 요인이었다. 봉달이 다시 살아온 듯했다. 얼굴만이 아니라 체격과 걸음걸이와 말투와 장사수완까지 닮았다. 그러자 해를 따라 도는 해바라기처럼 사람들은 이제 귀남에게 몰려들었다. 그에게 국밥 한 그릇에 술 한 잔 얻어먹은 사람들은 절대로 공짜로 먹지 않았다. 봉달이 살아 있을 때 쓰던 방식 그대로였다. 갚는 방법이 어렵지 않았다. 소장수에게 가장 필요한 일이었지만 혼자서는 제대로 할 수 없는 일이었다.

소장수에게 가장 필요한 것은 소였다. 소는 방방곡곡에서 찾아내야 했다. 귀남이 주로 활동하는 화전장도 큰 몫을 담당했다. 전국에서 손꼽히는 우시장이 열리는 화전장으로 전국 방방곡곡의 이름 값하는 소들은 모두 몰려들었다. 장날이면 풍년 든 가을 논처럼 누런 물결로 장터가 출렁거렸다.

귀남에게 국밥을 얻어먹은 사람들은 우시장에서 한몫 단단히 했다. 홍정은 곧 말이었다. 말이 오가는 홍정에서 좋은 말이 오가는 소에게 믿음이 붙었다. 장터는 물건을 사러 오는 사람들보다 그냥 사람 구경이나 진귀한 물건을 구경하러 오는 치가 더 많았다. 그들의 전대에는 동전 한 닢 들어 있지 않았지만 기가 죽는 법이 없었다. 텔레비전도 들어오지 않았던 시골에는 유일한 오락거리가 장터 구경이었다. 지나가는 사람인 척, 그냥 소가 많아 우시장에 구경온 구경꾼인 척하는 사람들이었다. 이렇게 누가 봐도 구경꾼에 불과한 이들이 귀남이 소를 두고 홍정하는 가운데 툭툭 던지는 말은 곧 명품 소가 되었다. 반나절 만에 돌밭 몇 마지기는 거뜬히 갈아엎을 수 있는 일 잘

하는 일소로 둔갑하였다.

봉달이 그랬던 것처럼 귀남도 빈말을 보태준 이들에게 그냥 있지 않았다. 오히려 이것도 무슨 청출어람인지 더 후했고 더 배짱이 두둑했다. 나이 겨우 열여덟 살인데 돈버는 수완은 나이 꽉 찬 그 누구도 따라가지 못할 정도였다. 그러자 매파가 들고 오는 신붓감 후보가 산더미처럼 쌓였다.

귀남은 여인을 취하는 태도도 봉달을 닮았다. 오는 여자 막지 않고 가는 여자 붙잡지 않았다. 당연히 그 주위에는 물 댄 논의 개구리 떼처럼 여자가 득시글득시글했다. 돈이 많아 이런 현상이 벌어졌다면 좀 어불성설이었다. 물론 돈의 역할도 무시할 수는 없을 것이다. 그런데 돈이 아무리 많아도 외모가 받쳐주지 않았다면 사정이 달랐을 테다. 신이 귀찮아서인지 주는 데 몰아주어 인물도 빼어났다. 여자들은 귀남을 쳐다보고 있으면 절로 얼굴이 화끈거리고 말을 더듬고 사타구니가 젖었다. 거기에다가 돈도 많지. 또 돈도 잘 쓰지. 그것도 아주 매너 있게 잘 썼으니 당연한 결과였다.

언감생심 옥화도 침을 흘렸다. 귀남이 사고무친이었기에 가능했다. 아니 그 이유보다 아무리 무서울 게 없는 그라도 광자를 굴 안으로 들여보낸 옥화의 말을 거역할 배짱이 없었다. 귀남에게는 옥화가 커다란 아킬레스건이었다.

도치와 선본 날 귀남은 채신머리없게도 자꾸만 코를 실룩거렸다. 탁자 위에 달걀노른자가 동동 떠 있는 쌍화차가 놓인 화전 장거리 한

복판에 있는 찻집이었다. 유리창으로 오후 두 시쯤의 햇살이 도치의 얼굴에 노랗게 비쳤다. 양쪽으로 쫑쫑 땋아 허리까지 내려온 머리칼은 윤기가 흘렀고, 머리 가운데로 난 가르마가 선명해 머릿밑이 하얗다 못해 새파랗게 보였다. 고개를 살짝 숙이고 찻잔을 만지작거리고 있는 얼굴에는 보송보송한 솜털이 낙타의 갈기처럼 푸슬푸슬 일어났다. 바람이라도 불라치면 바람결에 푸슬푸슬 일어난 털이 날릴 것만 같았다. 귀남은 날 비린내의 진원지를 찾아냈다. 노랑 바탕에 하얀 매화가 자잘하게 박힌 원피스 차림에 분홍색 물방울무늬 스카프를 두른 도치가 품고 있었다. 그 향기는 그에게 야릇한 자극을 불러일으켰다. 참을 수 없는 욕망이었다. 원래 귀남은 어린 나이에 채꾼을 하면서 참는 법을 배우지 못했다. 채꾼들 세계가 특히 여자에 대해서만은 더 그랬다.

귀남은 벌떡 일어났다. 일어나다가 바싹 약이 오른 몸의 것이 탁자에 툭 부딪혔다. 그것이 신호였다. 눈을 동그랗게 뜨고 쳐다보는 도치의 손목을 덥석 잡고 다방의 밀실로 끌고 들어갔다. 밀실은 다방 뒤채에 딸린 조그마한 방으로 주로 허접한 물건을 놓아두는 창고였다. 귀남이 자주 이용하자 찻집 주인은 귀남에게 잘 보이기 위해 장판을 깔고 도배를 해두었다. 햇볕 한 점이 손바닥만 한 들창을 통해 비껴 들어와 방바닥에 노란 그림을 그렸다. 구석에 검은 곰처럼 웅크리고 있는 반단이는 방안이 어두침침해서 잘 보이지 않았다.

노란 그림 안에서 귀남은 뱀 껍질을 벗기듯 도치의 원피스를 거칠게 잡아당겼다. 햇살로 인해 꼭 둘은 계단 밑에 숨은 것만 같았다. 먼지가 촘촘히 떠 있는 빛줄기가 이불인 듯 그들을 덮어주었다. 반닫이 위에 얌전히 개켜진 이불을 펼칠 여유도 없었다. 순식간에 옷이 홀라당 벗겨진 그녀는 웅크리고 앉아 와들와들 떨었다. 귀남은 지금껏 수 없이 거쳐간 그 어떤 여자보다도 더 거칠고 난폭하게 도치를 안을 수밖에 없었다. 그렇게 하지 않았더라면 몸 안에 활활 타오르고 있는 불꽃으로 인해 스스로 재로 변할 것만 같았다.

나중에, 나중에 귀남은 그날 오후 두 시쯤의 이야기를 슬쩍 한 적이 있었다. 자기 몸이 가장 뜨거웠던 날이었다고. 분명 옥화가 딸에게 어떤 비방을 해서 찻집에 내보냈을 거라고, 물증은 없지만 심증은 확실하다고 했다. 그래서 후회하느냐고 듣고 있던 누군가가 물었다. 인생 최고의 날을 왜 후회하느냐고 다시 한번만 더 그런 경험을 할 수가 있다면 자기 목숨을 몇 년 내놓고 거래하고 싶다고 말했다. 그 무지막지한 폭력에도 전혀 놀라지 않고 다 받아주었던 도치도 분명 무슨 비방을 몸에 품고 왔을 거라고 말했다.

2

"비방이 있었나요?"

"있긴 뭐가 있어."

"그런데 그 호색한이, 아차, 죄송합니다."

"아녀, 죄송할 것 없어. 호색한이 맞지. 학교 근처에도 못 가봐서 개구리 뒷다리도 모르는 내가 호색한이란 말뜻은 알고 있었으니까. 아무도 가르쳐주지 않았지만 짐작으로 저절로 알게 되더라고, 영감의 이름 뒤에는 꼭 그 말이 지남철에 쇠 붙듯 달라붙었으니까. 그런데 지금 곰곰이 생각해보니 그게 비방인 듯싶어."

"그러니까 비방이 있었군요."

"몰라. 그게 비방인지 어쩐지는 모르겠지만 선보러 가는 날 아침이었어. 어메가 조그마한 주머니를 주면서 몸에 차라고 하데."

"주머니요?"

"글쎄, 내 말을 들어봐. 중간에 자꾸 끊지 말고."

"네, 죄송합니다."

"죄송할 거 뭐 있어, 기억이 가물가물하긴 하지만 내 평생 그날 아침이 가장 설레어서 그 기분을 느껴보려는 거지. 공부 많이 한 신여성이나 입을 만한 꽃무늬 간딴후꾸를 입어볼 줄이야. 어메가 방물장수에게 특별히 부탁해서 구한 옷이었어. 노랑 바탕에 하얀 매화 꽃송이가 조롱조롱 매달린 간딴후꾸를 보니깐 그게 입고 싶어 그놈이 난쟁이라도 시집가고 싶은 마음이 생기더라니까. 하긴 보시다시피 내가 외모를 따질 입장은 아니지. 선보러 가는 날 아침에도 앞으로 같이 살아가게 될 신랑 만날 생각보다 옷 때문에 가슴이 설레다니. 마음 같으면 치렁치렁 내려오는 머리도 요 귀밑까지 댕강 자르고 쇠꼬챙이를 불에 시뻘겋게 달궈 곱슬곱슬 찌지고 싶었다니까. 가끔 어메에게 굿하러 오는 처녀 중에서 눈여겨본 적이 있었지. 그 간딴후꾸는 치렁치렁 땋은 머리보다는 신여성처럼 곱슬곱슬하게 찌진 단발이 어울렸어. 그렇지만 그리하겠다는 말을 못하겠더라고. 간딴후꾸를 뺏길까봐 겁이 났던 거지. 어메는 내가 간딴후꾸를 입고 손바닥만 한

면경을 들고 이리저리 비춰보고 있는데 그 주머니를 내미는 거여. 도대체 그 주머니와 간단후꾸가 어울리겠냐고, 그렇지만 그걸 거부할 배짱은 없었어. 겨우 한다는 말이 '에데에 넣으라고 보겟도도 없는데' 했지. 그랬더니 어메가 나를 방바닥에 벌러덩 눕히는 거여. 간딴후꾸를 내 머리 위로 훌러덩 뒤집어씌우고는 남사스럽게도 사루마다를 휙 내리지 않겠어. 그리고는 아이구야. 남사스럽게도 내 거기를 요리조리 한참 바라보고 만져보고 심지어 손구락으로 간장 찍어 먹듯이 콕 찍어서 냄새까지 맞는 거여. 그러더니 그 주머니를 거기다가 꼭 끼우고는 사루마다를 다시 올려주었지, 아이구야, 망측스럽게 내가 그때 간딴후꾸를 머리까지 뒤집어썼으니 망정이지 안 그랬으면 얼마나 남사스러웠을꼬, 다시 간딴후꾸를 내려주면서 '살살 움직여라. 고게 빠지면 안 되니께' 하는 것이여. 근데 어메도 그렇지 그것이 무슨 밥풀로 붙이지도 않았는데 꼭 붙어 있을 리가 있나? 두 발짝도 움직이기도 전에 턱 빠지더라고, 어메 눈치를 흘끔 봤지. 어메는 절대로 몸에서 그것을 빼면 안 된다고 다시 눈을 부라리더라고. 거시기에 꼭 끼울 수는 없었지만 밖으로 빼면 안 되겠다는 생각이 들더라고."

"부적이 들어 있었나요?"

"아이구야. 무당 딸이라고 부적을 생각했나보네. 그 상상력으로 어찌 글을 쓰겠다고 늙은 나를 잠도 안 재우나?"

"할매. 자부럽나?"

"아녀, 말이 그렇다는 거지. 그 좋은 시절 야그하는데 잠이 올 리가 있겠어? 내 인생에서 가장 꽃 같은 날이 바로 그날이었는데. 두렵고, 떨리고, 짜릿하고, 황홀했던 순간을 생각하면 그래도 내 삶이 완전 허방은 아닌 듯해."

"할매. 주머니에 부적이 안 들어 있었다면 뭐가 들어 있었나?"

"그날은 나도 몰랐지. 어메가 거기에 꼭 끼우고 있으라고 했지만 두 걸음도 떼기 전에 그게 쏙 빠지니까 겁이 나더라고. 선보러 가지 말라고 할까봐. 선이야 그깟 보고 싶은 마음이 눈곱만큼도 없었지만 간딴후꾸를 빼앗길까봐 걱정되었지. 그러니 그게 뭐냐고 물어볼 엄두가 나겠어? 선을 보고 들어오자마자 어메가 다짜고짜 묻더라고. 그놈과 뭐했느냐고, 같이 쌍화차를 마셨다고 했더니만 쌍화차를 마시고 뭐했느냐고 또 묻더라고. 남사스러워서 아무것도 안 했다고 하니까 갑자기 나를 아침처럼 바닥에 휙 자빠뜨리고 간딴후꾸를 훌러덩 올리는 거여, 그리고 사루마다를 휙 벗기고 내 양다리를 떡 벌리고 뚫어질 듯이 살펴보는 거여. 나도 모르게 신음이 저절로 흘러나왔지. 그놈에게 아니 영감에게 몇 번이나 시달렸으니 그것도 생전 처음으로 그랬으니 그게 온전했겠냐고. 영감이 집 앞까지 데려다주긴 했지만 씨닥거려서 죽는 줄만 알았어. 피도 나왔고. 내가 깜짝 놀랐잖아. 더 놀랄 일도 없었는데 큰 사달이 벌어진 줄 알았지. 그런데 그걸 보고 영감이 막 웃는 거여. 그러더니만 애고 망측하게 입을 들이대고 그 피를 쪽쪽 빨더라고. 그리고는 그 시커먼 솔방망이를 한번 더 집어넣고 또 생난리를 부렸지. 지금 생각해도 그날 그게 안 둘러빠진 게 신기하다니까. 그 시커먼 것이 얼마나 힘이 좋았던지. 그게 안 둘러빠진 게 신기해, 신기해."

"어메가 딱 알아채신 거네요."

"암만, 그 시커멓고 커다란 것이 수백 번도 더 들락거렸는데 멀쩡할 리가 있겠어. 어메는 한참이나 들여다보더니만 갑자기 깔깔 웃는 거여, 그놈 참 소문대로 호색한일세, 그러더라고. 사향이 이렇게 효과가 있는 줄 알았다면 나도 좀 차고 다닐껄. 이러더라고,"

"사향요?"

"몰라, 중요한 것은 영감이 내 얼굴에 반해 그렇게 용두질을 친 게 아니고 사향에 빠져 그리되었다는 말이지. 나도 모르고, 영감도 모르고, 어메만 알았던 비법이었어."

"부적보다 더 큰 비법이었네요."

"하먼, 그다음 날 당장 찾아와서 날 잡자고 했으니께. 어메가 지금껏 쓴 비법 중에서 가장 효과가 컸었지. 그게 그렇게 좋은 부적인 줄 알았다면 결혼하고도 내내 차고 다녔을 텐데."

"네? 그럼 결혼하고는 그것을 안 차고 다녔어요?"

"처음에는 어메가 날마다 검사를 하니 안 차고 다닐 재주가 없었어. 그런데 그게 여간 불편한 물건이 아니었어. 뭔지 알았어야 차고 다니지."

"아무리 불편해도 그렇지. 어메도 그럼 그것의 위력을 말해주지 않았던 모양이죠?"

"그렇지. 어메가 그런 말만 했더라면 내가 왜 그리하지 않았겠어. 사루마다 안쪽에 따로 보겟도를 달아서라도 차고 다녔겠지. 그냥 선

볼 때만 필요한 물건이라고 생각했던 내가 등신이었지."

"결혼 이후로는 영감님이 그렇게 정열적이지 않았나보네요."

"암만, 쳐다보지도 않았어. 내 얼굴도 쳐다보지 않는 사람이 내 사루마다를 들춰볼 마음이 나겠어?"

"그래도 자제 분을 세 명이나 두었잖아요."

"이러니 총각이지. 총각이 뭐 알겠어. 부부라는 게 요상해서 꼭 좋아서만 살지 않지. 어쩌다 술이 머리 꼭대기까지 올라간 날엔 말이야. 그러니까 다시 말해서 제정신 아닌 날에는 그게 상관이 없나봐. 한창 젊었으니 그랬겠지. 그리고 영감이 그렇게 호색한으로 살았지만 본성이 착해 그런 날에는 지도 켕기는 모양이야. 남편으로서의 반성. 남편 역할로서의 반성. 아니 반성이란 말은 좀 거시기한 말이고 욕정을 이기지 못해서였겠지. 술 먹으면 더 거시기한데 마침 갈 데가 없었던 거지. 그런데 내가 아무리 생각해도 그런 날은 손구락으로 꼽아도 열 손가락이 차지 않았어. 이제는 늙어 빠져서 다른 기억은 모두 가물가물한데 그것만은 요상하게도 똑똑히 기억하지. 그리고 어찌 되었든 게 그날은 꼭 아가 들어섰던 거야."

"길일이었군요, 혹 어메가 길일을 잡아주지 않았을까요?"

"어메가? 어메가 내 몸에서 하는 일을 어찌 알고?"

"무녀였으니까요."

"지금에서야 말하지만 우리 어메는 무당이 아니었어."

"네?"

"무당이라기보다는 사기꾼에 가깝지. 암만, 사기꾼이었지. 시어메를 굴에 집어넣었잖어. 정말 지독히도 무서운 사기꾼이지."

"그건 무녀 때문이라기보다는 본인이 결정한 일이 아니었을까요?"

"아녀, 자기 죽을 줄 뻔히 알면서도 뱀 아가리 같은 굴 속으로 들어갈 사람이 어디 있나? 그것도 젊디젊은 나이에. 나는 시어메 마음을 백번도 더 이해하고 남는 사람이야. 내도 시어메꼴이었니까. 내가 그 꼴이 되고 나자 시어메 심정을 이해하겠더라고. 어메가 나쁜 사람이었지. 사기꾼이었어."

"폭군이기도 했고요."

"폭군?"

"마을 사람 전체를 두려움에 몰아넣고는 누군가를 제물로 희생시키는 전략은 폭군들이 자주 써먹는 전략이죠. 자기 말에 복종해야 하는데 그렇지 않은 기미가 보이면 누군가를 희생물로 삼아 여론몰이를 하죠. 설령 자기에게 돌아섰던 사람도 두려움에 떨며 돌아오게 되어 있거든요."

"무당도 아닌데 그 말을 믿는다 말이여?"

"그럼요. 대부분의 사람은 잘 속아요. 별생각이 없거든요. 설령 내가 그렇게 생각하지 않았다 하더라도 대다수의 사람이 그렇게 생각한다면 내 생각은 얼른 버리고 그쪽으로 따라가거든요. 그쪽으로 따라가지 않으면 어쩌면 다음에는 자기가 희생물이 될 수 있겠다는 두려움 때문이지요. 그러니 사람 한 명 죽이는 것은 일도 아니죠."

"그럼 폭군이란 사람도 무당이여?"

"무당은 아니지만 폭군 옆에는 무당 같은 사람들이 우글우글 모여 있죠."

"그렇겠구먼."

"할매, 그만 이야기가 딴 데로 새버렸네요. 남은 이야기는 내일 할까요?"

"왜? 자부럽나?"

"저는 아닌데 할매가 피곤하실 텐데요."

"피곤은 무슨. 내 나이가 되어봐 잠도 없어. 죽을 때가 가까워져서 그런가봐. 죽으면 잠잘 일만 남았으니께."

"아직 정정하신데 무슨 그런 말씀을 하세요. 백 세도 거뜬하겠는데."

"이런 수모를 백 살이 되도록 겪으라고. 어림없어, 어림없지. 차라리 굴로 들어가는 게 백번 낫지."

"아이고 할매도 무슨 그런 숭한 말씀을 하세요."

"일각이 여삼추처럼 사는 사람이여. 아니 근데 내 야그를 듣겠다는 거여. 말겠다는 거여. 자꾸 딴소리만 해싸면서."

"들어야지요. 계속해보세요."

"녹음은 잘되고 있는 거여?"

"네? 아, 네."

노인은 흉물스럽게도 눈치가 빨랐다. 하긴 윤주 얼굴만 봐도 무슨 생각을 하는지 다 알고 있는 노인네가 녹취하는 것을 눈치챈 모양이다. 정작 윤주는 노인의 이야기에 빠져 그것을 잊고 있었다. 하긴 처음부터 작정하지는 않았다. 이야기를 듣다보니 저도 모르게 핸드폰에 있는 녹음 앱을 눌렀으니까.

"가만있자. 어디까지 야그했던가?"

"다방에서 선본 다음 날에 날 잡자고 찾아왔다까지요."

"그렇지. 내 인생에서 가장 좋은 시절의 야그야. 사람이 말이지, 이렇게 궁색하게 살다보면 말이지. 인생살이 자체가 참 보잘것없다고 생각되지. 한마디로 언제 죽나, 이런 생각밖에 안 들거든, 매번 잠들기 전에 이대로 아침에 깨지 말고 쭉 잠들 듯이 죽었으면 좋겠다고 생각하게 되거든. 빈말이 아니야. 협박도 아니고. 하긴 막상 죽게 되면 안 죽으려고 기를 쓰겠지. 죽는 게 무서운 게 아니고 죽고 나서의 세상을 모르기 때문이야. 그놈의 영혼이 있는지. 천당도 지옥도 있는지. 혹 지옥의 불구덩이에 떨어져 영원히 불타는 고통을 당할 수도 있겠다는 생각만 하면 세상에서 죽음보다 더 무서운 것은 없다고 봐야지. 그런데 이런 팍팍한 인생살이에서 그래도 한 자락 버틸 힘이 있다면 짧았지만 좋았던 한 시절의 기억 때문이지. 죽고 잡을 정도로 힘들 때 그 기억을 꺼내서 파먹으면 숨겨놓은 달콤한 옥시기엿을 꺼내 늘려 먹는 것처럼 힘이 생겼으니까. 그런 시절이 있었기에 나머지 힘든 일도 얼마든지 견뎌낼 수가 있었던 거여."

"화양연화 같은 거군요."

"화~ 뭐?"

"화양연화요. 인생에서 가장 좋은 시절이라는 뜻을 가진 영화의 제목이지요."

"암만, 바로 그거야. 젊은 사람이라 그런지 말귀도 잘 알아듣네."

"얼른 다음 이야기를 해주세요. 이러다 날 꼬박 새우겠어요."

"그깟 날 새우는 게 뭔 대수여. 시간밖에 없는데. 니는 자부럽나?"

"아니어요. 할매 이야기가 재미있어서 눈이 점점 말똥말똥한데요."

"남의 고단한 인생살이가 뭐 그리 재미지다고."

"아이고 할매 죄송합니다."

"아녀, 재미지지. 나도 돌아보면 그러니까 벽에 걸린 그림을 한 발 물러서서 보는 것처럼 보면 재미지거든. 그 모진 세월을 견딘 내가 대견해서 내 등을 툭툭 두들겨주고 싶다니까."

3

귀남과 도치의 결혼은 일사천리였다. 광자만 있어도 이 결혼은 언감생심이었다. 누가 봐도 이해가 되지 않는 한 쌍의 결합이었다. 귀남은 인물 좋고 돈 잘 버는 부자였기에 딸 있는 집에서는 누구나 탐냈다. 도치의 미모가 출중해서 젊은 남자가 이판사판 보지 않고 덤볐다면 이해되었지만 이건 그런 거와는 거리가 멀었다. 아마 동네에서 예쁜 처녀 순서로 줄을 세운다면 가장 꼴찌에 서 있어야 했고 열외라고 해야 가장 정확했다. 이것으로 끝난다면 다행이겠지만 더 무시무시한 수렁이 기다리고 있었다. 옥화가 세습무라면 대대로 신내림을 피할 수가 없기 때문이다. 옥화 귀에도 들어갔는지 자기 몸에서 난 아이가 아니라서 그럴 문제가 전혀 없다고 주장했지만 그녀의 말을 믿는 사람은 없었다.

귀남은 이 모든 사항이 눈에 들어오지 않았다. 옥화의 말을 거역하지 못해 선을 봤는데 이제는 오로지 도치 몸에만 관심이 있었다. 그동안 셀 수 없을 정도로 여자를 만났지만 그녀처럼 단숨에 빠져버리는 여자는 처음이었다.

귀남의 첫 경험은 벽파령 아래에 있는 마방집 주모였었다. 귀남보다 스무 살이나 많은 여자였다. 산적에게 당한 동료 채꾼의 머리를 보고 정신없이 달려왔을 때 그를 어미처럼 안아주었던 여자였다. 그날 이후로 귀남은 여자를 가리지 않았다. 정확히 표현한다면 처음부터 여자들이 귀남을 그냥 두지 않았다. 아직 솜털도 벗겨지지 않은 소년에 불과했는데 마방집 주모들은 그를 어찌하지 못해 안달복달했다. 마방집 주모들은 귀남에게 남자를 가르쳐주었다. 알고 나자 그것보다 더 재미있는 일이 없을 지경이었다. 귀남은 결혼의 중요한 의미를 몰랐다. 그것을 정색하고 가르쳐줄 어른이 없었고 또 설령 그에게 뭔가를 가르쳐준다고 해도 그가 귓등으로 들을 정도로 오만방자해졌다. 돈의 위력이었다. 돈이면 안 되는 게 없는 세상으로 점점 변해갔다.

나중에 두고두고 귀남은 이 말을 했다. 눈이 까진 모양이라고. 캄캄한 밤에 등잔 밑에서 선을 본 것도 아니었건만 왜 곱사등을 보지 못했는지. 다리를 저는 것도 보지 못했는지 모르겠다며 혀를 찼다. 옥화가 지금까지 쓴 부적 중에서 그날 쓴 부적이 가장 강했을 거라고 말했다. 그래서 그랬는지 몰라도 그 이후부터 옥화의 눈에 띄는 신통력을 본 적이 없긴 했다. 무녀라고 하니까 그 입에서 나온 말은 모두가 신의 말이라며 벌벌 떨었을 뿐이었다. 옥화 손에 마을의 운명뿐 아니라 개인의 안녕까지도 걸렸다고 철석같이 믿고 있었다. 귀남을 사위로 들인 것 자체가 마을 사람들에게는 신통력과 결부시켰다.

옥화는 처음 몇 달은 저녁마다 도치의 속곳을 조사했다. 만약에 주머니를 차지 않고 있다면 불벼락이 떨어지는 날이었다. 도치는 주머니의 위력을 알지 못했다. 단지 그것이 번거로울 뿐이었다.

"그놈이 네년보다 이 주머니를 더 좋아한다는 것만 알아라."

옥화가 아주 무서운 목소리로 엄포를 놓으면 두렵긴 했지만 이해되지는 않았다.

옥화는 한번도 귀남을 제대로 불러본 적이 없었다. 언제나 '그놈'이라고 불렀다. 사위가 장모 대접을 제대로 해주지 않는다고 생각했기 때문이었다. 오죽했으면 도치와의 결혼 조건을 옥화가 밝히는 재물도 뭐도 아닌 금지옥엽으로 키운 딸과 한시도 떨어질 수가 없으니 함께 살자고 했을까. 금지옥엽으로 키웠다는 것도 본인의 말이다.

굴 안에 질편한 상차림은 도치의 몫이었다. 굴물을 길어 담가둔 술은 늘 항아리 가득 찰랑거렸다. 온갖 떡도 직접 만들 정도로 솜씨가 좋았다. 굿의 규모에 따라 저냐의 종류도 다양했다. 그것을 보기 좋게 쌓기 위해 밤을 새워 기름질했다. 짚에 재를 묻혀 제구를 반질반질 닦는 일부터 시작이었다. 푸줏간에서 웃는 돼지머리를 구해 삶고 과일을 올리고 향을 준비하면 얼추 준비가 끝났다. 변변한 살림살이 하나 없어 보이는 오막살이에서 이 모든 것을 준비하면 굿을 하러 온 사람들이 혀를 내둘렀다. 그것은 곧 옥화의 신통력과 결부시켰다. 옥화를 도와 며칠 동안 징을 치고 북을 울리고 쟁강쟁강 꽹과리를 치는 일도 도치의 역할이었다. 옥화가 뭐라 뭐라 수분을 주설거리면 도치는 적절한 때에 추임새를 넣었다. 그러면 굿을 의뢰한 사람이 화들짝 놀라 주머니를 열고 제단에 돈을 올려놓았다.

도치가 얼마나 큰 역할을 했는지는 언제 한번 그녀가 뒤늦은 홍역에 걸려 두문불출한 적이 있었다. 옥화는 굿을 의뢰하러 온 사람들을 모두 돌려보냈다. 딸 옆에서 열흘이 넘도록 밤을 새워가며 치성을 드린다는 이유였다. 굿을 의뢰한 사람은 비록 자기의 목적을 이루지 못했지만 자기가 낳은 딸도 아니라는데 지극정성인 마음에 탄복했다. 도치가 얼른 낫기를 바랄 뿐이었다. 그래야 자기 문제도 해결할 수가 있을 테니까. 옥화는 도치가 고열로 온몸이 펄펄 끓어도 이마 한번 짚어주지 않았다. 사람들이 지레짐작했던 촛불을 켜놓고 치성을 드리기는커녕 이 모든 것이 번거롭고 귀찮아 눈을 흘기며 잠만 잤다. 얼굴에 열꽃이 피다가 급기야 온 얼굴에 물집이 덕지덕지 뒤덮이자 기껏 한다는 말이 곱사등에 절름발이에 곰보 하나가 더 올려붙겠네, 중얼거리며 술만 마셨다. 따듯한 국물 한 모금 입으로 흘러주지 않으면서 딸 병간호를 핑계대며 굿을 맡지 않는 이유는 딱 한 가지였다. 굿을 준비할 사람이 없었다. 거기다가 도치는 어찌된 일인지 옥화보다 장구와 징과 제금뿐 아니라 피리와 해금도 자유자재로 다룰 수가 있었다. 그러니 딸이 낫기를 기다리며 임시휴업을 선포할 수밖에 없었다.

옥화의 요구대로 귀남은 대궐 같은 집을 비워두고 굴 옆 오막살이에서 신혼살림을 차렸다. 마을 사람들은 귀남의 이런 선택에 대해 설왕설래했다. 한시도 굴 옆을 떠나기 싫어하는 옥화를 생각해서 그리 했을 거라고 말을 모았다. 말은 소문을 만들었지만 사실 귀남은 옥화의 요구를 거역할 수가 없었다. 죽은 어미의 혼을 날마다 빌어준다는 말을 철석같이 믿을 뿐이었다.

귀남은 광자를 찾아 굴 속으로 들어가지 못해 마음에 한으로 남았다. 옥화의 말대로 죽었다면 시신이라도 거두고 싶었지만 그런 말을 내비칠 배짱이 없었다. 만일 그렇게 나간다면 이번에는 마을 사람들이 옥화를 등에 업고 귀남을 토끼몰이를 하듯 몰 듯싶어 비겁하게도 모르쇠로 일관했다. 제사도 지내지 않았다. 스스로 불효자를 자처하자 그의 방탕한 생활도 문제될 게 없었다.

그런데 옥화에게 꼼짝도 못했던 그가 슬슬 바깥으로 나돌기 시작했다. 사람들은 드디어 옥화의 도술에서 풀린 모양이라고 수군거렸다.

뭐든지 등잔 밑이 어두웠다. 서너 달 가까이 귀남이 집에 들어오지 않아도 옥화는 신경쓸 여력이 없었다. 큰 굿이 몇 개 잡혔고 작은 굿은 사흘 도리로 해야 했다. 굿 치다꺼리로 도치도 덩달아 정신이 없었다. 귀남을 사위로 들이고부터 옥화의 신통력은 최고의 점수를 받고 있었다. 사방 삼백 리 안에서는 날마다 그녀를 찾아왔다. 옥화는 손님을 골라서 받아야 할 지경이었다.

굴 옆 오막살이 문지방은 손님의 발길로 반질반질했다. 급기야 모녀는 원정 굿을 다니기에 이르렀다. 아무리 무녀의 말에 벌벌 떤다고 해도 날마다 굴 안에서 굿판을 벌이는 일이 마을 사람들에게 좋게 보일 리가 없었다. 옥화가 굴 옆에 터전을 잡은 것도 마을 사람들의 암묵적인 허락이 있어 가능했다. 그녀가 굴을 치성으로 섬긴다고 하지만 굴은 마을 사람들의 안녕을 지키는 신령스러운 곳이라 마을 사람들 모두의 것이지 무녀 개인 소유물이 아니기 때문이었다. 무녀의 사적인 재산 축적을 위한 장소로 전락하는 것을 봐줄 리가 만무했다.

모녀가 원정 굿을 떠나는 날에는 귀남도 음습한 곳에 홀로 있을 리가 없었다. 그도 오랜만에 온갖 산해진미와 금침이 깔린 곳에서 향기로운 여인을 취하는 날이었다. 이렇게 각자의 욕망에 취해 정신없이 돌아가느라 그만 굴을 깜박 잊어버렸다.

4

마을에 사달이 나고서야 옥화는 불과 얼마 전까지 자기 입으로 뱉은 예언이 퍼뜩 생각났다. 생때같은 목숨이 줄줄이 스러졌다. 그것도 사람이든 짐승이든 수컷만 사달이 났다. 사소해서 말할 가치도 없는 이유로 기름 떨어진 등잔불처럼 맥없이 스러지는 일이 이 마을에서는 자고 일어나면 일어났다. 젊은 아낙이 아이를 낳아도 사내아이를 낳으면 그 전처럼 기쁘기는커녕 공포의 도가니에 빠져 식구들이 벌벌 떨었다. 짐승의 수컷들도 마찬가지였다. 소가 새끼를 낳아도 수컷이면 가난한 주인은 큰 슬픔에 빠졌다. 살림에 보탬이 되기는커녕 곧 죽게 될 것이니까. 이제 마을에 사는 남자들과 동물의 수컷은 불안에 떨어야 했다.

마을 사람들은 이 모든 사달의 원인이 이번에는 옥화 때문이라고 생각했다. 돈 버느라 굴에 치성 드리는 일을 소홀히 해 굴이 노했다며 이제 마을은 망할 일만 남았다고 절망했다. 귀남 면전에 삿대질하면서 그 에미보다 더 나쁜 놈이라고 욕했다. 귀남에게 국밥 한 그릇 얻어먹지 않은 사람은 단 한 사람도 없었는데도 그들은 안면몰수하고 침을 뱉었다. 무당과 무당 딸의 삶은 보통 인간의 삶과 다른 법인데 무당 꾐에 빠져 장가들 때부터 알아봤다고 했다. 그 애비 박봉달을 닮아 포대 자루만 뒤집어써도 여자라면 사족을 못 쓰는 인간 망종이 급기야 마을까지 말아먹게 생겼다며 질책했다. 다른 집은 수컷이라면 수평아리도 살아 있지 못하는데, 도치는 해마다 연년생으로 아들만 줄줄이 낳아도 죽기는커녕 비 온 후에 옥수숫대처럼 하루가 다르게 쑥쑥 잘 자라기 때문이었다.

일이 이쯤 되자 형편이 되는 사람들은 무조건 이 마을을 떠났다. 그럴 여력이 없는 집은 장남만이라도 강냉이쌀 한 자루 들려서 친척집으로 보내버렸다.

급기야 마을에는 여자들만 남았다. 여자들끼리 농사를 짓고 여자들끼리 싸우면서 옥화를 원망했다. 옥화는 점점 궁지에 몰렸다. 아무도 굿을 의뢰하지 않았다. 마을을 떠나지도 않았다. 마을 여자들의 눈 때문인지도 몰랐다. 여자들은 당번을 정해 돌아가면서 옥화를 감시했다. 밤 사이에 도주할까 잠도 자지 않았다. 그들은 원인 제공자인 옥화가 문제도 해결하길 바랐다.

자칭 타칭 그 바닥에서 이름께나 쓰면서 사는 사람들이 냄새를 맡고 하나둘 찾아왔다. 그런데 그들은 하나같이 굴을 한번 쳐다보고는 고개를 절레절레 흔들며 줄행랑을 쳤다. 굴 안에서 뻗쳐 나오는 음산한 음기로 인해 숨을 쉴 수가 없다고 했다. 음산한 음기는 여전히 배가 고파 울부짖고 있다며 덜덜 떨었다. 배를 채울 때까지 변고가 끊이지 않을 것이라고 예언했다. 얼마나 배가 주릴지 알 수가 없어 그게 가장 큰 문제라고 했다.

설상가상으로 어느 날부터 굴 속은 옥화와 도치 말고는 아무도 들어갈 수가 없었다.

마을이 평화로울 때 굴 속은 마을 사람들의 피서지였다. 삼복더위 때는 강냉이나 감자를 한 자루씩 들고 들어가서 쪄먹고 감자적도 해먹고 아이들은 웅덩이에 멱을 감으며 놀았더랬다. 그런데 지금은 아무리 염력이 높은 도인이 소문을 듣고 찾아와도 굴은 입을 굳게 다물고 접근을 허용하지 않았다. 도치도 옥화가 앞장을 서서 기어들어가면 겨우 뒤따라 들어갈 수가 있었다. 다른 사람들이 도치처럼 옥화 뒤를 따라 재빠르게 구멍에 몸을 끼웠다 해도 더는 옴짝달싹할 수가 없었다. 굴 밖에서 지켜보던 사람들이 달려들어 두 다리를 무 뽑듯이 잡아뽑아야 했다. 꼭 싱싱한 조개가 입을 꽉 다문 듯했다. 입구에 얼키설키 자라고 있는 칡넝쿨은 더 굵고 더 단단하게 조여졌다. 전에는 보이지 않던 엉겅퀴며 찔레나무가 난데없이 막 자라 굴을 막았다. 이런 괴이한 소문은 화전장을 찾은 장돌뱅이를 통해 전국 구석구석에 퍼졌다.

이른 아침부터 대여섯 명의 여자들이 옹심이를 잔뜩 넣은 팥죽을 끓여 굴 앞에 차려놓고 비손하고 있었다. 오후 되자마자 해가 떨어져 마을은 어둑어둑했다. 일 년 중에 낮이 가장 짧은 동짓날이었다. 그때 아슴푸레한 길을 거침없이 헤집으며 다가오는 사람이 있었다. 솜털도 벗겨지지 않은 젊은 도사였다. 그는 뒤늦게 소문을 듣고 남쪽 땅끝마을에서부터 걸어오느라 늦었다고 했다. 여자들은 땅끝마을이 어디일까 잠시 생각에 잠기기도 했다. 굴을 어찌해보겠다고 찾아오는 도사나 무당의 발길이 끊어진 지 오래되어 반가웠다. 지금껏 찾아왔던 사람과는 달리 나이도 젊었고 기골이 장대해 범상치 않은 용모였다. 한 노파가 팥죽을 권하자 사양하지 않고 그 자리에 앉아서 팥죽 두 그릇에 동치미 국물 한 사발을 순식간에 먹어치웠다.

그러는 사이에 소문은 삽시간에 마을에 퍼졌다. 사람들은 옥화와 도치가 처음 마을에 나타났을 때처럼 먹던 저녁도 팽개치고 굴 앞으로 두세두세 모여들었다. 마을 사람들이 기대 반 호기심 반으로 숨죽이며 지켜보는 가운데 그는 용감무쌍하게 긴 칼로 칡넝쿨을 퍽퍽 벴다. 지켜보고 있던 사람들이 손뼉을 치며 환호성을 질렀다. 동남아시아에서나 볼 듯한 게 시퍼렇다 못해 검은 빛이 도는 칡넝쿨을 감히 건든 도사는 이제껏 한 명도 없었다. 단지 그 앞에서 덜덜 떨며 방울을 소심하게 흔들며 주문을 외는 게 다였었으니까. 넝쿨은 발이 달린 듯 자고 일어나면 쑥쑥 뻗어나가 굴을 뒤덮어버린 지 오래였다.

젊은 도사는 자신만만한 얼굴에 미소까지 띠면서 굴 입구를 뒤덮고 있던 엉겅퀴며 찔레나무도 처삼촌 뫼 벌초하듯 쓱쓱 잘라냈다. 그리고는 조금도 주저하지 않고 굴 구멍에 얼굴을 들이밀었다. 이제 구경꾼들은 숨도 제대로 쉬지 못할 지경으로 긴장했다. 차마 볼 수 없어 집으로 돌아가는 담 약한 사람도 있었다. 잠시 후에 모두 돌아가긴 했으니 그 사람은 어쩌면 앞을 내다본 사람이었다. 갑자기 굴을 품고 있는 산이 우르르 흔들리면서 천둥 번개와 폭우가 쏟아졌다. 모인 사람들은 오뉴월 달도 아닌데 천둥 번개가 치는 일은 생전에 처음이라며 벌벌 떨며 흩어졌다. 젊은 도사는 팥죽 두 그릇 값도 못하고 혼비백산 도망치고 말았다.

탱자나무 울타리

1

거산이 기거하는 방은 늘 방문이 굳게 닫혀 있었다. 광자는 처음 밥상을 차려 들고 갔던 이후로 그쪽에는 얼씬 하지 않았다. 그날 언뜻 눈에 들어온 것은 제단이었다. 향 냄새가 진하게 풍겼고 촛불이 보였다. 가끔 사람이 찾아오면 그 방으로 들어갔지만 그런 날은 별로 많지 않았다. 거산은 대부분의 시간을 거기서 보내다가 잠잘 시간이 되면 바로 옆방으로 나와 잤다. 밥도 자는 방에서 먹었다. 옆방으로 나오는 날은 빠르면 사흘이고 열흘이 넘을 때도 있었다.

"다녀올끼다."

미처 대꾸할 사이도 없이 거산은 허적허적 가버렸다. 광자는 오랫동안 그의 뒷모습을 바라보았다. 그를 마음놓고 바라볼 때가 이때뿐이라는 생각이 들자 그녀도 모르게 나직이 한숨이 나왔다. 집을 한번 떠나면 석 달이 넘어야 돌아왔다.

귀남이 보고 싶었다. 겨울 같지도 않은 겨울을 몇 번 보낼 동안 아들은 까마득하게 잊고 있었다. 처음으로 거산이 광자의 마음마저 좌지우지하는 듯한 느낌이 들었다. 지금쯤은 장가를 들어 자식을 보고도 남을 세월이었다. 먼 빛으로 한번만이라도 보고 싶다는 생각이 들었다. 그가 돌아오면 간청해보리라는 속다짐을 하고 나자 더 학수고 대하게 되었다. 거산이 집을 비웠을 때 살짝 다녀와도 괜찮을 듯했지만 화전으로 가는 방법을 알지 못했다. 도무지 여기가 어디인지 알 수가 없었다. 일 년 내내 눈 한번 내리지 않는 이곳과 겨울이 반인 화전까지는 천리만리 먼 곳은 분명한데 어떻게 여길 올 수 있었는지 그것도 의문이었다. 탱자나무 울타리를 벗어나는 게 두려웠다.

거산의 집은 사람보다 더 위에 존재하는 어떤 것과 함께 살아간다는 생각을 내내 했다. 그래서 말도 함부로 할 수가 없었고 행동도 막할 수가 없었다. 뒤란으로 넓게 펼쳐진 대나무 숲이 바람에 흔들릴 때나 비가 내릴 때면 숲이 이야기하는 듯했다. 거산은 알아듣는 모양인지 그런 날이면 향을 더 진하게 피우고 늦도록 잠자리에 들지도 않고 뭔가를 조용조용 읊조렸다.

새벽부터 울어대는 새소리에 광자는 잠이 깼다. 장지문을 펄떡 열고 마당을 내다봤다. 탱자나무 울타리에 참새 떼가 조롱조롱 앉아 있었다. 작은 새들은 포로로 날아올랐다 앉았다 하느라 수다스러웠다. 봄물이 오르자 새소리에도 봄이 물린 듯했다.

'이 많은 마짱새들이 어데서 날아왔나?'

광자는 혼자서 중얼거렸다. 홀로 있는 시간이 길어지자 이제 혼자서도 말을 잘했다. 처음에는 그게 싱거워 입을 꾹 닫고 살았다. 몇 년을 그렇게 보내자 말하는 법을 잊어버릴 듯해서 말을 해보았다. 말을 해보니 안 하는 것보다 나았다.

'대숲에서 날아왔지.'

참새들이 대답하는 듯해 고개를 끄덕였다.

머름에 한쪽 팔을 올려놓고 뜰을 내려다보았다. 멀리 암봉들이 눈에 들어왔다. 집이 높다랗게 자리잡아 암봉까지 길이 가르마를 탄 듯 시원하게 보였다. 길 양쪽으로 푸른 동백나무 숲이 파도처럼 술렁거렸다. 어느 날은 귀남이 동백나무 숲을 헤치며 뚜벅뚜벅 걸어오는 모습을 봤다. 그는 늘 울안으로 들어오지 않았다. 꿈속이었지만 꿈속이 아닌 듯해 그런 날은 너무 허망해 오랫동안 맥놓고 앉아 있었다. 이번에도 동백나무 숲을 뚫고 누군가가 허적허적 걸어오는 모습이 보였다. 작은 모습이 점점 커지길 기다렸다. 광자는 머름에 두 손을 짚고 벌떡 일어났다. 걸음걸이가 익숙했다. 도포 자락을 펄럭이며 허적허적 걸어오는 이는 거산이었다. 백 일 하고도 이틀이 지났다.

"별일 없었나?"

사립문 옆에 서 있는 광자를 바라보며 한마디 했다. 광자는 고개를 숙이는 것으로 대답을 대신했다. 거산은 제단이 차려진 방으로 들어가고 광자는 부엌으로 들어갔다. 광자는 부엌을 두리번거리며 나지막이 한숨이 나왔다. 제대로 된 밥상을 차려본 지가 얼마 만인지. 향내가 아른아른 풍겨나왔다. 거산이 집에 있다는 증거였다. 향이 숲길을 따라 길게 퍼지기 전에 말해볼 작정이었다. 멀리서 아들 얼굴만 한번 보게 해달라고 부탁해봐야지. 들어주지 않으면 이 집을 떠나겠다고 협박해볼까 싶다가도 고개를 절레절레 흔들었다. 거산은 눈도 끔쩍하지 않을 테지만 광자는 갈 곳이 없었다.

"자네 고모님을 만나고 왔느니라."

거산이 광자에게 먼저 말을 했다. 기분이 좋아보였다.

"산신령이 되었다는 그 고모님요?"

"그렇지. 자네에게 안부를 전해달라고 하대."

광자는 무슨 말을 해야 할지 고민이 되었다. 모처럼 입이 떨어져 반갑기는 했지만 도대체 알아들을 수가 없었다.

"자네의 어여쁜 얼굴에 고모님이 흡족해하셨지."

"호식총까지 있는 고모님이 산신령이라니 도무지 이해하기가 쉽지 않네요."

"그럼 자네의 어여쁘게 변한 모습은 이해가 되고?"

"그건 더 이해가 안 되지만…."

"이해는 안 되지만 받아들이겠다는 소리로 들리는구먼."

"그렇다기보다 어쩔 수가 없잖아요."

"그럼 다시 원래의 상태로 돌아가고 싶은 거노?"

거산은 이제 광자를 놀리려고 작정했는지 슬슬 웃었다. 거산이 웃는 모습도 처음이라 당황스러우면서 마음이 놓였다.

"호식총, 그거 인간들이 자기 마음 편하게 하자고 만든 거다. 관념이지. 부적이기도 하고. 호랑이가 고모님을 등에 태워 모시고 갔다는 생각은 왜 못했을까. 머리만 있다고 몸통은 다 먹었다고 생각하는 거는 어디서 추론되었을꼬. 모든 거는 종이 한 장 차이인데."

광자는 한마디도 알아들을 수 없었다. 대숲에 부는 바람 소리처럼 공허한 말을 거산답지 않게 길게 읊조리더니 슬그머니 제단이 차려진 방으로 들어갔다. 또 며칠 만에 나올지 알 수가 없어 광자도 모르게 한숨이 나왔다.

온종일 틈을 노렸다. 밥상을 받았을 때는 식사가 끝나길 기다렸고 식사가 끝나자마자 제단이 설치된 방으로 들어가 나오질 않았다. 이번 출행은 말끔하게 일이 끝난 것 같지 않았다. 사립문에 들어올 때부터 그랬다. 마음 같으면 그 방의 문을 벌컥 열고 불러내고 싶었지만 그리할 수가 없었다. 거산이 딱히 말을 하지 않았지만 그 방은 그녀가 함부로 들락거리거나 들여다봐서는 안 된다는 생각이 저절로 들었다. 옥화에게 이미 된통 경험했기 때문이다.

"고모 한번 만나보고 싶지 않노?"

거산은 열흘 만에 방에서 나오자마자 대뜸 물었다. 여전히 얼굴이 어두워보였다.

"어떻게요?"

"자네가 마음만 먹는다면 쉽지."

"저를 만나보고 실망하시면 어쩌시려고요."

"자네를?"

"부끄럽게 살아왔잖아요."

"그건 자네 탓이 아니데이. 다 팔잔 게야. 지금 모습이 자네의 젊었을 때의 모습이라고 생각하노?"

"네?"

"자네 고모의 모습이니라. 자네 고모의 젊었을 때가 꼭 지금 이 모습이었지. 오죽했으면 호랑이를 시켜 모시고 왔을까."

"누가요?"

"누구긴. 자네 고모의 용모에 폭 빠진 덜 떨어진 신령님이었지. 내 꼴과 닮았어. 아니 내가 따라했지. 그쪽이나 이쪽 세상이나 마음이 하는 일은 조절하기가 쉽지 않는 법."

거산은 또다시 입을 꾹 닫고 다시 방으로 들어갔다.

윙윙~ 쏴쏴~ 싸르락싸르락~~.

대숲이 만들어내는 바람 소리가 시시각각 달랐다. 대숲이 울자 탱자나무 울타리 밖에 넓게 펼쳐진 동백나무 숲도 같이 푸르게 울었다. 처음에는 혼자인 듯 처연하게 다가왔다가 둘이서 화음을 이루듯이 왔다가 도적떼처럼 한꺼번에 들이닥쳤다. 그 기세에 꼭 닫아두었던 사립문이 펄떡펄떡 열렸고 탱자나무 울타리도 덩달아 울었다. 이런 바람도 밤이면 으레 물고기처럼 잠들게 마련인데 그날 밤은 한숨도 자지 않고 온통 들까불었다. 그날 따라 광자는 가슴이 벌렁거려 잠들지 못했다. 바람의 전령이 대숲을 통해 뭔가를 속삭여도 알아들을 수가 없었다. 불은 진작 껐지만 들창으로 달이 얼굴을 들이밀었다. 그날은 어디서 잔뜩 얻어맞아 멍이 든 듯 달빛이 파르스름했다. 창호지문에 댓잎이 비쳤다. 칼처럼 날카로웠다. 자진모리 장단 같은 바람 소리에 신들린 무당처럼 춤을 췄다. 방문이 스르륵 열리자 꼭 댓잎이 문을 열어주는 듯했다. 댓잎이 문을 열었으면 또 닫아주길 기다렸다.

그날 따라 몸이 천근만근 무거워 일어날 수가 없었다. 그냥 가위에 눌린 듯 방바닥에 보이지 않는 자석이 강하게 끌어당기는 듯했다. 눈은 말똥말똥했다. 그러니 보였겠지. 버선발이 문지방으로 성큼 들어오는 게 보였다. 광자는 와들와들 떨었다. 거산이 눈앞에 우뚝 서 있었다. 목구멍도 막혔는지 말은커녕 비명도 나오지 않았다. 이제 대숲에서는 단모리장단으로 빠르게 치닫고 있었다. 거산은 광자가 누워 있는 모습을 물끄러미 내려다보고 있었다. 거산의 얼굴이 푸른 달빛에 푸르게 보였다. 댓잎이 스며들어 긴 칼이 아로새겨졌다가 사라졌다가 했다.

거산은 선 채로 바지저고리를 하나씩 천천히 벗었다. 마침내 알몸이 되어서 한참 가만히 서 있었다. 이번에는 거산의 몸에 긴 칼이 아로새겨졌다가 사라졌다가 했다. 거산의 중심에 있는 것도 살짝 흔들리나 싶더니 광자가 덮고 있는 이불을 살며시 걷었다. 광자는 여전히 옴짝달싹 못하고 가만히 누워 있었다. 유일한 저항은 심장이었다. 심장 소리가 얼마나 요란한지 거산 귀에 닿고도 남았다. 광자는 할 수 있다면 심장이라도 꼭 움켜쥐어 달래고 싶은 심정이었는데 여전히 손끝 하나 움직일 수가 없었다.

거산은 부드러웠고 또 부드러웠다. 침착했고 서두르지 않았다. 광자의 몸이 열리지 않자 열릴 때까지 어루만졌다. 서서히 온몸의 세포가 깨어나는 느낌이었다. 처음 느껴보는 세계였다. 이런 세상이 있었던가. 마침내 광자는 두 다리를 높이 올리고 온몸을 활짝 열었다. 벌은 짐짓 모른 척하고 동백꽃 꽃술에 앉았다가 날았다가를 반복하며 맴돌 뿐이었다. 물을 한껏 머금은 꽃술이 물을 질금질금 흘리며 안달복달하자 마지못한 듯 벌이 날아 앉았다. 동백꽃은 벌이 날아갈까봐 두 다리로 칭칭 감았다. 벌을 삼킬 태세였다. 꽃술 깊은 곳에 가두고 싶었다. 대신 거산의 널찍한 등판에 손톱자국을 깊게 남긴 후

풀어주었다. 대숲에서는 밤새도록 가야금 산조가 연주되고 있었다.

어제와 같으면서도 다른 태양이 동녘을 불그스름히 물들이며 떠오르자 대숲도 동백나무 숲도 잠들었다. 알몸이 아니라면 분명코 꿈이었을 테다. 온몸이 녹지근했지만 기분은 날아갈 듯 가벼웠다. 밖으로 나갈 일이 태산처럼 걱정이었다. 밥상을 차려 그 앞에 내밀 생각만 해도 얼굴이 붉어졌다. 여느 날보다 더 공들여 밥상을 차려 방안에 들여놓고는 얼른 그 자리를 피했다. 거산도 이런 광자를 한번 물끄러미 바라볼 뿐 아무 말도 하지 않았다. 귀남이 보고 싶다는 말도 쑥 들어가고 말았다.

난감한 일이 일어나지 않았다면 꿈인 줄 알았을 테다. 동백꽃이 붉게 꽃망울을 톡톡 터트리자 춘정을 이기지 못해 한바탕 봄꿈을 꾼 줄 알았다. 그리 생각하고 나니 마음이 홀가분해졌다. 활짝 핀 동백꽃이 대숲에서 거세게 불어온 바람 한 자락에 목이 꺾여 송이째로 툭툭 떨어졌다. 가르마 같은 길이 피처럼 붉은 꽃송이로 벌겋게 물들었다. 그 꽃송이를 밟고 오는 이도 있었고 살살 피해 발을 내딛는 사람도 있었다. 사람마다 생각이 다르듯 보이는 것도 보이지 않는 것도 대수로운 것도 대수롭지 않은 것이 다 달랐다.

광자는 바닥에 떨어진 꽃송이를 물끄러미 바라보며 하루하루를 보냈다. 꽃멀미가 난 줄 알았다. 뭔가를 계속해서 보면 하나가 두 개로 보이고, 두 개가 세 개로 보이다가, 어지럼증을 느끼는 것과 같은 현상이라고 생각했다. 탱자나무 울안에서 안간힘을 쓰던 매화마저 우수수 떨어졌다. 빗방울에도 맥을 못추는 모습이 꼭 자기 자신을 보는 듯했다. 비 온 후에 하늘은 구름 한 점 허용하지 않은 짙푸른 바닷빛이었다. 산에 걸린 바다를 물끄러미 바라보았다. 봄볕 아래에 자울자울 졸음이 몰려왔다.

"그 아이가 살릴끼다."

잠이 퍼뜩 깼다. 거산이 커다랗게 그림자를 만들어 광자를 덮었다. 해를 가리자 추워 몸이 저절로 부르르 떨렸다. 다시 생각해보면 두려움 때문이었다.

"아이요?"

그녀의 목소리가 떨렸다. 거산이 말없이 그녀의 눈을 쳐다봤다. 그녀는 거산의 눈빛을 제대로 받을 수가 없어 고개를 숙였다. 눈에서 불이 나올 것만 같았다. 그 눈을 제대로 쳐다보는 일은 두려움이었고 부끄러운 마음도 들었다. 거산이 그녀의 배를 바라보자 그녀도 모르게 두 손으로 배를 가렸다. 그러고 보니 그런 것 같기도 했다. 광자는 머리를 흔들었다. 광자 몸이 하는 일을 그녀보다 거산이 먼저 알고 있었다.

"잘 키워라."

이번에도 먼 길을 떠날 차림이었지만 여전히 어디 간다는 말도 얼마나 있다가 오겠다는 말도 없었다. 광자가 기껏 한 일은 벌떡 일어서서 붉은 동백나무 숲길을 허적허적 걸어가는 그를 안 보일 때까지 바라봤다. 시야에서 완전히 사라졌지만 그가 남긴 발자국이나, 펄럭거리는 옷깃에서 일으킨 바람이나 먼지 등, 그로 인해 길 위에 머문 것들을 찾아내어 오랫동안 바라보고 있었다. 끼니 때가 되면 뱃속에서 기별이 왔지만 모른 척했다. 그러다가 문득 거산의 말이 생각났다. 그녀는 벌떡 일어났다. 평소에는 그러다가 방으로 슬그머니 들어가서 잠을 청하는 게 순서였다. 다음날도 들창을 통해 들어온 해가 방안 가득 차올랐다가 스스로 뻥 터질 때까지 누워 있곤 했더랬다. 그러다가 이대로 이렇게 죽을 듯싶어 슬금슬금 일어나 밥을 억지로 욱여넣었다. 그런 날은 대부분 꿈에 귀남을 본 날이었다. 그의 얼굴이 밝은 날에는 광자의 마음이 편했지만 표정이 안 좋으면 하루 종일 불안하고 초조했다. 요즈막에는 그가 꿈속에 나타나면 자꾸 울었다. 눈물을 닦아주려고 다가가면 광자가 다가간 거리만큼 뒷걸음질쳐 닦아줄 수가 없었다. 하긴 달라진 어미의 모습을 알아볼 리가 없을 테다.

광자는 벌떡 일어났다. 거산이 남기고 간 말을 알아들을 수는 없지만 누굴 살릴 수 있겠다는 말은 알아들을 수가 있었다. 곧장 뒤란으로 달려가 장작을 한아름 안고 부엌으로 들어갔다. 아궁이 가득 장작을 넣고 불을 지폈다. 바싹 마른 장작은 금방 불꽃을 탁탁 튀겼다. 불꽃의 혀는 길었다. 긴 혀가 날름거리며 장작을 감싸는 모습을 물끄러미 바라보며 거산이 화두처럼 내던진 말에 대해 생각해보았다. 꿈속에 나타나 울고 있는 귀남도 생각했다. 어쩌면 새 생명이 귀남의 눈물을 닦아줄 것만 같았다. 그런 생각이 들자마자 생각은 곧 확신으로 변했다.

그새 솥뚜껑이 들썩거리며 김이 흘러나왔다. 솥 안에 가득 담긴 물을 퍼내고 솥 안을 한번 헹구고는 씻어둔 쌀을 안쳤다. 금방 밥물이

솥 가로 흘러나오자 행주로 깨끗이 닦아냈다. 아궁이에서 잉걸불 몇 덩이를 부삽으로 꺼내 아궁이 앞에 모아두었다. 그 위에 무를 나박나박 썰어 된장을 푼 뚝배기를 올렸다. 된장찌개가 보글보글 끓자 밥 뜸 들이는 소리도 짜그락짜그락 들려왔다. 솥뚜껑을 열어 밥을 한 사발 푸고 뚝배기를 상에 올려 아궁이 앞에 철퍼덕 앉아 밥을 뜨려는 순간 머리를 흔들었다. 이제부터 몸가짐을 잘해야 했다. 밥상을 들고 마루에 올라왔다. 하늘에 두둥실 떠 있는 구름도 쳐다보고 대숲에서 불어오는 바람을 맞으면서 밥 한 사발을 다 비웠다.

조롱조롱 달린 매실이 굵어지자 광자의 배도 점점 불렀다. 바람처럼 허적허적 나타난 거산은 동네 마실을 며칠 다녀온 것처럼 댓돌에 신발을 탁탁 털어 벗어놓고 방에 들어갔다. 저번보다 더 얼굴이 안 좋아보였다. 밥상을 들이면서 잠깐 일별했다. 그 잠깐 사이에 눈이 마주쳤던가. 샘물처럼 맑았던 얼굴빛이 먹구름이 잔뜩 드리웠고 초조해보여 광자도 덩달아 가슴이 철렁 내려앉았다. 불안한 마음이 새벽녘 굴물에서 피어오르던 물안개처럼 스멀스멀 올라왔다.

요즈막에는 굴이 자주 꿈에 나타났다. 그런 날에는 커다란 암반이 가슴을 누른 듯해 갑갑하고 불안했다. 거산의 얼굴에서 굴이 보였다면 뭔 조화일까. 그렇다고 속 시원하게 물어볼 수도 없어 더 답답했다. 혹여 물어본다고 해도 인연 타령이나 할 테니까. 광자가 전에 없이 멈칫멈칫하면서 방을 나가지 않자 밥을 뜨려던 거산이 수저를 내려놓고 그녀를 물끄러미 바라봤다. 광자는 얼른 문을 열고 나왔다. 밥이라도 제대로 먹이고 싶었다. 거산의 입에서 나올 말도 두렵기는 매한가지라 차라리 듣지 않는 게 나을지도 모르겠다는 생각도 얼핏 들었다. 그날 그 분위기는 어쩜 뭘 물어본다면 다 대답할 것만 같았다. 광자는 그게 두려워 슬금슬금 뒷걸음질쳐 밖으로 나왔다. 얼마 후 수저 소리가 달그락달그락 들리자 안도의 한숨을 가만히 쉬며 숭늉을 만들기 위해 부엌으로 들어갔다.

"몸풀기 전에는 돌아올끼다. 겁먹지 마래이."

2

아궁이가 터져나갈 정도로 장작을 빽빽하게 넣어두고 불을 지폈다. 가마솥 한가득 담긴 물은 금방 김을 쩍쩍 뿜어내며 끓기 시작했다. 날씨는 곧 밤이 될 듯 잔뜩 흐렸다. 눈이 쏟아지기 좋은 날인데 하고 중얼거리다가 자기도 모르게 비명을 질렀다. 진통 횟수가 점점 잦아졌다. 진통은 오래갔다. 눈이 보고 싶었다. 눈이 내린다면 힘이 날 것 같았다. 두려웠다. 거산은 아직 오지 않았다. 해산 때 돌아오겠다는 약속을 지키지 못할 일이 생겼을까. 하긴 아무리 앞을 내다보는 능력이 있어도 광자의 몸이 하는 일까지는 알지 못하겠지. 한숨이 저절로 나왔다. 또 진통이 왔다. 입을 딱딱 벌리며 숨을 깊게 들이마셨다가 뱉었다. 귀남을 낳을 때가 생각났다. 그때도 겨울이었다. 며칠째 눈이 펑펑 내려 길이고 산이고 들판이고 모두 눈 속에 푹 파묻힌 날이었다. 기억에는 아이를 낳았는데 몸은 아이를 낳아본 적이 없어 더 힘들었다.

눈 대신 새 몇 마리가 찾아와 탱자나무 울타리에 호로롱거리며 날아올랐다 앉았다 변덕을 부렸다. 광자는 그만 봉당에 주저앉았다. 북만 한 배를 움켜쥐고 자기도 모르게 소리를 냅다 질렀다. 그 소리에 새 떼가 일시에 푸드덕 날아올랐다. 소리쯤 지른다고 창피할 일도 아니었다. 아무도 들르지 않는 집이었다. 곧 몸을 풀 것 같지만 방으로 들어가고 싶지 않았다. 아궁이에서 장작불이 탁탁 타오르는 모습을 바라보는 게 좋았다. 혼자인 듯 혼자가 아닌 듯했다. 마당에서 짹짹 울고 있는 새들은 금방 변심하고 대숲으로 날아가면 그만이었다. 금방 마음이 바뀌는 것은 사람이든 짐승이든 그녀에겐 치유할 수 없는 상처였다.

마을 사람들이 그랬다. 옥화 말만 듣고 광자를 벌레 보듯이 했다. 새벽바람에 물을 긷지 않았다면 사람이든 짐승이든 온종일 쫄쫄 굶어야 할 지경으로 눈초리가 사나웠다. 별 관계없는 사람들까지 그리 모지락스럽게 대했다. 광자는 굴물에 사람이 희끗희끗 보이기만 해도 초롱을 들고 다시 집으로 돌아와야 했다.

봉당을 떼구루루 굴렀다. 몇 바퀴 돌고 나자 통증이 조금 진정되어 견딜 만했다. 그것도 잠시 또 봉당을 떼구루루 굴렀다. 네 발로 설설 기다가 또 떼굴떼굴 굴렀다. 광자의 머리카락과 옷에는 지푸라기가 잔뜩 달라붙었다. 이러다가 아이를 봉당에서 낳을 것만 같았다. 그녀는 온 힘을 다해 방으로 엉금엉금 기어들어갔다. 이번에는 밤새도록 방안을 기어다녔다. 봉당만큼 안정이 되지 않았지만 마루를 내려와서 부엌으로 들어가는 일이 십 리 길보다 더 멀어 엄두가 나지 않았다. 죽었으면 좋겠다는 생각이 들었다. 잠시 혼절했다. 이대로 죽을 수도 있겠다는 생각이 들었다. 거산의 말이 떠오르지 않았다면 끈을 놓았을 테다.

'이 아이가 살릴끼다.'

광자는 사람이든 짐승이든 수컷들은 모두 죽일 팔자인데 살릴 수 있는 생명을 낳으려고 한다는 생각이 들자 정신이 퍼뜩 들었다. 지금 세상 밖으로 나오려고 하는 생명을 어미가 같이 죽자며 맥을 놓고 있다니. 죽음을 부르는 여자라고 소리치던 옥화의 말이 틀리지 않겠다는 생각이 처음 들었다. 고개를 힘껏 저었다. 죽음을 부르는 여자에서 벗어나고 싶었다. 힘을 주었다. 대숲에서 윙윙 바람 소리가 들려왔다. 힘을 보태주려는 듯 문풍지가 들썩거렸고 방문도 덜렁거렸다. 사립문도 열렸다 닫혔다 했다. 소리를 크게 질렀다. 아래로 미끄덩하는 게 쑥 빠지며 아기 울음소리가 희미하게 들리자마자 다시 정신을 잃었다.

새가 짹짹 요란하게 우는 소리에 정신이 돌아왔다. 아기는 강보에 싸여 그녀 옆에 누워 잠이 들었다. 그녀는 일어나 자기의 매무새를 살펴보았다. 깔끔하게 옷이 갈아입혀졌다. 방안도 핏자국 하나 없이 깨끗했다. 거산이 돌아온 모양이었다. 꼭 이렇게 한심스러운 모습일 때 나타나는지 알 수가 없었다. 달리 말하면 위급할 때 그녀를 구해주기 위해 나타나는 듯했다. 진작 대숲에 들어가 목매는 시늉이라도 했다면 이리 오랫동안 홀로 두지는 않았을 거라는 생각이 들었다.

방문이 살그머니 열리면서 찬바람보다 미역국 냄새가 먼저 훅 끼쳤다. 거산이 밥상을 들고 들어왔다. 얼굴을 들 수가 없을 정도로 창

피했다. 한편으로는 원망스러웠다. 자기의 손길이 없으면 낭패가 날 듯해야 나타나 야속했다. 거산은 광자를 딱 그만큼만 생각한다고 여겨지자 서글프기도 했다. 미역국 냄새를 반겼던 뱃속이 이제는 한 모금의 미역국도 넘기지 않겠다고 버텼다. 커다란 사기대접 가득 담긴 미역국 옆에 하얀 쌀밥이 고봉으로 담긴 주발을 본체만체하고 눈물을 흘렸다. 거산은 당황했다. 수저를 그녀의 손에 쥐여주며 먹기를 권했지만 그녀는 수저를 들지 않고 눈물만 찍어냈다.

"허허 내가 늦게 와 서운했나. 일이 좀처럼 풀리지 않아 이리되었지. 국물이라도 들이켜야 젖이 나오지 않겠나."

거산은 주머니에서 대나무 그림이 그려진 손수건을 한 장 내밀며 눈물을 닦으라고 했다. 귀한 아이를 낳아주어 고맙다는 표시라고 했지만 그것을 내민 거산도 그것을 받아든 광자도 어색하기는 매한가지였다. 광자는 어느새 마음이 풀려 따듯한 국물을 넘기고 싶었다. 마지못한 척 국물을 마셨다. 들깨미역국이었다. 생들깨를 절구에 콩콩 찧어 보드라운 체에 걸러낸 국물에 미역을 넣고 끓였다.

'아들인가요?"

"허허 참 빨리도 물어보네."

대접에 한 주발의 밥을 꾹꾹 말아 게 눈 감추듯 먹고 나자 거산은 아이를 안아 그녀에게 건넸다. 그녀는 아기를 안고 살그머니 사타구니를 들춰보았다. 다리 길이의 반이나 되어 보이는 불알이 척 늘어져 있었다. 또 두고 온 귀남이 생각났다. 지금쯤 잘 살고 있을지 궁금했다. 아마 어미의 제상을 차리고 있을 거라는 생각에 가슴이 미어졌다. 그녀도 모르게 눈물이 아이의 얼굴에 떨어졌다.

"어허, 이 아이를 귀하게 여기라고 그리 일렀건만."

거산은 혀를 쯧쯧 차며 조금 큰 목소리로 질책했다. 그녀는 얼른 아이의 입에 젖을 물렸다. 빨간 아이는 온 힘을 다 모아 젖을 빨았다. 아이의 이마에 힘줄이 툭툭 불거졌다. 빨간 아이가 더 빨개졌다.

거산은 아이의 이름을 희수라고 지어주고는 또 집을 떠났다. 기쁜 생명을 뜻한다고 하자 광자도 이름이 마음에 들었다. 이제 거산이 집을 비워도 허전하지 않았고 대숲에서 이는 바람 소리에 무섬을 타지 않았다. 거산에게 차마 하지 못했던 말들을 희수에게 했다. 아이가 알아듣지 못해도 상관없었다. 아이는 어쩜 광자를 살리기 위해 태어난 듯싶었다.

희수가 옹알이를 시작하자 광자가 유일하게 아는 노래인 채끈아리랑을 불러주었다. 귀남에게 불러주었던 노래였다. 봉달이 집에 들어오지 않는 날에 외로움을 달래기 위해 불렀던 노래였다. 그게 아들의 일이 될지는 미처 몰랐었다. 어쩌면 일종의 직업 내림이었다.

광자가 이 노래를 배운 것도 그녀의 친정아버지로부터였다.

화전민

광자 친정아버지는 제1차 갑오개혁이 일어난 해에 깊은 산속에서 태어난 화전민 2세였다. 박봉달의 아버지도 마찬가지였다. 광자 할아버지와 박봉달 할아버지는 1864년에 한마을에서 앞서거니 뒤서거니 태어난 동갑내기 친구 사이였다. 1894~1910년의 시기는 한국사의 일대 변혁기였다.

민초들의 삶도 덩달아 궁핍했지만 나라에서는 공삼제도를 폐지하지 않았다. 물론 목민관들이 공삼의 양을 줄여달라는 잦은 상소로 조선 중기보다는 공삼제도가 횡행하지는 않았지만 이미 이 고장에는 산삼의 씨가 말라 그 양을 맞추기가 매우 어려웠다. 산삼의 양을 맞추기 위해 농사도 작파한 채 산을 헤매다녔고 그게 여의찮으면 산삼을 구매해서라도 바쳐야 했다. 그걸 제때 바치지 못하면 관에 끌려가 엉덩이 살점이 다 떨어져 나가도록 곤장을 맞아야 했다.

거기에다가 나라에 곧 난리가 나 젊은 사람들은 난리터에 모두 끌려갈 거라는 소문이 장거리를 흔들었다. 온 나라 방방곡곡을 다니면서 장사를 하는 장꾼들의 입에서 나온 소문은 빨랐고 헛소문도 아니었다. 공삼의 양을 맞추지 못한 두 친구는 당장 곤장 맞을 일도 두렵지만 난리터에 끌려가고 싶지 않았다. 거긴 죽어서야 돌아올 수 있는 곳이라 여겼다. 또 연로한 부모님과 어린 동생들을 돌볼 수가 없어 식구들이 굶어죽을 거는 뻔한 일이었다. 가장 큰 이유는 메밀밭에서 가끔 배를 맞추곤 하던 정인과 헤어질 일이 싫었다. 그의 머리로는 도저히 해결할 수 있는 비책이 떠오르지 않았다. 그런데 박봉달의 할아버지가 이 모든 난국을 한꺼번에 해결할 수 있는 묘책을 내놓았다.

그들은 산삼을 캐러다니면서 산속을 손바닥 보듯이 잘 알아 어디쯤에서 땅을 개간해야 하는지도 잘 알았다. 광자 할아버지도 화전민이 되는 방법밖에는 없다고 생각했다. 문제는 그들의 정인들인데 그녀들도 오히려 반기는 눈치였다. 깊은 산속으로 들어가면 관리들이 찾아올 수가 없어 곤장을 맞을 필요도 없었다. 산삼을 바칠 필요도 없는데다 난리가 난다고 해도 난리터에 끌려가지도 않을 테니 가장 안전한 곳이었다.

두 가정은 짐승과 비를 피할 암굴을 두 개 찾아 섶을 묶어 입구를 가리고 임시 거처를 마련했다. 그다음에는 양지바른 개울가에서 물 한 사발 떠놓고 합동결혼식을 올렸다. 맞은편 뼝대를 따라 진달래가 흐드러지게 피어 있는 따듯한 봄날이었다. 결혼식이 끝난 후에 결혼식을 위해 아껴두었던 메밀로 국수를 틀어 한 그릇을 뚝딱 말아먹은 후에 곧바로 비탈 산에 불을 질렀다. 발목이 푹푹 잠길 정도로 쌓인 마른 낙엽과 소갈비로 인해 불을 놓기에 딱 좋은 시절이었다.

진달래가 흐드러지게 피어 있는 맞은편 산등성과 이마가 닿을 듯 가까웠다. 하늘을 찌를 듯이 높은 산등성과 산등성 사이로 보이는 하늘은 세 평 정도였다. 그 아래로 옥구슬 같은 맑은 계곡물이 맞은편 산등성이 만들어낸 그림자 밑으로 졸졸 흘러내렸다. 불꽃은 그네들처럼 석 달 열흘은 굶은 듯 몽창몽창 먹어치우며 검게 탄 흔적을 낳았다. 햇볕 아래에서 불꽃은 제 빛을 보여주지 못했지만 먹성만큼은 대단했다. 하얀 연기가 세 평짜리 하늘을 향해 아물아물 올라갔다. 산등성이에 방화선을 긋지 않았다면 불꽃은 온 산을 다 먹어치울 듯 기세가 등등했다. 곧 불 탄 자리에서 연둣빛 새순이 뾰족뾰족 올라왔다. 그걸 뜯어 날마다 곤드레딱죽으로 끼니를 때우고 검푸른 똥을 누면서 밭을 개간했다.

암굴에서의 생활은 짐승의 삶과 다를 게 없어 사이사이에 산속에서 나는 재료들을 모아 집을 지었다. 법망이 미치지 않는 곳이었지만 소나무 벌채 금지령이 두려워 떡갈나무 굴피집이었다. 서까래 위 한 뼘 반 간격으로 산자목을 얹고 처마부터 위로 굴피를 포개면서 지붕을 덮고 너스레를 얹어 돌로 누르고 안방만 고물반자를 쳤다. 방 모서리에 방안을 밝힐 코클을 설치했다. 정지와 방 사이에도 구멍을 내고 호롱불을 둘 자리를 만들었다.

불씨를 살려야만 사는 화전민에게 불씨를 보관하는 화티는 생명줄이었다. 봉당 바닥에 두 뼘 정도 구덩이를 판 후 아궁이 턱과 양옆, 뒷면의 기둥은 막돌들로 허튼층쌓기한 다음 반죽한 진흙으로 화티 내부와 외부 표면을 마감했다. 그 위에 반 뼘 정도 방형의 돌을 덮은 후 반죽한 진흙으로 매질을 하여 마무리했다. 지붕 양면에 까치구멍을 두어 공기가 자유롭게 지나다닐 수 있게 만들었다. 다른 방은 삿갓천정이었다. 굴뚝이나 까치구멍으로 못 나간 연기가 굴피지붕 틈새로 번져나가 지붕 전체가 불난 듯 연기로 감쌌다. 멀리서 보면 집도 화전처럼 불을 먹고 있었다. 아니면 질긴 화전민의 잡초 같은 인생이 타들어가는 듯 보였다.

그들은 산속에 들어간 후 세월이 얼마나 흘렀는지 알 수 없었다. 달력도 없고 있다손치더라도 볼 줄도 몰랐다. 태양이 시계였다. 해가 뜨면 일어나서 일하러 나가고 해가 지면 들어와서 밥 먹고 잠을 잤다. 또 가축인 닭이나 소가 때가 되면 우렁차게 울면서 밥할 시간을 알려주었고 해가 질 무렵이면 알아서 울안으로 슬금슬금 들어왔다. 가축의 알림 한계는 여기까지이자 광자 할아버지는 처음 몇 해 동안은 바람벽에다 첫눈 오는 날에 금을 그어놓기도 했지만 그것도 별 의미가 없어 시들했다. 산에서 구할 수 없는 소금이나 옷이나 신발이 떨어지면 할 수 없이 화전장에 내려왔다. 없는 대로 사는 삶이 익숙해 절박하지도 않았다.

아는 사람을 만나도 굳이 아는 척하지 않았다. 공삼제도를 피해 아무도 찾지 못하는 곳으로 도망을 갔으니까. 애초에 그런 의미로 사람 만나길 꺼렸다. 이웃이 보따리 하나 싸들고 그들을 찾아들어왔다. 버덩에서는 소꼬리도 잡지 못하고 사는 살림 형편이었는데 소가 부엌에서 울고 있자 그들은 버덩으로 내려가지 않고 옆 산에 불을 놓고 집을 지었다. 외양간은 별도로 없었다. 산속은 겨울이 길어 추위를 피하고자 아궁이와 화티가 있는 부엌 안에 구유를 들이고 그걸 경계로 참나무 잎을 깔고 소를 들였다. 소가 등 뒤에서 폭포수처럼 요란스럽게 오줌을 싸고 똥을 철썩철썩 누는 소리를 들으면서 밥을 했다.

두 번째는 호랑이 때문이었다. 애초에 호랑이 방문을 염두해둬서 집을 지을 때 문을 두 개 달았다. 밤에 불빛이 흘러나가는 것을 막기 위해서이고 호랑이가 문을 긁어도 떨어지지 않는 단단한 송판으로 가로질러놓았다. 두 채의 집이 일곱 채로 늘어나는 동안 광자 아버지와 시아버지가 번차례로 태어났다. 그들이 비탈밭의 수수처럼 쑥쑥 영글자 짝이 필요했다. 그러는 동안 나라의 국호가 바뀌었지만 그들은 알 수도 없었고 의미도 몰랐다.

광자 아버지가 오랜만에 참숯을 한 가마니 지게에 짊어지고 화전장에 내려왔다. 검은 빛이 좔좔 도는 참숯을 팔아서 장가를 들 계획이었다. 때마침 이웃에 사는 처녀와 눈이 맞았다. 이번에도 그 윗대처럼 박봉달의 아버지와 한날에 결혼식을 올릴 작정으로 마음이 설렜다. 이웃에 딱 처자 두 명 있었으니 고르고 자시고 할 것도 없었다. 그런데 난데없이 태극기를 든 사람들이 시장통에 몰려들었다. 대한독립 만세를 외치자 소총을 든 순사들이 그들에게 무지막지하게 총을 쏘아댔다. 양손에 태극기밖에 없는 그들이 하얀 무명 저고리에 붉은 피를 낭자하게 뿜으며 짚단처럼 퍽퍽 쓰러졌다. 광자 아버지는 정신이 다 나갈 지경이었다. 그에게 불은 생명이었다. 비탈 산에 불을 질러 밭을 일구어 식구들의 생명을 이어갔다. 참나무를 쓱쓱 베어 숯을 만들어 그걸 장에 내다팔아 산에서 구할 수 없는 소금을 구입해 가축과 나누어 먹었다. 이런 불이 사람의 생명을 앗아가는 모습을, 총에서 뿜어나오는 불로 인해 사람이 피를 흘리며 죽어가는 모습에 너무 놀랐다. 장 보는 것도 다 팽개치고 산으로 돌아오고 말았다.

광자 아버지는 지금껏 세상에서 제일 무서운 것은 이따금 부엌 송판을 긁어대는 호랑이인 줄 알았다. 그것보다 훨씬 더 무서운 것을 보게 되자 다시는 화전장터에는 내려가지 않겠다고 다짐했다. 그런데 아무리 세상과 담을 쌓고 사는 화전민이라고 해도 인생이었다. 그게 언제 한번 다짐대로 될 리는 없었다. 그 무렵 광자 아버지와 결혼하기로 했던 이웃집 처녀가 이른 봄에 막 돋아난 풀을 뜯어먹고 죽었다.

화전민이 독초도 구분 못하는 게 아이러니했지만 얼마나 배가 고프면 독초를 구분할 총기마저 사라졌을까. 그녀가 죽고 나자 그녀를 많이 사랑했다는 것을 깨닫게 되었다. 산속 생활에 슬슬 회의감이 밀려온 것도 그 일이 있고 난 다음부터였다. 뼈가 휘도록 일해봤자 흉년이 들면 동물처럼 겨울잠을 자지 않고는 굶어죽기 딱 알맞은 화전민 생활이 싫었다. 자려고 누우면 화전장터에서 만세를 부르던 사람들이 눈에 어른거렸다. 총 맞아 죽을지 뻔히 알면서 두려워하지 않는 게 무엇일까 생각하게 되었다. 반대로 생명줄 같은 불이 생명을 빼앗아갈 수도 있다는 것도 충격이었다.

친구가 결혼식을 올리고 이듬해 박봉달을 낳자 아들이라고 좋아했다. 그는 핏덩이인 아이의 삶도 자기가 살아온 삶보다 별반 다를 게 없다는 생각에 무서워졌다. 그해 아버지 어머니가 번차례로 원인 모를 병이 들어 죽고 나자 그동안 개간했던 밭 한 귀퉁이에 나란히 모셔놓고는 산속에서 나왔다. 참숯을 지고 내려오면 숯의 질이 좋다고 대부분을 사들였던 주막집에서 우선은 국밥 한 그릇 사먹었다. 하필이면 당장 채꾼이 필요했던 소장수를 만났다. 주모의 보증으로 그날 바로 채꾼 일을 하게 되었다.

채꾼 일은 화전 일보다 훨씬 쉬웠다. 소장수의 소개로 처지가 비슷한 처자와 늦게 장가를 들었다. 첫딸인 광자를 낳자 산에 두고 온 친구 아들 봉달이 눈에 어른거렸다. 그렇지만 곧 잊고 살았다. 많이 바빴다. 특유의 수완을 발휘하여 채꾼 일보다 소 파는 일을 더 잘해 소장수는 일을 많이 맡겼다. 돈이 슬슬 따라왔다. 그는 독립했고 믿을 만한 사람이 필요해졌다. 그때 또 봉달이 떠올랐다. 이번에는 지체 없이 산속으로 들어갔다.

어느덧 봉달 나이 열두 살이 되어 웬만한 화전은 그가 혼자 다 일구었다. 봉달 어미는 집안에서 큰 일꾼인 그를 두 번도 고민하지 않고 광자 아버지에게 선뜻 내놓았다. 밥만 먹여달라고 했다.

그동안 봉달 아버지가 호랑이에게 물려갔다 온 일이 있었다. 배탈이 나서 변소에 쭈그리고 앉아 있었던 날이었다. 시간이 꽤 흘렀지만 방에 들어오지 않아 그의 부인이 남편을 찾아나섰다. 남편은 변소에 없었다. 온데간데없이 사라져버렸다. 동네는 삽시간에 비상이 걸렸다. 사람 수대로 등불을 들고 소리 나는 것은 무엇이든지 두드리며 산에 올랐다. 사람들이 하도 악착같이 소리를 지르며 쫓아가자 호랑이도 놀랐다. 산꼭대기 너럭바위 위에 봉달 아버지를 덩그렇게 올려놓고는 달아나고 말았다. 혼이 나간 봉달 아버지를 이웃 사람이 업고 집에 데리고 왔지만 시름시름 앓다가 죽었다. 그때 봉달 엄마가 조금이라도 늦게 남편을 찾아나섰다면 광자 고모 꼴이 될 뻔했다고 가슴을 쓸어내렸다.

광자 아버지의 형제들이 1남 3녀였었는데 산속에서 굶어죽고 얼어죽어 그와 바로 밑에 여동생만 살아남았다. 농생은 클수록 산 속에 사는 동물들이 보러올 정도로 얼굴이 매우 예뻤다. 그 여동생이 그만 호랑이에게 물려갔다.

그 무렵 그녀는 밤똥 누는 습관이 있었다. 민간에 전해 내려오는 온갖 비방을 써도 고쳐지지 않아 큰 근심거리였다. 아침에 문을 열고 나서면 덧문으로 달아둔 송판에 호랑이가 긁은 자국이 보일 즈음이었다. 그런 날일수록 일찍 코클을 끄고 잠자리에 드는 게 상책이었다. 그런데 그놈의 밤똥 누는 습관 때문에 세상없어도 일어나야 했다. 전날 밤에도 전전날 밤처럼 외양간 횃대 위에서 자는 닭들을 향해 수십 번을 절을 하며 주문을 외웠지만 소용없었다. 옆에서 코를 골고 자는 오빠를 자꾸 깨울 수가 없어 그날은 홀로 똥을 누러 나섰던 게 문제였다. 그 부모도 낮에 돌밭 한자리를 개간하느라 호랑이가 업어가도 모를 지경으로 단잠에 빠졌더랬다.

다음날 아침에 동생이 보이지 않자 광자 아버지는 가슴이 철렁했다. 뭔지는 알 수가 없지만 느낌이 싸했다. 부모를 따라 돌밭으로 갔겠거니 하면서도 가슴이 후당당거렸다. 밭에도 보이지 않고 옆에 있는 동무 집도 찾아보고 개울가를 살펴봐도 보이지 않자 와락 울음을 터트렸다. 울음소리를 들은 그의 부모가 호미를 팽개치고 달려왔다. 일곱 가구 온 식구들이 울부짖으며 그녀를 찾아 산으로 올랐다. 산꼭대기 너럭바위에 그녀의 몸통은 온데간데없이 머리만 덩그렇게 놓여 있었다. 사람들은 그 자리에서 대성통곡을 했다. 호랑이에 물려 가면 무덤도 특별했다. 시루를 거꾸로 엎어놓고 물레 가락의 쇠꼬챙이를 꽂아두는 호식총이었다. 그렇게 해야 창귀가 시루 안에서 맴돌기만 하고 밖으로 나오지 못한다고 믿었기 때문이다. 그 충격으로 그의 부모는 시름시름 병을 앓게 되었고 광자 아버지도 꼭 자기 때문에 그런 일이 발생한 것 같아 오랫동안 고통에 사로잡혀 있었다.

봉달도 광자 아버지를 따라다니며 채꾼 일부터 배웠다. 광자는 봉달 얼굴이 잘생겨 마음에 들었다. 광자 아버지가 눈치채고 봉달과 혼례를 치러주었다. 채꾼이 소장수로 성공하기는 어려운 일이지만 친정아버지의 도움으로 문제될 게 없었다. 그런데 친정아버지가 죽자마자 슬슬 한눈을 팔기 시작했다. 결국은 돈 때문이었다. 돈 냄새를 기가 막히게 잘 맡는 여자들이 봉달을 가만둘 리가 없었겠지만 광자는 그런 여자들보다 봉달이 더 미웠다. 자기 아버지 때문에 화전민에서 벗어날 수가 있었다는 생각에 말도 안 되는 억지를 부리며 유세를 떨었다. 봉달이 그녀를 멀리하고 집 밖으로 돈 이유를 인제야 깨달았다. 그 시절을 돌이킬 수만 있다면 좋겠지만 그건 거산도 불가능한 일이었다. 지금이라도 자기 잘못을 깨달을 수가 있어서 다행이었다. 반성 못하고 죽었다면 죽어서도 봉달의 얼굴을 볼 수가 없을 것이다. 쌕쌕 자고 있는 희수를 내려다보자 이제 저세상에 가서도 봉달 얼굴은 볼 수가 없겠다는 생각에 조금 슬펐다.

책

1

한밤중 비를 흠뻑 맞고 돌아온 거산은 제단이 놓여 있는 방에 들어가 꼼짝도 하지 않았다. 손님도 받지 않았다. 그가 돌아오면 바람이 소식을 전해주는지 다음날만 되면 동백나무 숲길로 사람들이 몰려들었다. 찾아오는 사람들을 모두 돌려보냈지만 돌아가지 않고 마당에 돗자리를 펴고 앉아 끼니 때가 되면 싸온 것을 풀어놓고 요기를 하는 사람이 생겨났다. 미처 준비해 오지 못한 사람들도 돌아가지 않았다. 광자는 고민 끝에 그런 사람들에게 밥상을 차려주었다. 보리밥 한 덩이에 배춧국과 나물 한 가지 정도의 소박한 밥상이었지만 그걸 받은 사람들은 눈물을 글썽이며 고마워했다. 광자는 거산의 처사가 마음에 들지 않았다. 꼭 닫힌 방문 손잡이를 당길 수가 없었다. 천방지축으로 세상 무서울 게 없는 희수도 그곳은 가지 않았다.

희수는 마당을 이리저리 뛰어다녔다. 적막한 집에 사람들이 모여들자 신이 난 모양이었다. 돗자리와 돗자리 사이를 꼭 노랑나비 한 마리가 무꽃에 앉을락말락 날아다니는 모습과 닮았다. 돗자리에 앉아 있는 사람들도 광자와 아이에게서 눈을 떼지 못했다. 소문의 실체를 접하는 순간이었다. 이렇게 며칠을 보낸 방문객들이 마침내 포기하고 하나둘씩 돗자리를 둘둘 말아 어깨에 둘러메고 떠났다. 마지막 방문객이 떠나자 광자는 얼른 사립문을 닫아걸었다.

거산이 집에 없을 때는 집을 빙 둘러싼 탱자나무 울타리 때문에 꼭 감옥 같았다. 가지마다 빈틈없이 달린 손가락 두 마디 정도 되는 날카로운 가시가 그녀의 심장을 찌를 것만 같았다. 그것들이 일제히 달려들기도 했다. 그런 날에는 탱자나무 울타리로 들락날락하는 참새도 반갑기보다 꼭 그녀를 감시하기 위해 날아온 듯싶어 두 팔을 휘저어 쫓아냈다. 초록색 가지는 잎이 진 겨울에도 얼핏 푸른 나무로 보여 뒤란의 대숲과 한 덩어리로 푸르렀다.

거산이 집에 있을 때는 험상궂게 생긴 가시로 인해 범접할 수 없는 위엄을 갖춘 집이 되었다. 거산은 가지를 잘라 북채를 만들었다. 꼭 북채를 만들기 위해 탱자나무를 빙 돌아 심는 듯했다. 탱자나무에 하얀 꽃이 피는 늦봄에는 집안 가득 꽃향기가 넘실거리고도 넘쳐 동백나무 숲길을 따라 널리 널리 퍼졌다. 그 시절에는 제단에 타오르는 향내도 맥을 못 추었다.

장마가 오랫동안 이어지는 여름에도 거산은 방에서 꼼짝하지 않았다. 광자는 거산이 집에 있자 행복했다. 물론 희수가 있어 그런 느낌이 든 줄도 모르겠다.

탱자나무 울타리에 노란 탱자가 주렁주렁 열려 꼭 달덩이가 울타리 가득 달린 느낌이었다. 집안 가득 탱자 향으로 향기로웠고 늘 향내로 우중충했던 집이 노란 등을 단 듯 환했다. 오후 나절 넘어가는 햇살이 울타리를 비추면 집은 노란 후광으로 둘러싸인 듯 화사했고 평화로웠다. 가르마 같은 동백나무 숲길에는 여전히 인적이 뜸했지난 어쩌다 지나지는 사람들은 한참 동안 멍하게 쳐다볼 정도로 눈길을 끌었다.

"저 방 청소 좀 해라."

아침상을 물리자마자 거산은 또 출타 준비를 했다. 오랜만에 하는 출타였다. 댓돌 위에 하얗게 닦아놓은 고무신을 신으면서 지나가는 바람이 탱자나무 울타리를 살짝 건들 듯 말했다. 광자는 그가 말하는 방을 흘낏 바라보았다.

거산이 눈으로 가리킨 방은 햇살이 가장 오랫동안 머물렀다가는 방이었다. 집 구조상 안방이었다. 격자무늬 문살에 창호지를 바른 넓은 미닫이문이 한번도 열린 적이 없었다는 것을 그제야 깨달았다. 방 앞에 대청마루를 건너 건넌방에서 거산이 주로 잠을 자고 식사를 했다. 제단이 차려진 방은 그 방 바로 옆에 달렸다. 그러니까 안방의 넓이로 건넌방과 제단이 놓인 방으로 나누어진 셈이었다. 광자와 아이가 기거하는 방은 부엌에 달린 골방이었다.

"누기 와요?"

광자는 용기를 내어 물어봤다. 지금껏 거산에게 뭔가를 물어본 적이 없었다. 거산도 이런 광자의 태도에 놀랐는지 고개를 들고 그녀를 쳐다보았다. 어깨를 구부정하게 구부리고 머리를 숙인 채 고무신을 발에 꿰고 있었다.

"그 방 임자다."

광자는 심장이 덜컥 내려앉았다. 거산과 두 번 말을 이어가지 말아야 할 것을 두 번 말이 오가는 바람에 안 들어도 될 말을 들었다. 실제로 안 듣고 싶었다. 안 들었으면 좋았을 말을 듣고 났다면 차선책으로는 못 들은 척해야 했다. 광자는 못 들은 척했다. 때맞추어 희수가 아장아장 걸어나오자 아이를 얼른 안았다. 거산이 아이를 잊은 듯해 원망스러웠다. 아이는 거산에게 두 팔을 뻗었다. 안아달라는 시늉을 하자 아이의 두 손을 잡았다가 놓았다.

"괘의치 마라. 이 모든 게 인연이다."

인연 타령을 하며 마당을 허적허적 걸어나가 가르마 같은 동백나무 숲길을 따라 나비처럼 훨훨 날아갔다. 광자는 이런 거산의 뒷모습을 물끄러미 바라보고 서 있었다. 광자가 그러고 있으면 거산이 다시 돌아오기라도 할 것 같았다. 거산은 광자의 바람을 무시했다. 뒤를 돌아보기는커녕 찬바람처럼 쌩쌩 대며 이내 시야에서 사라졌다.

거산에게 부인이 있다는 말이고 그 부인이 이제 돌아온다는 말인 즉 싶다. 아무리 정신이 없는 가운데도 그 정도는 인지가 되었다. 부인이 그동안 어디에 있다가 이제 돌아온다는 걸까. 거산이 자주 집을 비운 이유가 오랫동안 집으로 돌아오지 않는 부인과 관계가 있는 모양이었다. 그동안 그런 쪽으로 한번도 생각 못하고 산신령을 만나러 다니는 줄만 짐작하고 있었다. 방주인이 와서 광자를 보게 된다면 얼마나 기가 막힐까. 살림을 해주고 집을 봐주는 것으로 둘러댄다고 해도, 실제로 그렇기도 했다.

그런데 아이를 어떻게 생각할까. 데리고 온 아이라고 말할 수도 있겠지만 미리 거산과 말을 맞추지 않아 이미 늦었다. 거산은 어쩌자고 무방비 상태로 안주인을 데리고 오겠다는 걸까. 어쩌면 거산은 아이는 안중에도 없는 줄 모르겠다. 언제 한번 살뜰하게 안아준 적도 눈길 한번 제대로 준 적도 없었다. 그렇게 생각하자 그제서야 광자는 불안한 마음이 조금 진정되었다. 그런데 그런 생각도 잠시였다. 또 다시 불안이 스멀스멀 일어났다.

봉달이 딴 여자를 보고 들어온 날은 아무리 시치미를 떼도 저절로 알게 되었다. 그냥 느낌이 왔다. 태연한 척하는 게 이상했고 쓸데없이 말이 많은 것도 이상했더랬다. 다음날 장터에 나가 살살 캐보면 한번도 예감이 빗나간 적이 없었더랬다.

거산처럼 특별한 사람을 남편으로 두고 있는 사람은 부인도 특별할 듯싶어 손바닥으로 하늘을 가리는 격으로 소용이 없을 것 같았다. 부인을 데리고 오기 전에 아이와 함께 이 집을 나가는 게 가장 현명한 방법이었다. 시간을 가늠하기 위해 해를 찾아보았다. 해는 동쪽 하늘에서 막 솟아올랐다. 햇볕에 눈이 부셔서 질끈 감았다. 쌀 짐도 없었다. 옷보따리를 대충 꾸리고 아이를 둘러업었다. 아이를 걸려서는 가르마 같은 동백나무 숲길을 다 걷기도 전에 거산과 맞닥뜨릴 것만 같아 마음이 바빴다. 오랫동안 비워둔 방 청소가 걸렸다. 아무리 급해도 부탁한 방 청소를 해놓고 떠나고 싶었다. 그게 최소한의 도리인 듯해 다시 아이를 내려놓고 안방 문을 살그머니 열었다. 먼지 한 톨 보이지 않은 정갈한 방이 눈앞에 펼쳐졌다. 오랫동안 비워둔 방이 아니었다. 광자는 자기 눈을 의심하면서 우두커니 서 있었다. 금방 잠자리에서 일어나 출타를 한 듯한 사람의 온기가 느껴져 마음이 바닥으로 뚝 떨어졌다. 다리가 후들거려 문에 기댔다. 거산의 지금껏 광자에게 한 행동이 이 방안 풍경으로 모두 이해가 되었다.

'우리의 인연은 여개까진기야.'

혼잣말하듯 중얼거리며 광자도 모르게 피식 웃었다. 거산을 닮아가는 모양이었다. 떠나야 할 명분이 분명해지자 조금도 지체하고 싶지 않았다. 다시 아이를 불러 업었다. 작은 보퉁이 하나 머리에 이고 마당을 나서다 말고 무슨 생각이 났는지 다시 휙 돌아섰다. 거산이 날마다 틀어박혀 있던 방문의 손잡이를 잡아당겼다. 문이 덜컹 열렸다. 들창으로 들어온 빛줄기 속으로 먼지가 촘촘하게 떠 있었다. 생각했던 만큼 음산한 기운이 나오지 않았다. 특별하지도 않은 제단이었다. 귀남을 얻기 위해 한동안 들락거렸던 무당집보다 과하지도 작지도 않은 어디에서나 본 듯한 익숙한 광경이었다.

다른 점이 있다면 제단 아래 앉은뱅이책상에 놓여 있는 지필묵이었다. 먹물이 채 마르지 않은 벼루 옆에는 가는 붓이 먹물을 잔뜩 머금은 채 놓여 있었다. 종이에 뭔가를 쓰다가 급하게 일어선 듯한 느낌이었다. 이미 써놓은 종이는 노끈으로 묶어 책상 한 귀퉁이에 놓였다. 묶여 있지 않은 종이도 그만큼 쌓였는데 새 종이에 뭔가를 또 쓰고 있었다. 광자는 노끈으로 묶은 것을 덜렁 들어 훌훌 넘겨보았다. 한글로 쓰였는데 뭔가 귀한 내용이 적힌 것이 분명해 보였다. 그것을 포대기 속에 숨겼다. 제단에 놓인 장군이 험상궂은 눈초리로 노려보자 오금이 저렸다. 양손에 든 긴 칼과 쇠스랑이가 곧 철커덕 움직이며 그녀를 찌를 듯했지만 상관하지 않았다. 거산에게 배신당한 기분이었다. 날마다 방을 들락거리며 청소를 하고 때로는 잠도 잤다고 생각하니 억장이 무너졌다.

약이 올라 들고나오긴 했지만 광자가 그 책을 들고나온 데는 이유가 있었다. 어느 순간부터 거산을 사모했었다. 거산이 직접 쓴 걸 책으로 엮을 정도니 귀한 내용일 테다. 거산을 보듯 그것에 의지하고 살면 살아낼 수 있을 거였다. 다른 한편으로는 아이를 위해서였다. 그것만 지니고 있는 한은 아이와 아버지의 관계가 끊어지지 않을 것 같았다. 그때 갑자기 대숲이 통째로 서그럭거리며 울었다. 꼭 광자를 배웅하는 듯했다. 광자와 아이의 마음을 대신하는 듯해 눈물이 주르륵 흘러내렸다. 아이도 이런 심상치 않은 분위기가 두려웠는지 어미의 등 뒤에서 입을 삐죽거리다가 울음을 터뜨렸다.

언제나 탱자나무 울타리 안에서 바라보기만 했던 가르마 같은 동백나무 숲길에 처음으로 발을 올렸다. 멀리서 바라볼 때와 달리 동백나무는 커다란 둥치와 키를 자랑해 숲속처럼 컴컴했다. 누가 잡기라도 하는지, 아니면 누가 지켜보는 듯해, 탱자나무 집을 힐끗힐끗 돌아보느라 걸음이 늦어졌지만, 곧 발걸음이 빨라졌다. 이번에는 누군가가 잡을 것 같은 두려움이 묻은 발걸음이었다. 등에서 울던 아이도 어느새 울음을 그치고 어미의 발걸음에 장단을 맞추며 고개를 끄덕이다가 이내 고개를 푹 꺾었다. 아이가 잠들자 광자는 자주 아이를 추스르면서 포대기 속에 숨긴 책을 만져보았다.

그때 쪼글쪼글한 손등이 보였다. 조금 전까지 하얗고 통통했던 손등에 검버섯이 거뭇거뭇 뒤덮였다. 광자는 화들짝 놀라 얼굴을 만져보았다. 탱글탱글하고 보드랍던 얼굴은 흔적도 없이 사라지고 살가 죽이 축 늘어졌고 거칠었다. 길바닥에 쭈그리고 앉아 허둥지둥 짐보따리를 풀었다. 구석에서 조그마한 거울을 찾았다. 거울 속에는 웬 하얀 할머니가 물끄러미 광자를 바라보고 있었다. 아침까지도 윤이 반질반질 흐르던 새카만 머리카락이 어느새 하얗게 변했고 부스스했다. 몸을 살펴보기 위해 벌떡 일어나다가 자기도 모르게 에구구 비명을 질렀다. 무릎이 시큰거렸고 허리도 아팠다. 감쪽같이 원래의 모습으로 돌아온 거다. 변하기 전의 시절로 돌아온 게 아니고 그동안 흘렀던 세월까지 합해서 돌아왔다.

그때야 거산의 말이 생각났다. 이쪽과 저쪽은 종이 한 장 차이라고 했었다. 탱자나무 울타리를 조심하라고 했었는데 그동안 잊고 살았다. 문득 등에 업힌 희수가 걱정되었다. 희수도 사라졌을 것만 같았다. 다행히 등에서 쌔근쌔근 잘 자고 있었다. 포대기를 풀어 아이를 이리저리 살펴보았다. 아이는 얼굴도 몸도 변하지 않았다. 광자는 안도의 한숨이 저절로 나왔다. 퍼뜩 떠오른 생각으로 그 자리에 가만히 서 있었다. 지금 다시 탱자나무 울타리 안으로 들어가면 다시 아침의 모습으로 돌아올 것만 같았다. 하지만 장담할 수는 없었다. 거산이 그런 말은 하지 않았으니 어쩌면 소용이 없는 줄도 모르겠다. 그것보다는 이제 곧 들이닥칠 거산의 아내와 함께 살 자신이 없었다. 젊음보다는 마음 편안한 게 더 나은 삶이라는 생각에 희수를 다시 추슬러 단단히 업었다. 눈물 한 방울이 떨어지자 쭈글쭈글한 손등으로 얼른 닦았다.

동백나무 숲길 끝에는 두 갈래의 길이 기다리고 있었다. 서쪽으로 난 길은 동쪽으로 난 길보다 훨씬 좁았고 군데군데 큰 돌 작은 돌이 불쑥불쑥 솟아올라 평평하지 못한 길이었다. 반대로 동쪽으로 향한 길은 사람의 발길을 자주 받는 듯 반듯하고 반질반질했다. 길 끝으로 집이 다문다문 보였다. 거산에게 뭔가를 듣기 위해 오는 사람들은 저 길로 왔다. 반대로 서쪽으로 난 길은 사람보다는 동물이 다녔다. 두 명도 나란히 걸어갈 수 없는 오솔길에 구절초와 잡풀이 엉켜 그것을 툭툭 차면서 걷다가 독이 잔뜩 오른 뱀 대가리도 밟을 듯했다. 오솔길답게 꼬불꼬불했고 집 한 채 보이지 않았다.

광자는 조금 망설이다가 서쪽 길을 택했다. 서둘러 서쪽 길을 따라가다가 산모롱이를 돌고 나자 동쪽 길로 거산이 여자를 옆구리에 끼고 걸어왔다. 여자는 가르마 같은 동백나무 숲길에 들어서자 잠시 얼굴을 들고 달덩이를 단 듯 노랗게 빛나는 탱자나무 울타리를 바라보았다. 거산은 서쪽 길을 물끄러미 바라보았다.

2

옥화는 날마다 굴에 들어가서 치성을 드렸다. 빠르면 사흘 만에 나오고 늦는 날에는 한 달 만에 나왔다. 어떤 날은 석 달 만에 나오기도 했다. 석 달 만에 굴에서 나오는 날에는 그녀의 새까만 머리카락이 신선처럼 하얗게 변했다. 거기다가 손톱도 마귀할멈처럼 기다랗게 자라 저절로 경외심이 들었다.

마을에 변고가 생기고부터 귀남의 사업도 내리막길을 탔다. 자연스럽게 구름처럼 그의 주위로 모여들었던 사람들도 시나브로 모이지 않았다. 그렇다고 그가 움막 같은 집에서 살 리는 만무했다. 쳐다보기만 해도 사타구니가 젖어오는 여자들이 기회는 이때다 싶었는지 그를 막 꾀기 시작했다. 귀남은 고단한 육신을 내려놓는 방 한 칸을 걱정할 필요가 없었다. 오히려 공평하게 대하기 위해 신경써야 할 지경이었다. 그는 자기를 원하면 고개를 돌리면 안 된다고 생각했다. 옥화가 굴에 들어가 밤낮으로 치성드리는 일이나 자기가 자기를 원하는 여자와 함께하는 것은 같은 맥락이라고 여겼다. 육신의 공양도 공양이라는 이유였다. 죽어도 벌써 죽었어야 했기에 나머지 인생은 덤이라고 자주 말했다.

뒤늦게 질투의 신이 강림한 도치가 문제였다. 아들 셋을 연년생으로 내리 낳고 나자, 더군다나 마을 사람들 모두 피할 수 없는 저주를 자기 식구들만 오롯이 피해가자, 지금까지 갖고 있었던 열등감도 모두 없어졌다. 그것을 해결하기 위해 주야로 축원하는 옥화가 태산같이 든든했다. 도치는 귀남이 들어오지 않는 밤이면 세 아들을 앞세워 그를 찾아다녔다. 대부분은 여자와 벌거벗고 있어 세 아들과 함께 목격하기도 했지만 아들들을 집에 두고 찾아다닐 수는 없었다. 세 아들이 무기였다. 귀남은 도치에게는 막 하대하면서도 그 몸에서 나온 세 아들만큼은 천금처럼 여겼다. 옥화가 굴에서 사라지자 귀남을 향한 집착은 도를 넘었다.

어느 날 굴에 들어갔다가 나온 도치는 마치 선언하듯이 옥화가 사라졌다고 말했다. 날마다 굴로 음식을 나르던 그녀가 그즈음 귀남을 단속하느라 옥화에게 소홀히 하던 무렵이었다. 어떤 날은 이틀에 한번, 어떤 날은 사흘에 한번 굴에 들어갈 때도 있었다. 옥화가 치성에 열중한 나머지 음식을 겨우 연명할 정도만 먹는다고 했다. 그런데 그날은 열흘 만에 음식을 만들어 굴에 들어갔다. 열흘 만에 들어갈 수밖에 없었던 이유도 남편 때문이었다.

귀남이 바람피우는 현장을 목격하면 도치는 만사 의욕을 잃고 몸져눕는 날이었다. 짧게는 사흘이었고 길게는 열흘도 넘었다. 그런 날이면 습기 가득한 오막살이집 마당에는 개망초와 쑥이 방문보다 더 웃자라 방으로 들어가자면 그것을 헤집고 들어가야 할 지경이었다. 도치의 어린 삼 형제는 지렁이가 구불텅구불텅 기어다니는 마당에서 지렁이나 굼벵이를 잡고 놀았다. 배가 고프면 부엌에 들어가 도치가 밥만 겨우 해놓은 솥단지 주위에 빙 둘러앉아 솥뚜껑을 열고 맨밥을 퍽퍽 퍼먹었다.

열흘 만에 굴에 들어가게 된 도치는 옥화가 화를 낼까봐 겁이 났다. 평소보다 음식에 신경을 더 써 그녀의 마음을 풀어볼 작정이었다. 그런데 옥화가 보이지 않았다. 제단에 촛불이 꺼져 있어 다시 불을 붙였다. 반 토막 남은 초에서 흘러내린 촛농이 아직 말랑하고 따듯해 소피를 보기 위해 잠깐 자리를 비웠다고 생각했다. 굳이 촛불을 켜놓지 않아도 입구에서 들어오는 빛과, 동굴 천장 어디쯤 있는 동그란 구멍으로 햇살 한 줌이 들어와, 동굴 안은 아슴아슴한 빛이 늘 머물러 있었다. 차츰 어둠에 익숙해져도 옥화가 돌아오지 않았다. 가슴이 덜컥 내려앉았다. 그제야 옥화를 작은 소리로 불러보았다. 대답이 없어 조금 더 큰 소리로 불렀다. 가슴이 벌렁거려 목소리가 잘 나오지 않았다. 몸도 마구 떨려왔다. 그 기세에 촛불이 조금 움직여 그게 옥화의 대답인 양 여겨졌다. 있는 힘껏 소리쳐 불러봐도 들리는 것은 그녀의 목소리만 우렁우렁 다시 돌아올 뿐이었다.

옥화를 찾아 안쪽으로 살금살금 들어갔다. 빛이 미치지 못하는 곳은 칠흑처럼 캄캄해 한 발짝도 움직일 수가 없었다. 허둥허둥 되돌아와 제단에 켜놓은 촛불을 들고 다시 동굴 안으로 살금살금 들어갔다. 촛농이 손등에 떨어져도 뜨거운 줄도 몰랐다. 초가 거의 다 타들어가 심지가 촛농 접시에 담기자 정신이 번쩍 들었다. 다시 되돌아나오는데 촛불은 속절없이 사그라졌다. 동굴이 순식간에 캄캄해 무서운 마음이 덜컥 들었다. 집에서 기다리고 있을 아들이 걱정되었다. 지금쯤 어느 정신나간 여자의 품에서 흐느적거리고 있을 귀남도 생각났다. 자기에게 소홀한 도치를 겁주기 위해 숨은 모양이라고 생각했다. 촛농이 따듯했던 기억에 생각은 확신으로 바뀌었다. 옥화는 그러고도 남을 사람이었다.

마을 사람들 사이에서 옥화가 사라졌다는 소문이 돌았다. 사람들은 비 갠 후에 청개구리처럼 도치를 찾아와 소리를 질렀다. 알량한 도술을 부려 무당과 그 딸년만 굴 속으로 들락거릴 때부터 알아봤어야 했다고 뒤늦게 후회했다. 자기들끼리 짜고 곧 이 마을을 버릴 작정이라고 뒤집어씌웠다. 그동안 치성을 드리느니 어쩌니 하는 것도 자기들 눈을 속이고 시간을 벌기 위한 시늉이었다고 입에 거품을 물었다. 그런데 귀남에게도 변고가 생겼다. 그도 봉달처럼 죽었다. 도치의 눈앞에서 그런 일이 일어났다. 어쩌면 도치가 귀남을 죽였는지도 몰랐다.

도치는 그날도 귀남을 찾아나섰다. 미리 아들을 풀어놓아 그가 어디 있는 것쯤은 애쓰지 않아도 잘 알고 있었다. 마을 외진 곳에 있는 선술집이었다. 가게 앞에는 옥수수밭이 넓게 펼쳐졌고 싸리나무 울타리 밑으로는 닭볏처럼 시뻘건 맨드라미가 무리지어 피어 있었다. 도치는 보무도 당당히 세 아들을 앞세우고 술집 사립문을 펄떡 열었다. 장날답지 않게 이 술집은 하늘의 별처럼 조용했다. 주인 여자의 속셈이 짐작되어 그녀도 모르게 두 주먹이 불끈 쥐어지며 부르르 떨었다.

첫째 아들 장수가 어미의 눈치를 흘금거리며 손가락으로 슬그머니 가리킨 방문에만 주홍색 빛이 은은하게 흘러나왔다. 그 불빛을 보자 눈에서 불이 활활 타오를 만큼 질투가 일었다. 은은히 흘러나온 불빛 아래에 나란히 놓인 신발 두 켤레는 도치의 이성을 잃게 했다. 그 신발을 지르밟으며 방문을 펄떡 열었다. 하필이면 알몸으로 운우지정을 펼치던 중이었다. 아무 기척 없이 문을 벌컥 열어 귀남이 기겁했던 모양이다. 눈을 까뒤집고 죽어가는 모습을 그 자리에 서서 지켜보고 있었다. 같이 있던 여자는 진작 벌거벗은 채 달아나버렸다.

도치는 숨이 끊어진 귀남의 몸을 한참 껴안고 가만히 있었다. 부릅뜬 눈을 쓸어내려 살포시 감겨주었다. 부엌에서 깨끗한 행주와 더운물을 담아와 그의 몸을 깨끗이 닦고 옷을 입혔다. 평소에도 옷을 대충 입지 않아 입힐 옷의 가짓수가 많았다. 마음이 급했지만 양복을 아주 천천히 입혔다. 손목에 금시계를 채우고 나서야 세 아들을 방으로 불러들였다. 아버지에게 마지막 인사를 하라고 엄숙한 목소리로 명령했다. 장수만 이 상황이 이해되는지 눈물을 찔끔거릴 뿐 나머지 두 아들은 어리둥절한 표정이었다.

그 밤에 세 아들과 함께 굴 속으로 시신을 데리고 왔다. 이불 호청을 뜯어 그를 꽁꽁 싸맨 후에 술집 구석에 있는 지게로 져 날랐다. 마을 사람들 몰래 신속하게 움직이느라 무거운 줄도 몰랐다. 하늘에는 물색없이 별이 반짝였고 먼 산에서 부엉이가 그날 따라 더 많이 울었다. 마을 여자들의 눈에 띌까 마음이 조마조마했다. 그녀들이 경외하고 신성시하는 굴로 사체를 데리고 가는 일은 보통 모험이 아니었다. 만약에 누군가의 눈에 띈다면 악만 남은 마을 여자들의 손에 사지육신이 갈기갈기 찢길 일이었다. 설령 발각된다고 해도 두렵지 않았다. 귀남을 살릴 수가 있다면 이것보다 더한 일도 할 수 있었다. 굴이 귀남을 다시 살려줄 것만 같았다.

칡넝쿨과 엉겅퀴가 빽빽이 둘러싸인 굴 입구에서 세 아들은 꿈쩍도 할 수가 없었다. 굴은 세 아들에게는 싱싱한 조개처럼 입을 꼭 다물고 거부했다. 그런데 어찌된 일인지 귀남은 덥석 받았다. 도치는 굴 안에 있는 평평한 너럭바위로 그를 데리고 갔다. 당시 남자 체격보다 훨씬 커 힘에 부쳤지만 아랑곳하지 않았다. 너럭바위는 옥화가 제단을 차려놓고 치성을 드리는 신성한 곳이었다.

도치는 제단 위에 귀남을 곱게 모셔두고 가장 먼저 제단 옆에 있는 웅덩이로 가서 몸을 씻었다. 머리도 새로 감은 후에 처음으로 옥화의 무복을 입고 제단 앞에 엎드렸다. 옥화가 사라지고 그녀 대신 제단

위에 이 무복이 잘 개켜져 있었다. 옥화의 무언 지령처럼 여겨져 그동안 애써 모른 척했다. 옥화가 앞서지 않고도 굴을 드나들 때부터 예감했던 일이었다. 촛불을 켜자 작은 바람결에 흔들리며 제단을 환히 밝혀주었다. 옥화처럼 주문을 외우면서 빌었다. 오히려 그녀보다 더 잘 외웠다.

'사바세계 남섬부주 동양 대한민국 강원도 토주군 화전면 화전리….'

쟁강쟁강 꽹과리를 두들겼다. 징 소리가 굴 끝까지 도달할 듯 길게 울려퍼지자 동굴 천장에 붙어 있던 박쥐가 퍼드덕거리며 빙빙 날갯짓했다.

장구도 치고 피리도 불고 해금도 연주하다가 버선발로 펄떡펄떡 뛰었다. 그래도 귀남이 살아나지 않아 언제 절에서 들었던 염불을 외웠다. 무슨 뜻인지 알 리 없었고 제대로 외는지 알 수도 없었지만 스님이 외우는 염불이니 분명 도움이 될 것이라 믿었다. 요령 대신 방울을 울리고 물 떠먹는 고지 바가지를 엎어놓고 목탁인 양 쳤다. 향불이 가느다란 금을 허공에 그리며 제 몸을 하얗게 태웠다.

삼복더위 한복판에서 일어난 일이었다. 어느 날부터 마을에서는 고약한 악취가 뱅뱅 돌았다. 마을 여자들은 냄새의 진원지를 찾기 위해 코를 실룩거리며 마치 설탕 가루를 따라 줄을 서는 개미 행렬처럼 굴 앞까지 왔다. 그제야 도치가 한동안 보이지 않았다는 것을 깨달았다. 여자들은 도치의 오막살이로 쳐들어갔다. 집이 텅텅 비었다. 여자들은 신발을 신은 채 방안으로 들어가 집기를 마당으로 휙휙 던지면서 소리를 질렀다. 거미줄이 쳐진 솥단지와 먼지를 뽀얗게 뒤집어 쓴 사기그릇이 어느새 마당으로 불려나와 박살이 났다. 그래도 분이 풀리지 않아 닭장에 달려들어 대여섯 마리 닭 모가지를 모두 비틀었다. 마당에서 눈치만 보고 낑낑거리던 개 두 마리가 목줄을 끊고 달아났다. 그 와중에 냄새의 진원지를 알아버렸다. 소란이 일시에 뚝 멈췄다. 난동을 부리던 여자들의 얼굴에 공포가 어렸다. 여자들은 고약한 냄새가 시취라는 걸 깨달았다.

뜬금없이 귀남이 죽었다는 소문이 마을에 시취와 함께 솔솔 퍼졌다. 그는 마을에 남은 마지막 어른 남자였다. 소문은 마을 여자들에게 풀지 못한 수수께끼를 푸는 열쇠였다.

여자들은 굴 앞으로 몰려들었다. 손에는 지겟작대기가 들렸고 심지어는 솥단지에 세숫대야에 바가지를 들었다. 집안에 굴러다니는 집기 중에 소리를 낼 수 있는 물건은 모두 들고나왔다. 여자들은 제각각 손에 든 물건을 두드리면서 소리를 질렀다. 도치는 어서 망자의 시신을 데리고 나오라는 소리였다. 시신을 모시고 나오면 그동안 일들은 묻지 않고 성심성의껏 장사도 잘 지내주겠다고 약속했다. 아침에 시작한 일이 날이 저물어도 굴 안에서는 아무 소식이 없자 횃불을 준비해서 다시 굴 앞으로 몰려들었다. 아침나절보다 시취는 더 짙었지만 아랑곳하지 않고 솥단지를 걸어두고 밥을 해 먹어가면서 소리를 질렀다.

한여름 날씨는 굴 안에 있는 사체에는 불리해도 굴 밖 사람들에게는 유리했다. 바깥 잠을 잘 수가 있어 장기전이 펼쳐진다고 해도 걱징할 필요가 없었다. 들판에는 옥수수며 감자가 뜨거운 햇살을 먹고 토실토실 여물어 그것을 따오거나 캐와서 쪘다. 마을에 또다시 알 수 없는 불안이 엄습하자 사람들은 본능적으로 뭉쳤다. 내 밭 네 밭을 따지지 않았다. 잘 여물었고 가까운 곳이면 되었다. 굴 밖에서 솥단지를 건 이유는 모인 사람들의 요기도 중요했지만, 음식 냄새가 굴 안으로 솔솔 들어가 보나마나 제대로 먹지 못할 게 뻔한 도치를 괴롭히기 위한 속셈이었다.

마을 여자들이 굴 입구에서 진을 치기 시작한 날은 초승달도 하늘 귀퉁이에서 갸웃 내려다보고 있을 때였다. 그 달이 차츰차츰 차올라 꽉 찬 보름달이 되었다가 다시 이지러져 흔적 없이 사라진 날 마침내 굴 밖으로 도치의 모습이 보였다. 귀남이 죽은 지 49일 만이었다. 여자들은 자기들이 도치를 굴복시켰다고 노래를 부르고 춤을 추며 승리에 취했다. 어떤 사람들은 감격에 겨워 눈물을 흘리기도 했지만 착각이었다.

도치는 귀남을 제단에 올려놓고 빌면 굴이 다시 살려줄 거라 굳게 믿었다. 잠도 자지 않고 최소한의 필요한 음식만 먹으며 빌고 또 빈 이유였다. 굴 안이 바깥보다 서늘해서 피서지로 이용되었던 때도 있었지만 시신은 곧바로 썩기 시작했다. 곁눈질로 배운 치성이 통하지 않는다는 걸 곧 깨닫게 되었다. 도치는 속수무책이었다. 향을 더 많이 피워 냄새가 바깥으로 나가지 않게 하는 방법이 전부였다.

도치는 귀남을 살릴 수가 없다면 굴 안에서라도 사십구제를 올려주고 싶었다. 굴이 꼭 명부전처럼 생각되었다. 망자가 이 세상에서

49일 동안 머물다가 그날에 다시 환생한다는 것쯤은 알고 있었다. 이생에서 못된 짓을 많이한 사람은 축생으로 다시 환생하는 날도 그날이기에 온 정성을 다 바쳐 부잣집에 귀한 아들로 다시 환생하길 빌고 또 빌었다. 마을 여자들이 바깥에서 아무리 난리를 부려도 꿈쩍도 하지 않았던 이유였다. 마침내 49일이 되어 그녀만의 조촐한 제사를 지냈다. 안타깝다면 마을 여자들이 굴 밖에서 진을 치고 있어 제물을 차릴 수가 없었다. 그녀는 물웅덩이에서 몸을 깨끗이 씻고 귀남의 극락왕생을 빌었다.

나무 극락도사 아미타불
나무 좌우보처 양대보살
나무 접인망령 대성 인로왕보살

오랫동안 제를 올리고 굴 밖으로 얼굴을 내밀었다.

마을 여자들은 도치의 모습에 하나같이 가슴이 철렁 내려앉았다. 머리는 더 커졌고 등은 더 굽었는데 눈빛은 동물의 눈처럼 번들번들해 그믐밤인데도 대낮처럼 빛이 번쩍거려 사람의 모습이라고 할 수 없었다. 사람과 귀신의 중간 정도라고 결론을 내렸다. 다른 한편으로는 이제 도치가 사라진 옥화를 대신해서 굴을 섬길 수가 있겠다는 생각이 들었다.

도치도 굴이 여전히 배가 고파 으르렁거리는 것을 느낄 수가 있었다. 그것을 달랠 수 있는 사람도 자기밖에 없다는 것도 알았다. 갑갑

한 누군가가 도치에게 찾아와 앞날을 물으면 자기는 신을 받지 못해 알 수가 없다고 거절했다. 굴 안으로 자유롭게 들어갈 수 있는 사람이라면 아는 소리도 잘하지 않겠느냐고 점을 보러온 사람도 물러나지 않았다. 도치는 자기도 그게 좀 이상하다고 했다. 아마 옥화 대신 굴을 잘 모시라는 엄명인 것 같다고 했다.

옥화

1

거산이 옆구리에 끼고 온 여자는 옥화였다. 그새 머리가 백발 마녀처럼 하얗고 뼈만 남아 폭삭 늙어 보였다.

거산은 집으로 들어오자마자 무언가를 두리번두리번 찾았다. 광자가 머물렀던 방문을 열어보기도 했다. 방은 사람의 흔적도 없이 깨끗이 비어 있었다. 거산은 고개를 끄덕이면서 나지막하게 한숨을 쉬었다.

옥화를 씻겨주고 흰 죽을 먹여 잠을 재우고 나서야 책이 없어졌다는 걸 알았다. 그날 하루 분량의 일을 하지 못해 밤을 새워서라도 원고를 쓸 계획이었다. 방에 들어서자마자 촛불을 켜고 향을 새로 피우고 제단에 절을 올렸다. 옥화가 무사히 돌아온 것에 대한 감사였다. 거산은 원고 쓰는 작업으로 마음이 바빴다. 막바지에 이르렀는데 옥화 때문에 원고가 손에 잡히지 않았다. 마음 같아서는 원고 작업을 마무리하고 옥화를 데리고 오고 싶었다. 사실 그럴 계획이었는데 그녀를 더 방치했다가는 위험에 빠뜨릴 수가 있어 더는 두고볼 수가 없을 지경이었다.

옥화 스스로는 절대 살길을 찾아나올 수 없었다. 아니 살길이 보인다고 하더라도 원하지 않을 성격이었다. 재주는 없으면서 자존심은 큰 산처럼 높은 여인이었다.

거산은 옥화처럼 평범한 여자를 아내로 맞이해 살아갈 팔자가 아니었다. 자격이 없는 사람인데 옥화를 한번 보고는 마음을 접을 길이 없었다. 옥화를 아내로 맞이하게 해달라고 기도도 많이 했다. 자기를 위한 기도는 그때가 처음이었다. 자기의 염력을 전부 내놓더라도 그녀와 살고 싶었다. 그쪽 세상에서 추방당해도 상관없었다.

장거리 국밥집에서 처음 만났다. 자그마한 체구에 이목구비가 반듯반듯한 여인이 커다란 밥상을 덜렁덜렁 들고 다녔다. 밥상 위에는 술국이 펄펄 끓어 저러다가 넘어지면 어쩌나 싶어 마음이 조마조마했다. 한편으로는 술국이 엎질러지길 바라는 마음도 있었다. 아무리 쳐다봐도 눈길 한번 주지 않는 쌀쌀한 태도에 마음이 바닥으로 한없이 떨어졌다. 그나마 위로가 되는 일이 있다면 그녀는 누구에게나 다 쌀쌀맞았다. 의지가지없는 고아라는 점이 거산과 닮았다. 어렸을 때 부모가 한날한시에 역병으로 죽자 그녀의 먼 친척이 밥이나 얻어먹으라고 주모에게 맡겼다.

주모는 거산이 찔러주는 돈에 두 말도 하지 않았다. 주모의 승낙이 떨어졌지만 그녀는 여전히 요지부동이었다. 거산이 옥화의 마음을 사기 위해 특별한 비법이 필요했다. 그러면서도 망설여지는 이유는 옥화가 자기를 더 멀리할까 걱정이 되었다. 대체로 거산같이 특별한 사람들은 같은 부류끼리 만나든가 아니면 홀로 살아가는 사람들이 더 많았다. 일반인들은 뭔 일이 있을 때는 득달같이 달려와 울고불고 하지만 평소에는 길에서 마주칠까봐 겁을 냈다. 어쩌면 그들에게 거산 같은 존재가 불편했다. 신과 사람의 중간 존재로서 사람이 필요할 때 소통의 매개체로만 필요했다.

그쪽 세상에서 거산의 아버지는 대단한 사람이었다. 그는 거산에게 많은 것을 물려주려고 애썼지만 거산은 늘 시큰둥했다. 그래도 완전 허탕은 아닌지 그의 아버지가 홀연히 사라지자 그가 그 자리에 앉아 그 아버지에 그 아들이라는 둥, 아버지보다 낫다는 둥, 죽었다 깨어나도 아버지를 못따라가겠다는 둥, 여러 종류의 말을 들으며 그럭저럭 지냈다. 그는 평범하게 살아가고 싶었지만 애당초 그럴 팔자로 태어나지 못해 그게 한스러웠다. 평범한 여인을 맞이해 평범 비슷하게 살아가고 싶었다. 아이러니한 것은 이런 삶을 싫어했지만 좋아하는 여인의 마음을 얻기 위해서는 이걸 이용했다.

거산의 작전은 성공했다. 얼음장처럼 냉랭하기만 했던 옥화가 들판의 봄바람처럼 부드러워졌다. 거산은 짐짓 모른 척했다. 속으로는 안달복달이었지만 익기를 기다렸다. 그 아비가 기다릴 줄 알아야 세상의 이치를 깨달을 수가 있다고 했었다. 동굴이나 산속에서 오랫동안 기도를 드리는 일은 결국은 기다리는 일이라고 했다. 누가 더 오랫동안 진득하게 기다리느냐가 누가 더 이 세계에서 실력이 있는가와 같은 맥락이라고 했다. 아비의 말은 언제나 옳았다.

성질 급한 옥화가 스스로 거산이 사는 탱자나무집으로 찾아왔다. 조그마한 보따리 하나 안고 탱자나무 울타리에 달린 사립문을 살그머니 열고 고개를 한껏 늘여서 안을 살펴보고 있었다. 짧은 검정 통치마 위에 하얀 저고리를 받쳐 입은 차림에 양 가닥으로 쫑쫑 땋은 머리가 허리까지 내려왔다. 넘어가는 햇살이 옥화를 부드럽게 어루만져 반짝반짝 빛났다. 거산은 가슴이 두방망이질했다. 마음 같으면 버선발로 뛰어나가고 싶었지만 다 된 밥에 재를 뿌릴 수는 없었다.

옥화는 거산이 그녀를 얻기 위해 조금 보여준 것에 부쩍 관심을 보였다. 어떤 날은 거산보다 그의 특별한 재능에 반해 결혼했는지 의심스러웠다. 거산으로서는 낭패였다. 옥화를 얻기 위해 염력 대부분을 내놓아 마땅히 보여줄 수 있는 게 없었다. 있다 하더라도 그걸 공부로 전수할 성질의 것도 아니었다. 거산처럼 세습으로 인한 유전자가 없으면서 생짜로 배웠다가는 사기꾼밖에 될 수 없는데 자꾸만 가르쳐달라고 매달렸다.

실제로 거산 주위에는 열 손가락을 꼽아도 남을 정도로 사기꾼이 넘쳐났다. 사람들은 희한하게도 사기꾼들에게 벌떼처럼 몰려들었다. 그들은 미려하고 귀에 콕콕 박히며 듣고 싶은 말을 하는 재주가 있었다. 그게 약하다 싶으면 신의 말을 빙자해서 무서운 예언도 눈 깜짝 안 하고 했다. 그 말을 들은 사람들은 이제 진실 여부를 떠나 벌벌 떨면서 그 앞에 넙죽 엎드리며 살려달라고 애걸복걸하게 되었다. 돈을 요구하면 당연히 앞뒤 살피지 않고 냉큼 내놓을 수밖에 없었다. 예언은 대부분 나쁜 거라 그걸 듣고는 어찌해볼 수가 없었다. 그런 심리를 이용해서 돈을 버는 사람들은 길게 가지 않았다. 거산의 아비가 가장 경계했던 부분이 바로 혹세무민이었다. 거산도 아비의 마음과 같아서 한번도 잘못된 길을 가지 않았다. 거산은 옥화를 두고 기도하는 시간이 자연스럽게 길어졌다.

나쁜 예감은 한번도 빗나가본 적이 없었다. 이런 점에서는 보통 사람과 똑같았다. 거산의 전전긍긍하는 마음과 달리 옥화는 조금씩 거산의 일을 배워가기 시작했다. 워낙 영민하기도 했지만 욕심도 많아 학습 속도가 빨랐다. 옥화는 제대로 배우기만 한다면 거산쯤은 문제없이 넘을 수 있겠다는 생각이 들었다. 그런 생각이 들자 점점 진실처럼 확신하게 됐다. 어느 순간부터 거산과 동급으로 생각이 됐다. 그러다가 거산의 능력을 시기하기에 이르렀다.

손님이 오면 어떤 핑계를 만들어서라도 거산 옆에 있으려고 했다. 때론 거산보다 더 아는 척해 민망할 지경이었다. 대부분 손님은 이런 옥화를 싫어하지 않았다. 거산보다 사근사근한데다 손님의 아픈 부분을 귀신처럼 알아냈다. 손님이 듣고 싶은 말도 적절한 시점에 툭툭 던졌다. 손님이 돈을 내놓을 수밖에 없는 무시무시한 협박도 눈 한번 깜박하지 않으면서 툭툭 던져 거산을 아연하게 만들었다. 처음 오는 손님들은 거산보다 옥화가 도사인 줄 알고는 그녀에게 머리를 숙이며 애걸복걸했다.

이 꼴 저 꼴 다 보기 싫은 거산은 손님이 없어도 기도실에서 나오지 않았다. 거산의 아버지가 해놓고 싶었던 일을 시작했다. 작업을 시작하고부터 의외로 재미에 폭 빠졌다.

2

옥화가 본격적으로 안달복달했던 시기는 결혼 삼 년 만에 도치를 낳은 이후였다. 비법으로 아이를 고쳐보겠다는 심사 같기도 했다.

사람들은 옥화가 꼽추 딸을 낳자 이러쿵저러쿵 말이 많았다. 남의 문제는 잘도 아는 척하면서 정작 자기 뱃속에 든 아이의 운명도 모른다는 게 말이 되냐고 했다. 거산 몰래 옥화에게 큰돈을 받고 비방용 부적을 받았는데 효과를 보지 못한 사람들이었다. 옥화에게 무서운 말을 듣고는 혼비백산해서 옥화에게 살려달라고 댕댕 매달렸었다. 뒤늦게 돈이 아까운 생각이 들어 벌을 받아 배냇병신 아이를 낳았다고 손가락질했다.

거산을 훌쩍 뛰어넘는 신빨을 가진 자식이 태어났다고 말하는 사람도 있었다. 원래 신은 저런 모습으로 환생한다고 했다. 신이 이쪽 세상에 현신하는 이유는 소풍 오기 위한 목적은 아니라고 했다. 경치는 신선들이 사는 그쪽이 훨씬 좋다고 가본 듯이 말하기도 했다. 고통받는 인간을 구제하기 위해 오는데 그러자면 인간의 상처 몇 개는 몸에 달고 현신해야 체면이 선다고 했다. 그 이면에는 누군가의 짐을 대신 지고 있다는 거다. 우리 중에 누군가의 짐일 거라고 했다. 변신술이 뛰어나다고 했다. 인간들이 자기들을 알아볼까봐 극도로 노심초사하는 게 그들이라고 했다. 얼토당토않은 말을 하는 사람은 기골이 장대한 젊은 남자였다. 처음 보는 낯선 사람이라 모여 있는 누군가가 젊은이는 어디서 왔냐고 물었다. 땅끝마을에 살고 있는데 지나가는 길이라고 대답하며 허적허적 갈 길을 갔다.

더 나아가 거산도 옥화도 닮지 않은 아주 못생긴 아이로 자라자 아이의 탄생설까지 나름대로 상상해서 말을 만들었다. 거산이 집을 떠나고 없으면 홀로 남은 옥화가 사내를 불러들였을 거라고 했다. 사내가 꼽추인데다 아주 추남이지만 부자라서 옥화가 꾀었을 거라는 얘기였다. 그렇다고 해도 아이가 꼽추에다가 너무 못생겨 큰일이라고 동정하기도 했다.

아이의 외모에 대해 말이 많았던 시절에 업둥이 얘기도 나왔다. 옥화의 부른 배를 본 적이 없었다고 말했다. 치마를 입었는데 배가 불렀는지 안 불렀는지 알 수가 있느냐고 말하자 그럼 얼굴이라도 부었어야 할 텐데 늘 매초롬하지 않았냐고 했다. 도대체 탱자나무 울안에서 일어난 일은 알 수가 없어 사람이 죽어나가도 보지 않고는 믿을 수가 없다고 했다.

이야기가 삼천포로 빠지는가 싶더니만 누군가가 아이를 낳고보니 배냇병신이라 아이를 죽여 대밭에 묻어버리려고 갔겠지. 근데 방실방실 웃는 아이를 차마 죽일 수가 없어 다시 안고 대숲에서 나왔겠지. 나오다보니 탱자나무집이 보였을 거고. 그 집에 젊은 부부가 알콩달콩 살고 있자 거기다가 끼니 걱정하지 않은 집이고, 사람 목숨 귀히 여기는 집에다가, 박복한 팔자도 잘 닦아 복이 넘치게 만들 수 있어 아이에게 딱 알맞을 거라는 얘기였다. 옛날부터 업둥이로 들어온 아이는 그 집안 복이라고 내치지 않는 풍습이 있는데 학식 높은 거산이 모를 리가 있겠느냐고 했다. 왜 지금껏 이런 생각은 못하고 아이를 대숲에 묻을 생각만 했을까 하면서 밤이 더 이슥하길 기다렸을 거라고 했다. 이윽고 마지막 방마저 불이 꺼지고 한 식경을 더 기다렸다가 탱자나무 울안에 아이를 살그머니 놓아두고는 줄행랑을 쳤을 거라고 했다.

이렇게 사람들은 저마다 내놓은 의견이 그럴듯해 고개를 끄덕였지만 정작 믿는 사람들은 없었다. 옥화만 그 말을 믿고 싶었다. 아무리 생각해도 저런 추녀가 자기 몸에서 나올 수가 없었기에 거산의 도력으로 자기가 낳았다는 것을 믿게 했을 거라는 생각도 했다. 그 정도로 거산에 대한 생각이 완전체 그 자체였다. 거산 보란 듯이 일부러 더 도치를 구박했고 열 살도 되기 전에 부엌데기로 내몰아도 본척만척하자 의심은 확신으로 굳어졌다. 도치 또한 어린 나이부터 이런 취급을 당해 당연한 듯 보였다. 손님이 많이 드나드는 집은 부엌일도 자연 많았지만 불평이 없었다. 도치가 살림을 맡고부터 옥화는 손이 떠서 부엌일이라면 체머리를 흔들 정도로 싫었다.

도치가 열다섯 살이 되자 옥화는 뭔가를 실행하고픈 열망에 몸이 부글부글 끓었다. 산속에서 수행하는 제자들도 10년이 지나면 하산하라고 하는데 거산은 옥화에게 일을 맡기기는커녕 얼씬도 못하게 했다.

거산이 몇 달 출타할 때가 기회였다. 옥화는 짐짓 거만한 태도로 손님을 맞아들였다. 도치가 수정과를 내오면 본격적으로 상담이 시작되었다. 손님들은 옥화의 참매미 같은 말솜씨보다 가르마 같은 길 양쪽에 흐드러지게 피어 있는 붉은 동백처럼 물이 한창 오른 미모에 숨이 턱 막혔다. 번들거리는 눈빛이 별보다 더 고와 거기에 온몸을 던지고 싶었다. 그러니 붉은 동백꽃 빛 입술을 벌려 목련 빛 치아를 살짝살짝 보여주며 내뱉는 말은 모두가 진실이었고 믿어 의심하지 않았다. 나중에서야 진짜 도사는 따로 있었다고 해도 그들 중에 속이

상해 따지고 싶은 마음이 들지 않았다. 남자고 여자고 그녀의 어여쁜 얼굴 한번 본 걸로 족했다. 남편의 영향으로 완전 엉터리는 아닐 거라는 믿음과 어쩌면 근엄해 얼굴 보기 힘든 거산보다 더 마음에 들기도 했다.

거산의 알아들을 수 없는 말은 희망이 없다는 다른 표현이었다. 어여쁜 얼굴을 보는 것만 해도 기분 좋은 일인데 거기다가 귀에 쏙쏙 들어오는 언변에 꽉 막혀 있던 속을 시원하게 만들어주고 처방까지 내려주는 그녀의 상담을 좋아했다. 거산보다 훨씬 큰 비용도 전혀 아깝지 않을 지경으로 아픈 곳을 정확히 알고 살살 긁어주는 데 탁월했다. 은근히 거산이 집을 비우기를 기다리는 축도 자연히 생겼다. 사람들은 자기가 듣고 싶은 것만 듣길 원했고 믿고 싶은 것만 믿었는데 옥화는 그런 심리를 잘 알고 그걸 십분 발휘했다. 거산이 집을 비울 때 벌어지는 일이었지만 꼬리가 길어 거산 귀에 들어갔다.

거산은 노발대발했다. 옥화 하는 짓이 너무 위험해 가만히 둘 수가 없었다. 거산이 처음으로 무섭게 화를 내자 그녀는 큰 충격을 받았다. 그동안 옥화에게 큰 소리는커녕 눈 한번 흘기지 않았던 사람이었다.

며칠 이불을 뒤집어쓰고 누워 있던 옥화는 얼토당토않게도 거산이 자기를 질투한다고 결론을 내렸다. 손님들이 거산보다 자기를 더 좋아하자 위기감을 느꼈을 거로 생각했다. 그러자 거산의 행동이 이해되었다. 거산과 화해하는 방법은 그녀 자신이 더는 손님을 받지 말아야 한다는 것도 깨달았다. 그런데 옥화는 그런 마음이 조금도 들지 않는 게 문제였다. 손님 맛을 알았고 돈 버는 즐거움을 알았다. 무엇보다도 그 일도 안 하면서 하루를 보낼 생각을 하니 심심했다. 거산은 집을 떠나 있는 날이 많았고 그렇지 않은 날에도 방에 틀어박혀서 나오지 않았다.

옥화가 거산의 말을 듣지 않자 거산은 시위라도 하는 듯 손님을 받지 않고 돌려보냈다. 손님들은 거산이 이제 신빨이 떨어진 모양이라고 지레짐작했다. 탱자나무 울타리 밖으로 얼떨결에 나서긴 했지만 여기까지 온 김에 옥화 얼굴이라도 한번 보고 싶었다. 양귀비도 울고 갈 만큼 미색이 뛰어나다는데 과연 그럴지 궁금했다. 어떤 이는 옥화 얼굴 한번 보는 것만으로도 복채가 아깝지 않다고 했었다. 생판 틀린 소리도 아닌 오히려 거산보다 가려운 데를 귀신같이 알고 긁어주는 사람이라고 칭송했다. 발 없는 말이 천 리를 간다고 소문이 자자했다.

탱자나무 울타리 밖에서 낯선 남자가 목을 길게 빼고 울안을 기웃거렸다. 사람 한 명 보이지 않았지만 여기까지 왔는데 차마 빈손으로 돌아가기 뭐해 울 밖에서 서성거렸다. 소문대로 거산이 집에 있는 날에는 옥화 얼굴 보기 힘들다는 말이 맞는 모양이라고 짐작하면서도 발걸음이 쉽게 떨어지지 않았다. 신빨이 떨어져서 손님을 받지 못하면서도 옥화가 손님 받는 것도 싫어하는 이유는 그녀를 시기해서라고 들었다. 하여간에 도사나 보통 사내나 마음 좁은 거는 똑같네 하면서도 목을 있는 대로 늘렸다.

그때 철옹성 같은 방문이 빼꼼히 열리면서 도치가 나와 마당 안을 기웃거리고 있는 낯선 남자에게 손짓했다. 한 손으로는 손을 까닥이며 다른 한 손은 손가락 한 개를 입술에 대며 조용히 하라는 시늉을 했다. 남자도 얼떨결에 도치를 따라 손가락 하나를 입술에 대고 까치발을 하고 방안으로 살금살금 들어섰다. 막 앉으려는데 하필이면 그때 거산이 방문을 열었다. 옥화는 물론 손님도 혼비백산했다. 옥화는 거산이 이렇게까지 화를 낼 수 있는 사람인지 몰랐다.

옥화는 이번에도 며칠째 방에서 나오지 않고 누워 있었다. 도치가 온갖 음식을 해다바쳐도 쳐다보지도 않았다. 생각하면 할수록 거산의 태도가 섭섭했다. 부부가 되면 당연히 가르쳐줄 거로 생각했었다. 그런데 시종일관 모르쇠로 일관해 어깨 너머로 눈치껏 배워 조금 써먹었기로서니 그리 난리를 부리는 처사가 야속하기만 했다. 이레가 지나도록 거산이 눈도 끔쩍하지 않자 화가 났다. 이번에도 스스로 자리에서 벌떡 일어났다. 비록 나이는 조금 들었지만 아직 무르익은 한 떨기 모란처럼 농염해 거산이 옥화를 바라보는 시선이 따듯했다. 그걸 믿고 저리 버텼는데 소용없자 더는 자리에 누워 있을 필요가 없었다.

옥화는 거산이 기거하는 방 외닫이 문을 벌떡 열어젖혔다. 거산이 보이지 않았다. 거산은 옥화가 설치고부터 이 방문을 걸어두고 다녔다. 옥화에게 이 방만은 출입금지했지만 귓등으로 듣고 거산이 없을 때마다 방안을 들락거리는 눈치라 특단의 조처를 내린 셈이다. 옥화는 자존심이 상했다. 자기를 무시하지 않으면 도저히 그런 방법을 쓸 것 같지 않았다. 그런데 지금 그 방문이 벌컥 열렸고 거산은 없었다. 옥화는 회심의 미소를 지으며 보물단지를 찾는 심정으로 방을 뒤졌다. 달라진 것은 없고 거산이 날마다 뭔가를 쓰고 있던 한지가 놓여 있었다. 먹물이 채 마르지 않은 모양으로 금방 나간 모양이었다. 내용이 궁금했다. 거산만 알고 있는 어떤 비책을 종이에 적어둘 수도 있을 테니까.

거산 정도의 연륜이라면 대부분 후계자를 한 명 세웠다. 옥화가 이 종이에 관심을 두는 이유도 후계자를 세우는 것보다 더 중요한 일이 대체 무엇인지 궁금했다. 옥화가 식음을 전폐한 채 누워만 있자 방심한 모양이었다. 그녀로서는 절호의 기회를 놓칠 수가 없었다. 무엇보다도 거산이 돌아오기 전에 어서 읽어봐야 했다. 분명 그만 알고 있는 거대한 비밀을 적어두었을 것만 같았다.

3

옥화는 한달음에 글을 다 읽어버렸다. 거산이 언제 방문을 열지 알 수가 없어 방문을 힐끗거리면서도 손에서 책을 내려놓을 수가 없었다. 옥화는 가슴이 두방망이질했다. 일이 이렇게 되려고 그랬는지 방을 비운 거산은 돌아오지 않았다. 옥화가 마침내 읽기를 마치고 책을 덮고 한숨을 쉬었다.

개안을 한 듯했다. 더는 거산에게 매달릴 이유도 눈치를 볼 필요도 없었다. 거산 성품이 무척 다정하지만 고집이 세고 말이 너무 없었다. 그런 사람이 어찌 옥화를 꾀어낸 건지 아무리 생각해도 이해가 되지 않았다. 하긴 고집이라도 셌으니 장가라도 갔겠거니 했다. 옥화는 이내 고개를 흔들었다. 그렇게 형편없는 사람으로 치부해서는 안 되었다. 그녀가 앞뒤 재지도 않고 홀딱 반한 이 세상 사람 같지 않은 신비함과 다정한 성정을 갖고 있었다. 이런 생각이 들자 가슴이 먹먹했지만 이내 머리를 흔들었다. 옥화가 잘 나가는 꼴을 보지 못하는 욕심꾸러기에다가 옹졸한 사람이라는 결론을 내리고는 벌떡 일어났다. 마당에 나와 도치를 찾았다. 도치가 보이지 않자 불같이 화가 났다. 거산이 들어오기 전에 일을 마무리해야 했다. 이번에는 안방으로 들어가서 거산 몰래 축적해둔 돈과 금붙이를 장롱에서 꺼내 보따리에 쌌다. 다른 거를 두리두리 살피고 있는데 사립문 열리는 소리가 삐거덕 들렸다. 순간 거산일 듯싶어 보따리를 이불 속에 감추고 자신도 이불 속에 들어와 누웠다. 가슴이 두근반세근반 했다.

삐거덕 요란한 소리를 내며 들어온 사람은 도치였다. 하긴 거산은 바람처럼 나타나는 사람이었다. 어떤 날은 발이 땅에 닿기나 하는지 궁금해 발걸음을 살펴보기도 했다. 도치는 빨래를 한 구박 해가지고 와서 마당에 드리워진 줄에 널고 있었다.

옥화가 도치를 부드럽게 불렀다. 도치로서는 그런 음성은 처음이라 어리둥절했다. 냉큼 대답하지 못하자 그제서야 앙칼진 목소리가 흘러나왔다. 보따리를 싸라고 했다. 당장 길을 나서야 한다고 했다. 옥화의 뜬금없는 말도 도치는 알아들을 수가 없었다. 아무리 바쁘더라도 널던 빨래는 다 널어야 했다. 옥화는 구김이 진 옷은 질색으로 여겼다.

옥화는 기다릴 수가 없었다. 거산이 오기 전에 떠나야 했다. 가르마 같은 긴 길을 힐끗힐끗 바라보며 도치가 널고 있는 빨래를 확 빼앗아 흙바닥에 내팽개쳤다. 도치는 빼앗긴 빨래를 물끄러미 내려다보며 얼굴에 튄 물방울을 손바닥으로 닦았다. 옥화는 여전히 어리바리한 도치의 태도에 천불이 났다. 커다란 머리통을 한방 쥐어박으며 얼른 보따리를 싸라고 재촉했다. 아배 돌아오기 전에 떠나야 한다고 윽박질렀다. 보따리도 들고 갈 수 있을 정도만 꾸리라고 했다.

"어디 가려고 그러노?"

도치가 물어봐도 대답 대신 눈을 부라리며 재촉했다. 도치는 보따리의 성질도 모른 채 싸기 시작했다. 얼마나 있다가 올지. 여길 다시 올 수나 있을지 궁금했지만 옥화의 서슬에 물어볼 엄두가 나지 않았다. 마당에 서서 울타리만 힐끗거리는 태도가 꼭 물건을 훔치고 주인 오기 전에 도망가려는 도둑처럼 보였다. 보따리를 대충 쌌는데도 더 넘스러울 정도였다. 그것을 낑낑거리며 들고 마당으로 나오자 도와주기는커녕 그것 또한 못마땅한지 흘겨보고 울타리 밖으로 먼저 나섰다. 도치는 방문도 제대로 잠그지 못해 걱정스러웠지만 제단에 모신 신들이 잘 지켜줄 거라 믿었다. 거산도 곧 돌아올 거라는 확신에 옥화 뒤를 따랐다. 보퉁이 하나를 머리에 이고 양손에 보따리를 들고 가르마 같은 동백나무 숲길을 가다가 집을 한번 더 돌아보았다. 언제 저 집에 다시 돌아올지 알 수가 없어 더 보고 싶었지만 목을 움직이는 게 쉽지 않았다. 옥화는 한번도 집을 돌아보지 않았다. 조그마한 보따리를 가슴에 꼭 안고는 종종걸음을 치고 있었다.

도치는 진작 이런 일이 일어날 거라는 예감에 사로잡혀 두려움에 떨었다. 도치가 보기에 옥화는 늘 물가에 서 있는 수양버들 같았다. 몸뚱이는 분명 땅에 깊게 박혔지만 나뭇가지 대부분은 물속에 머리를 풀

듯 담그고 달아날 기회를 노리는 나무처럼 옥화도 꼭 그 짝이었다. 언젠가는 거산을 배신하고 말리라는 짐작을 하고 있었는데 바로 오늘이 그날이어서 몸이 와들와들 떨렸다. 미리 이것저것 보따리를 싸놓았다. 옥화 혼자서는 아무것도 할 수 없을 테니까.

도치는 옥화 뒤를 따라가면서 어떤 믿음이 마음속에 있어 조금 덜 두려웠다. 거산이 분명 자기들을 손바닥 안에 놓고 다 지켜보고 있을 것만 같았다. 영민한 옥화도 짐작하고도 남는 일이니 저리 당당하게 집을 나섰다.

가르마 같은 동백나무 숲길을 다 지나가도록 이들 모녀가 집 떠나는 것을 본 사람은 없었다. 거산이 돌아오는 것도 보이지 않자 옥화는 품에 꼭 안고 있던 보퉁이를 조금 느슨하게 풀었다. 해는 어느덧 중천에 떠올랐다. 햇살이 무지막지하게 내려꽂히자 걸음을 옮길 때마다 먼지가 풀썩풀썩 올라왔다. 옥화는 여름에 떠날 수 있어 다행이라는 생각이 들었다. 이 또한 운명이구나 싶기도 했다. 여름은 길을 가다가 미처 잠자리를 구하지 못하면 노숙해도 상관이 없었다.

거산이 걱정하는 그곳을 찾아가는 게 문제라면 문제인데 비교적 소상하게 지명을 밝혀두어 물어물어 수소문해서 가면 될 듯한 자신감이 생겼다. 거산은 굴 때문에 그 마을 사람이 걱정이라고 앉아서 근심만 하고 있었다. 옥화는 직접 가서 굴에 덮인 액을 걷어내어 돈도 벌고 마을을 평안하게 만들 자신이 있었다. 거산이 깜짝 놀라는 모습이 보고 싶어 걸음을 재촉했다. 도치가 잘 따라오지 못하자 보따리를 들어주는 대신 길 한복판에 서서 눈을 하얗게 흘겼다.

직박구리

'에엑에엑'

시끄러운 직박구리 울음소리에 윤주는 창문을 흘깃 바라보았다. 창밖이 희끄무레해졌다.

"니도 돈 벌기는 틀렸다."

"네?"

"아, 옛말이 있잖여, 야그 좋아하면 가난뱅이로 산다고."

"아, 그런 말이 있긴 하죠."

"할매는 밤새 한잠도 주무시지 않았는데 피곤하지 않나요?"

"죽으면 잠잘 일밖에 없는데 뭣땜시 잠을 재촉하노."

"하긴 그렇긴 하죠. 할매요 지금은 굴에서 음산한 기운이 없어졌나요?"

"없어지긴 뭐가 없어졌노. 쉬고 있을 뿐이지. 언제 다시 배고프다고 아우성을 칠지 알 수가 없어."

"그러면 그때는 누가 달래주나요. 할매도 이제 기력이 쇠해서 그 일을 할 수가 없잖아요."

"왜? 니도 남 안 단 것 달고 있다고 겁나나?"

"아이고, 저도 남잔데 겁나지요. 할매 말이 사실이라면 겁나고 말고요."

"그래, 겁을 내며 사는 것은 좋은 일이데이. 자기가 제일이라고 겁을 내지 않고 사는 사람들이 무서운 사람들이지. 암만, 무서운 사람이고 말고. 영감은 자기 잘난 맛에 산 사람이여. 당최 겁이 없었어. 채꾼들이 아직 뼈도 여물지 않은 영감을 델꼬다니면서 다 베래났어. 그래서 내가 그리 쫓아다녔구만. 남들은 못난 게 투기까지 한다고 숭질을 했지. 나는 알고 있었어. 영감이 시아배처럼 그리 갈 것 같아 그리 안달복달했건만 타고난 팔자는 어쩌지 못하는 법이지. 지금 다시 그 시절로 돌아간다면 절대로 그리 안 하겠지만 그때는 그게 제일 나은 방법인 줄 알았어. 굴이 어째 그건 안 가르쳐줬는지 알다가도 모를 일이야. 내 정성이 부족했나벼. 그런데 언제 밥할 꺼여. 배고파 죽겠는데."

"아. 금방 해드릴게요. 근데 굴이 언제까지 쉬고 있을지 할매는 알고 있어요?"

"몰라. 앞으로 백 년이 될지. 천 년이 될지. 내가 알면 무당이지. 나는 무당은 아니잖어."

"옥화는 그 이후로 한번도 소식이 없었나요?"

"소식? 어떤 소식?"

"돌아가셨다면 시신이라도…."

"…."

"나도 인제 죽을 때가 되었는갑다."

"네? 뜬금없이 무슨 말씀이세요?"

"더는 비밀을 지킬 자신이 없어."

“네?”

“어메가 쇼를 했지.”

“그럼 옥화가 굴에서 사라졌다는 게 사실이 아닌가요?”

“굴에서 사라지긴 했지. 나는 지금도 굴이 어메를 삼켜버린 것만 같아. 이제서야 하는 말인데 어메는 무당이 아니었어. 그냥 흉내만 냈을 뿐이었지. 오죽하면 굿도 얼치기인 나와 둘이서만 했을까. 다른 굿패들은 어메가 가짜라고 상대도 안 했어. 그나마 어메가 다른 굿패들에게 봉변당하지 않았던 이유는 아배 때문일 거야. 아배 뒷배가 큰 산처럼 든든했거든. 그런데 그 일이 일어난 후에 그러니까 어메가 굴에서 사라진 후에 다시 딱 한번 만났는데 그때 보니 마을의 다른 할매들과 다를 게 하나도 없더라고. 그나마 조금 흉내내던 신기마저 완전히 사라졌어. 굴이 어메를 삼키지 않았다면 불가능한 일이 아닌가.”

“할매요, 지금 도대체 무슨 말을 하는지 알 수가 없네요.”

“모르겠지. 당연히 모르겠지. 나도 모르겠는데 당연하지.”

도치는 귀남의 사십구재를 지내고 굴에서 나오자마자 제일 먼저 아들들을 찾았다. 굴 안에서는 마치 지우개로 지운 듯이 아이들에 관해서는 싹 잊어버린 게 이상할 지경이었다. 굴이 그리하지 않고는 불가능한 일이라고 생각했다. 그런데 집에도 아이들은 흔적도 없었다. 잡초가 집을 뱅 둘러싼 것도 모자라 지붕만 겨우 보일 지경으로 웃자랐다. 마당가에 늙은 호박처럼 굴러다니는 밥솥은 거미줄이 처져 있었다. 마을 여자들은 무당집에 쳐들어왔을 때도 아이들은 보이지 않았다고 변명처럼 말했다. 무당집이 음산해서 눈길조차 주고 싶지 않았기 때문에 세 아이에게도 관심이 없었다. 마을 여자들은 죽은 남편 살리려다가 생때같은 세 아들을 잃어버렸다고 입을 삐죽였다.

도치는 귀남의 장례를 치르자마자 다시 굴로 들어가 치성을 드리는 일 말고는 할 일이 없었다. 사이사이에 잡초가 무성한 밭을 손질했다. 낫으로 잡초를 쓱쓱 베다가 시퍼런 낫날에 고라니 새끼를 벨 뻔했다. 밭은 고라니가 새끼를 낳아 길러도 모를 정도로 풀이 우거졌다. 고라니 가족을 쫓아내고 들깨 모를 심었다. 그 밤에 고라니 가족들이 운동회를 열었는지 들깨 모를 모조리 쏙쏙 뽑아놓았다. 다시 들깨 모를 심었다. 그 옆에 김장배추와 무를 심었다. 배추와 무가 자라자 남들처럼 배추를 쩍쩍 갈라 소금에 절이고 무청을 잘 엮어 응달에 걸어두었다. 항아리 가득 김장해 땅속에 묻어두고는 혼자 꺼내먹으면서 긴 겨울을 보냈다. 다시 봄이 오면 씨를 뿌렸고 고라니가 운동회를 열어 어린 모를 쏙쏙 뽑아놓으면 그 자리에 다시 심었다. 이렇게 똑같은 겨울을 몇 번 넘겨도 아이들 소식은 없었다.

그날 따라 도치는 굴에 들어가는 일을 자꾸 지체했다. 아침부터 느닷없이 까치가 찾아와 울던 날이었다. 아니나 다를까 가을 햇살이 마당 한가득 비추자 두루마기 차림의 낯선 사람이 기웃거렸다. 눈꼬리가 올라갔고 눈에서 빛이 흘러나와 예사로워 보이지 않았다. 남자는 마당가에서 들깨를 털고 있는 도치를 힐끗 쳐다보더니 그 옆에 쭈그리고 앉아 반질반질 윤기가 흐르는 들깨를 손가락 사이로 차르르 차르르 흘려보냈다. 아직 이슬이 건듯 걷히지 않아 들깨가 잘 털리지 않았다. 그것을 읽기라도 했는지 혀를 차기도 했지만 그래서인지 아니면 섶에 비해 토실한 알곡이 작아서인지 분간이 되지 않았다. 다짜고짜 반말이었다.

"니는 니 어메가 어디 있는지 궁금하지도 않나?"

댓돌에 마른 들깨섶을 올려놓고 방망이질하던 손길을 뚝 멈추게 하는 말이었다. 가슴이 벌렁거려서 남자를 쳐다볼 수도 없었다.

"아들 삼 형제도 잘 데리고 있으니 걱정하지 말라고 전하란다."

"…."

"…."

"거기 계시니껴?"

마침내 도치 입이 떨어졌다.

"쯧쯧 참 빨리도 물어보는구나. 오랜만에 만났는데 인사도 안 하고. 마을 사람들 몰래 잠깐 다녀가든지."

남자는 다시 한번 혀를 끌끌 차더니 마당을 허적허적 걸어나갔다. 그제야 고개를 들고 남자의 뒷모습을 물끄러미 바라보던 도치는 댓돌 위에 놓인 들깨섶을 탁탁탁 방망이질했다. 가슴속에서 뛰는 방망이질과 똑같은 속도로 따라가자니 힘에 부쳤다.

도치는 여전히 들깨를 탁탁 떨다가 마침내 벌떡 일어나 굴 안으로 허겁지겁 들어갔다. 이 모든 게 굴의 은택이라는 생각에 제단에 절을 하고 또 했다. 옥화가 버리고 간 굴을 자기가 잘 섬길 거라는 약속을 하고 또 하면서 빌었다.

"그러니까. 무당이 아니 옥화가 마을 사람들은 물론 딸도 모르게 굴을 버리고 도망간 거군요. 왜 그랬을까요?"

"왜긴? 요즘 말로 답이 없으니까 옛다 모르겠다, 하고 도망갔겠지."

"나중에 그 사실을 알았을 때 원망하는 마음이 안 들었나요?"

"원망이라. 원망하는 마음이 참 컸지. 굴에 들어가서 흘렸던 눈물을 아마 모아놓았다면 고래가 헤엄칠 수 있는 바다가 되었을걸. 아무것도 모르는 나에게 마을을 통째로 맡겨놓았으니 기가 막힐 일이었지. 그런데 자식들을 잘 건사하고 있다니 그간의 모든 일은 다 잊어뿔게 되데. 큰절을 드리고 싶었다니까. 어메가 아니었으면 세 아들이 어떻게 됐을까. 무엇에 씌지 않고는 도저히 그럴 수가 없는 일인데 그때 왜 그랬는지 알다가도 모를 일이야."

"후회되세요?"

"후회되냐고? 배고파. 밥을 줘가면서 물어봐야 할 거 아녀?"

"하나만 더 여쭤볼게요. 시어머니인 광자의 소식은 들은 게 없어요. 가령 시신이라도 찾았나요?"

"밥 줘. 배고파."

"지금도 굴 안으로는 할매밖에 못 들어가나요?"

"…."

"…."

"내도 한 가지 물어보자. 니는 채끈아리랑을 어여 알고 흥얼거리노?"

"아. 그 노래가 채꾼아리랑이었어요?"

"니는 여기 왜 왔노?"

"그거야 할매 돌보러 왔죠."

"…."

"뭐 돈도 벌고 시골이니 한적할 것 같아 시간날 때 글도 쓸 작정으로 왔죠."

"여기를 어예 알고 왔노?"

"그거야 할매 장남이 저를 찾아왔지요. 제가 그때 사정이 좋지 않아 죽어버릴 작정이었거든요. 실제로 고시원 쪽방에서 번개탄을 피우기도 했었는데 너무 빨리 발각되는 바람에 미수에 그쳤죠."

"사내 자슥이 죽기는 왜 죽어. 죽는 게 뭐 그리 쉬운 줄 알았어? 근데 그놈은 또 니를 어찌 알고 찾아갔을까?"

"글쎄요. 그러고 보니 그렇네요. 저를 어찌 알았을까요?"

'울 할매 이름도 광 자, 자 자인데.'

이 말은 얼른 속으로 삼켰다.

"밥 줘, 배고파."

도치의 동문서답에 윤주가 벌떡 일어나 문을 열고 나가자 뽕나무 가지 위에서 울고 있던 직박구리 떼가 깜짝 놀라 포로롱 날아올랐다. 직박구리는 막 떠오르는 햇살을 등에 업고 담장 너머 굴 쪽으로 낮게 날아갔다.

달

1

광자는 새벽에 도매시장에서 채소를 떼다가 시장 안 노점에서 장사했다. 손님이 없을 때도 더덕이나 도라지 껍질을 벗기거나 고구마 줄기와 총각무와 쪽파를 먹기 좋게 껍질을 벗기고 다듬느라 잠시도 쉴 틈이 없었다. 밥도 집에서 대충 싸온 거로 끼니를 때웠는데 그녀가 유일하게 손을 쉬는 순간은 윤주가 팔랑팔랑 뛰어올 때였다. 광자는 윤주가 하루에 열두 번을 찾아와도 얼굴 한번 찡그리지 않고 돈을 들려주었다. 윤주가 철이 들기 전까지 결핍을 몰랐다면 광자가 이런 식으로 원하는 것은 모두 해주려고 애썼기 때문이었다. 차츰 철이 들자 친구에게는 있는 부모의 부재에 대해 궁금했지만 할머니가 말해줄 때까지 기다리기로 했다. 뭔 대단한 이야기가 숨었을 것 같지 않았다. 아니 딱 한번 물어볼 뻔했다.

늦가을쯤이었다. 김별에게 이제 그만 만나자는 편지를 받은 날이었다. 그날 따라 바람이 많이 불었다. 시베리아기단에서 생성된 찬바람이 겨울을 앞당길 거라는 일기예보가 그의 마음을 대변하는 듯해 쓸쓸했다. 플라타너스 가로수에 매달린 손바닥만 한 잎사귀도 찬바람의 등쌀에 바닥에 우수수 떨어져 굴렁굴렁 굴러다녔다. 절교를 선언한 별의 얼굴로 보여 잎사귀를 좇아다니며 밟고 또 밟았다. 잎사귀는 윤주의 마음처럼 끝도 없어 그가 먼저 항복하고 말았다. 헤어지려는 이유가 궁금하다고 쪽지를 보내지 않았더라면 좋았겠는데 광자 말처럼 인생은 알 수 없는 일이라 묻고 말았다. 별은 윤주와 사귀는 게 창피하다고 쪽지를 보냈다. 이유를 물었지만 그건 말해줄 수 없다고 답장을 보내왔다. 윤주는 이쯤에서 그만두면 좋았겠지만 너무 화가 나 참을 수가 없었다. 그래서 쪽지를 한번 더 보냈다.

'너 나에게 시집올 생각이었나?'

그녀는 그 쪽지를 읽자마자 그걸 박박 찢어버리고는 책상에 엎드려 울었다. 당연히 윤주는 선생에게 불려가 야단을 맞았다. 초등학교 6학년밖에 되지 않은 녀석이 발랑 까졌다며 부모 없이 자란 아이답다고 비난했다. 윤주는 억울했다. 그건 숙제하는 것과는 차원이 다른 자기가 어찌해볼 수 없는 일이었으니까. 광자가 이야기해줄 때까지 기다릴 작정인데 더는 참을 수가 없었다. 오늘은 기필코 부모에 관해 물어보겠다고 다짐했다. 시장으로 나가지 않을 무렵이었다. 그날은 여러 모로 마음도 안 좋아 지나가는 말처럼 슬쩍 물어보고 싶었다. 밤 늦게 들어온 할머니가 끙끙 앓고 있는데 부모에 관한 말을 물어보기는 죄송했다. 시장이라는 데는 사람이 흘러넘치는 곳이라 농담처럼 쓱 던진 말이 가슴에 박히기도 전에 공중으로 흩어지기에는 안성맞춤 장소였다.

광자가 시장 입구에 있는 찻집으로 낯선 노인과 들어가고 있었다. 광자는 무슨 일이 있어도 좌판을 떠난 적이 없었다. 좌판에 물건이 없다면 몰라도 고들빼기가 산더미처럼 쌓여 있었다. 돌산갓도 그만

큼에 다듬다만 고들빼기 앞에는 티겁지가 양지녘의 무덤처럼 둥그렇게 쌓였다. 광자가 없는 좌판을 비록 가격은 모르지만 지켜야 할 듯했다. 가방을 내려놓고 쭈그리고 앉자 옆에 박 노파가 윤주를 쳐다보며 빙긋빙긋 웃었다.

"세상에나 이 바닥에서 몇 십 년을 나란히 앉아 장사해도 도통 아는 사람 한 명 찾아오지 않아 생판 혼자인 줄 알았더니만 저리 멀끔한 사내가 있었구먼. 윤주는 좋겠다. 아무래도 니 할배가 찾아온 것 같다. 니랑 판박인데 어찌 아니라고 할 수 있겠나."

윤주는 자기도 모르게 벌떡 일어났다. 궁금증이 한꺼번에 풀릴 듯했다. 그동안 어디 멀리 외국에서 살다가 이제야 찾아온 듯싶었다. 왜 이제 찾아왔냐고 따지고 싶었다. 광자는 마음이 약해 절대 그런 말을 할 리가 없었다. 무엇보다도 얼굴이 너무 보고 싶었다. 자기와 똑 닮았다는 말에 뭔가 찌르르 통했다. 그 와중에 옆에 있는 박 노파에게 좌판을 잘 봐달라는 부탁도 했다.

광자가 들어간 찻집으로 주춤주춤 다가갔다. 열 개의 계단을 내려가 출입문을 살그머니 열고 얼굴만 들이밀어 입구에 있는 카운터를 힐끗거렸다. 다행히 카운터에 아무도 없었다. 만약에 어린아이라고 막으면 할머니를 찾아왔다고 말하면 되겠지만 왠지 그러면 안 될 것 같았다. 카운터 구석에 서 있는 사각기둥 뒤에는 불빛이 닿지 않아 어둑어둑했다. 윤주의 작은 몸 하나 숨기기에는 딱 좋았다. 광자를 찾기 쉬웠다. 손님이 몇 테이블 앉아 있지 않았다. 광자 맞은편에는 하얀 두루마기에 중절모를 쓴 남자가 앉아 있었다. 주로 노인이 얘기하고 있고 광자는 고개를 숙인 채 이따금 손수건으로 눈물을 닦기만 했다. 윤주는 손수건이 있어 다행이란 생각이 들었다.

연분홍빛에 검은 대나무 그림이 그려진 손수건은 색이 바래 흔적만 겨우 남았다. 광자가 애지중지해서 한시라도 몸을 떠난 적이 없었던 그게 지금 아주 제대로 사용되고 있었다.

노인의 얼굴이 너무 멀어 잘 보이지 않았다. 말소리도 들리지 않았다. 하지만 윤주 눈에는 탁자를 가운데 두고 둘이 마주 보고 앉아 있는 그곳이 다른 곳과 빛이 달라보였다. 그들을 위해 특별한 조명이 설치된 듯 그곳만 빛이 환했다. 노인이 주머니에서 통장을 꺼내 광자에게 건넸다. 광자는 한사코 받지 않으려고 애썼다. 노인도 물러서지 않았다. 그것은 그네처럼 광자와 노인 앞으로 왔다갔다 했다. 노인이 벌떡 일어났다. 광자도 따라서 일어났다. 통장은 탁자 위에 그대로 있었다. 노인은 광자에게 몇 마디 더하고는 성큼성큼 출입문 쪽으로 다가왔다. 윤주가 불쑥 얼굴을 드러낸다면 지척이었다. 중절모에 반쯤 가려 얼굴이 잘 보이지 않았지만 하얀 얼굴빛이 시장 사람들과는 달라 보였다. 윤주는 그 와중에 은근히 자랑스러웠다. 풍기는 인상이 위풍당당한데다 고급스러워 보여 안도감이 들었다. 그 앞에 불쑥 나서고 싶은 마음 반이고 더 숨고 싶은 마음이 반이었다.

노인이 찻집 안을 찬찬히 둘러보자 얼른 기둥 뒤에 숨고 말았다. 꼭 윤주를 찾는 느낌이었다. 그런 느낌이 들자 이제는 절대로 그에게 얼굴을 보여주기 싫었다. 얼굴을 안 보여주는 게 윤주가 할 수 있는 복수라고 생각했다. 모습이 초라한 노인이었으면 이런 생각도 들지 않았을 테다. 어른들 세계가 말 못하게 복잡하다는 것쯤은 어렴풋이 알아 이해하기로 마음먹었지만 야속했다. 기둥 뒤에서 모서리를 돌자 뒷문으로 나가는 문이 있었다. 쪽문은 잠겨 있지 않았다. 뒷문을 열고 밖으로 나와 무작정 뛰었다. 숨이 턱턱 차올라 고꾸라질 지경이 되면 잠시 멈추었다가 또 뛰었다. 해가 지고 어둠이 몰려올 때까지 뛰고 또 뛰다가 광자가 돌아올 시간쯤에 집에 들어왔다.

여느 날과 마찬가지로 같은 시간에 들어온 광자에게서 전날과 다른 점은 없었다. 무슨 말인가를 해주길 기다렸던 윤주는 참지 못하고 낮에 누가 왔었냐고 물어봤다. 광자는 찾아오긴 누가 찾아왔겠냐고 시침을 뗐다. 윤주가 예상했던 대답이었다. 학교 끝나고 잠깐 시장에 들렀다고 하자 흠칫 놀란 듯 어깨를 떨었다. 하지만 광자답게 금방 평정을 찾았다. 윤주를 빤히 쳐다봤다. 파르스름한 형광등이 나갔다가 들어왔다가 하느라 껌벅거리자 눈을 한껏 찡그린 채 올려다보며 딴소리했다.

"내일은 꼭 다마를 사와야 할 틴데."

형광등 빛에 의해 광자의 얼굴빛도 새파랗게 변했다. 윤주도 마찬가지였다.

"다 큰 사나자슥이 머한다고 핼미를 찾아오냐 그 시간에 공부나 하지."

공부는 윤주에게 커다란 아킬레스건이었다. 뱀 대가리처럼 꼿꼿하게 날이 서 있다가도 공부 얘기만 나오면 늦가을에 서리 한번 맞은 고추섶처럼 풀썩 죽고 말았다.

"집으 알어보느라 징깐 어네 냉겨왔징. 니도 니 방이 있으면 좋제?"

"돈이 어데 있다고?"

"어린 아가 벨 극정으 다 하네야."

노인이 광자에게 건넨 통장이 언뜻 생각났다. 윤주는 광자에게 섭섭했다.

"난 방이 필요 없다."

"아이구 내 가아지가 입에 침도 발르지 않고 거짓뿔도 잘하네야. 운제까지 핼미 젖만 만지고 잘까나?"

"치, 내가 언제 할매 젖을 만졌다고."

윤주는 방 한 칸만 뚝 떨어지는 도깨비방망이를 상상했던 적이 한두 번이 아니었지만 지금은 그게 중요하지 않았다. 듣고 싶은 얘기는 하지 않고 공부만 열심히 하라고 했다. 공부만 잘하면 핼미가 대학까지 보내줄 테니까 아무 걱정하지 말라는 말만 했다. 광자는 윤주가 아직도 아이라고 생각하는 모양이지만 뒤를 밟은 거는 들키지 않은 거 같았다. 아니면 짐짓 모른 척하고 방이니 대학이니 하면서 당근만 막 뿌려대는지도 모르겠다. 광자 입에서 더는 무슨 이야기를 들을 수 없겠다는 결론을 내린 윤주는 눈을 꼭 감고 잠든 척했다.

광자는 집에 들어오면 언제나 끙끙 앓는 소리를 하면서 잠자리에 들기 바쁜데 그날은 서른 살이나 젊어진 것처럼 활기가 넘쳤고 소녀처럼 수다스러웠다. 껌벅거리는 형광등을 진작 꺼버리고 자리에 누웠지만 쉽게 잠이 들지 못하는 모양이었다. 공부만 잘하면 대학까지 보내줄 테니 아무 걱정하지 말고 공부만 잘하라는 말을 하고 또 했다. 윤주도 잠든 척 눈을 꼭 감고 있었지만 잠이 오지 않았다. 손바닥만 한 창으로 달이 들여다보고 있어 방이 환했다.

'이새 갈 방에도 달등거리가 잘 들어와야 할 틴데.'

광자가 나지막이 속삭였다.

광자가 불을 빨리 끄는 날은 달의 크기와 정비례했다.

윤주가 어린아이일 때부터 보름달이 쪽창으로 들어오는 날이면 다른 날과 달리 서둘러 불을 끄고 달을 쳐다봤다. 윤주는 컴컴한 방이 싫어 심술을 부리면 달빛이 형광등보다 더 좋은 빛이라며 토닥토닥 등을 두들겼다. 달이 이렇게 방안 가득 들어오는 집은 좋은 집이고 부자라고 했다. 광자의 말을 알아듣기 힘든 윤주는 달 때문에 방안이 컴컴한 게 싫었다. 달이 싫다고 떼를 쓰면 달이 들으면 섭섭해할 거라고 했다. 새벽 도매시장으로 채소를 떼러갈 때도 그걸 바라보며 힘을 받는다고 달은 이불이며 등불이라고 중얼거렸다. 가끔은 한숨이 섞였고 목소리도 촉촉했다. 어떤 날에는 목소리에 복숭아 냄새가 나면 윤주는 불안해 일부러 더 불을 켜라고 어깃장을 부렸다.

광자는 죽기 일주일 전까지 새벽 도매시장에 나가 채소를 떼어와 시장 귀퉁이 좌판에서 온종일 앉아 물건을 팔았다. 윤주는 어느새 대학생이 되었지만 광자가 날마다 밥보다 더 많이 삼키는 약의 정체를 알려고 하지 않았다. 두 칸짜리 방으로 이사하고 나자 광자의 앓는 소리를 듣지 않아 잊었다는 게 더 정확한 표현이었다.

같은 동네의 두 칸짜리 방을 전세로 구했을 때 한 가지 문제가 있었다. 광자 방이 햇볕 한 줌 들어오지 않는 골방이었다. 반대로 윤주

방은 커다란 창문에 남향이어서 온종일 해가 머물나가는 방이었다. 윤주는 광자 보고 방을 바꾸자고 했다. 달을 보지 못하는 방은 길 건너 살았던 한 칸짜리 방보다 나을 게 없었다. 광자는 질색팔색을 하면서 공부하는 학생이 햇살 좋은 방에 살아야 햇살의 좋은 기운을 받아 공부가 잘되는 법이라고 했다.

"달을 볼 수 없잖아."

윤주도 모르게 불뚝 소리를 지르고 말았다. 광자는 이런 윤주를 놀란 듯 물끄러미 바라보더니 희미하게 웃었다.

"우리 가아지 마이 컸네야."

"씨이 방을 바꾸자는데 딴말만 하고."

"핼미는 인제 달등거리 안 봐도 된다. 인제 우리 가아지 공부 망쿰해 대핵교까지 가는 그 보고 죽으면 더 원이 없솨."

"씨이 언제는 달 본다고 초저녁부터 불을 꺼놓고."

"인제는 그럴 필요가 없솨. 달등거리가 소원을 들어줬거든. 암매루."

윤주는 형광등 스위치를 찾기 위해 벽을 더듬었다. 그러고 보니 이 방에 들어와서 불 한번 켜본 적이 없었다. 출입문 가까운 벽을 더듬어 스위치를 찾아내 불을 켰다. 광자는 울고 있었다. 우는 모습도 처음 봐 윤주는 혼란스러웠다. 고등학교를 그만둔다는 게 광자에게 이렇게 큰 슬픔인 줄 미처 몰랐다. 슬쩍 한발 물러섰다. 공부에 흥미가 없어 큰일이지만 불쌍한 광자를 위해 못할 것도 없었다. 윤주는 광자에게 고등학교를 계속 다닐 뿐 아니라 대학교도 들어갈 수 있도록 공부도 하겠다는 다짐을 하고 말았다.

"거렁 칭구들과 그만 어불려 댕기라. 니는 갸들과 다른 특별한 아다."

광자가 가끔 윤주에게 하는 말이었다. 아주 가끔 윤주가 잊어버릴 만하면 가랑잎에 소나기 한번 후드득 지나가듯이 툭 해주고는 시침을 뗐다. 노인이 다녀간 후부터였다.

윤주는 그 말을 이해 못했다. 그 말을 들을 때마다 젖은 부적이 얼굴에 달라붙는 느낌이었다. 광자는 부적이 떨어질 만하면 귀신같이 알아채고 그 말을 해서 부적을 다시 붙이는 식이었다. 그렇다고 윤주가 그 부적 같은 말에 신경쓰지는 않았다. 특별하다면 친구보다 공부라도 잘하든가 아니면 집이 부자라든가 해야 할 텐데 모든 게 비슷했다. 가난은 비슷비슷하고 부자는 다르다는 말을 어느 책인가에서 읽었다.

머리는 가히 나쁘지 않았는지 사대문 안에 있는 대학에 무난히 들어가자 광자가 제일 좋아했다. 눈물을 펑펑 흘리며 울고 또 울었다. 광자의 눈물은 윤주를 위해 존재하는 느낌이 들었다. 하긴 광자의 모든 삶이 윤주를 빼고는 단 한 시간도 의미 없다는 걸 깨달은 지는 오래되었지만 눈물도 윤주를 위해서만 흘려 가슴이 먹먹했다. 그녀를 위해서라도 대학 생활을 열심히 해야겠다는 다짐이 저절로 들었다.

대학에서 김별을 다시 만났다. 초등학교 6학년 때 이별을 선언하고 땅끝마을로 이사를 가버리고는 처음이었다. 영춘화가 캠퍼스 가득 노랗게 필 무렵이었다. 윤주는 별을 한눈에 알아볼 수가 있었지만 그녀는 윤주를 알아보지 못하는 듯했다. 초등학교 때는 또래보다 작았던 키가 훌쩍 자랐고 얼굴도 잘생겨져서 못 알아본 모양이었다. 조금 섭섭하기도 했지만 상관이 없었다. 처음으로 대학에 들어오길 잘했다는 생각이 들었다. 때때로 분수에 어울리지 않는 대학 타령에 짜증이 났었는데 이제는 광자에게 큰절이라도 하고 싶은 심정이었다. 윤주는 별을 다시 만나는 순간 운명을 감지했다. 광자가 가끔 쓰는 단어였다. 뭔가가 일이 잘 풀리지 않을 때는 꼭 운명이란 단어를 썼다. 시장판에서 나이 구순 넘도록 푸성귀를 파는 노인의 말치고는 너무 철학적이어서 짐짓 못 들은 척했고 속으로 비웃기도 했더랬다.

그런데 운명이란 단어가 무슨 뜻인지 다시 별을 만나면서 깨닫게 되었다. 수많은 대학 중에서 하필이면 윤주와 같은 대학에다 거기다가 같은 국문과라는 게 운명이지 싶었다. 별은 윤주를 알아보고도 윤주의 마음을 모르는 듯 무심했다. 윤주는 처음부터 너무 많은 욕심을 내지 않기로 했다. 언젠가는 자기의 진심을 알아줄 거로 믿었다. 소금을 한 말이나 퍼먹은 당나귀처럼 목이 말랐고 아득했지만 방법이 없었다. 기다리는 유전자는 자기 몸에 피처럼 돌았다. 광자가 수십 년을 기다려 거산 얼굴 한번 보는 것을 지켜보며 자랐기 때문이다. 낙숫물에 바위가 뚫리듯 염원이 오래면 이루어질 거라는 믿음이 보태졌다.

2

광자가 시장에서 쓰러졌다.

그날 따라 광자의 퇴근이 늦었다. 온 방이 습기로 꿉꿉한 장마철이었다. 한 달 가까이 비가 내리자 집안이 온전한 데가 없었다. 특히 광자 방 천장에서 물이 뚝뚝 떨어져 커다란 곰솥을 그 아래 받쳐두었다. 빗물이 계량스푼으로 잰 듯 일정한 간격과 양으로 뚝뚝 떨어졌다. 대낮에도 형광등을 켜놓아야 하는 방에 물까지 떨어지자 빛 한 점 미치지 않는 깊은 굴속에 들어앉아 있는 기분이었다. 방 한쪽 구석에 한 칸짜리 싱크대와 가스버너와 세탁기 때문에 더 그런 느낌이 들었다. 땅보다 하늘이 더 가까울 것 같은 달동네 언덕배기에 살고 있으면서도 햇볕도 맘껏 받을 수 없는 게 아이러니했다.

온종일 떨어진 물방울이 커다란 곰솥에 가득 차올라 넘치기 일보 직전이었다. 천장에서 툭 떨어진 물방울은 도토리묵처럼 탄력이 있어서 냄비 바닥까지 닿았다가 튕겨오르는 듯했다. 윤주는 곰솥에 든 물을 옆에 서 있는 싱크대로 콸콸 버렸다. 광자가 보면 기겁할 일이었다. 방바닥에 튄 빗방울도 걸레로 닦았다. 걸레를 들고 욕실로 들어와서야 금방 버린 물이 생각났다. 광자를 이해하는 마음이 들자 윤주도 모르게 머리를 세차게 흔들었다. 광자도 비가 줄줄 새는데도 고쳐줄 생각은 하지 않고 집세만 올리려는 집주인도 마음에 들지 않았다. 오늘 따라 비도 억수로 내리는데 아직 들어오지 않아 부아가 슬쩍 치밀기도 했다. 문득 하나밖에 없는 손주라고 노래를 부르면서도 저녁 한번 제대로 얻어먹어본 적이 없다는 생각이 들어 쓸쓸했다. 십여 년 전에 두루마기 차림으로 광자를 찾아왔던 노인이 떠올랐지만 이내 고개를 흔들었다. 지금껏 광자는 노인의 얘기를 하지 않았고 윤주도 어느 순간부터 굳이 듣고 싶지도 않았다. 듣는다고 해서 달라질 게 없다고 결론내렸다. 오히려 노인으로 인해 두 칸짜리 방과 대학에 다닐 수 있는 것만으로 감사했다.

얼핏 잠이 들었다. 누군가가 문을 두드리는 소리에 잠이 퍼뜩 깼다. 습관적으로 시계를 확인했다. 밤 10시로 넘어가고 있었다. 광자는 그새 들어왔겠지 싶었다. 잠귀가 밝은 광자가 문 두들기는 소리를 무시한다고 생각이 들자 또 슬쩍 부아가 났다. 그즈음 윤주는 모든 게 화부터 났다. 성격조절장애라도 있는 걸까. 친구 말처럼 병원이라도 가봐야겠다는 생각이 들 정도로 감정조절이 쉽지 않았다. 샤머니즘에 관심이 많았던 김별이 바이칼 호수가 있는 러시아로 유학을 가겠다고 선언하고 난 후부터였다. 머리를 긁적거리며 광자 방문을 흘낏 쳐다보았다. 또 가슴이 쓸데없이 벌렁거렸다. 조금 전 잠들기 전부터 온 증상이었다. 다시 한번 광자 방문을 힐끗 쳐다보고 출입문을 열었다.

박 노파가 서 있었다. 광자보다 열 살은 아래라고 했지만 겉모습은 똑같이 참나무껍질 같은 얼굴에 허리가 굽었다. 얼굴만큼 쭈글쭈글한 손등에 열 손가락 모두 손톱무좀이 걸려 독수리 부리처럼 두툼했다. 노파는 다짜고짜 집 찾기가 얼마나 어려웠는지 모르겠다고 푸념했다. 윤주는 이런 노파의 얼굴을 멍하니 쳐다보았다. 노파도 윤주의 얼굴을 바라보았다. 윤주는 노파의 꼬막 같은 입술이 열리면서 나올 얘기가 제발 광자와 관계없는 말이길 바랐다.

"니 할매 안 들어왔지?"

노파가 다짜고짜 윤주를 쏘아보면서 물었다. 다 안다는 말투였지만 어른이 묻는데 대답을 안 할 수가 없었다. 그것도 솔직하게 대답해야겠다는 생각이 들었다. 이제 심장은 빠르게 벌떡벌떡 뛰다 못해 몸 밖으로 튀어나올 기세였다.

“지금은 모르겠네요. 조금 전까지는 안 들어오셨는데 고만 깜빡 잠이 들어서요.”

말해놓고도 조금 부끄러웠다. 차라리 거짓말이 더 모양새는 좋아 보였다.

“니는 할매가 들어오지 않았는데도 디벼 잠이 오나. 니 할매가 니를 어찌 키웠는데.”

윤주가 제일 듣기 싫어하는 레퍼토리였다. 이 말 뒤에는 꼭 공부 열심히 해서 효도하라는 소리가 지게의 끈처럼 따라왔다. 그런데 노파는 급한 모양이었다.

“니 할매가 지금 병원에 있다.”

영특한 심장은 이 말을 듣기 위해 이렇게 벌떡거린 모양이었다.

“할매가요? 왜요? 언제요? 지금 어디 병원에 있어요?”

“야이야, 한 개씩 물어봐라. 늙은 할매 숨차서 대답도 온전히 못하겠다.”

윤주가 놀란 얼굴로 한꺼번에 득달같이 물어보자 노파의 노기띤 얼굴도 조금 가시는 듯했다.

“낮에 갑자기 짚단맹키로 쓰러졌다. 점심 먹은 게 체했는지 자꾸 가슴이 답답하다며 약도 지어먹고 했는데, 내가 얼마나 식겁했는지 아직도 가슴이 벌렁벌렁하데이. 어물전 양반이 그 뭐시나 119에 신고해서 그 뭐시나 파란 불을 달고 온 차가 올 동안 놀란 거를 생각하면 기가 다 맥힌다. 장터에서 큰길 건너면 바로 나오는 병원에 데리고 가뿔다. 목구멍이 포도청이라고 가지고 나온 풀떼기 다 팔고서야 병원에 가봤다. 그새 저녁때가 되었지, 정신이 돌아온 것 같아 얼매나 반가웠던지. 한참 손을 잡고 울다가 정신이 퍼뜩 나서 손자에게 연락하게 전화번호를 가르쳐달라고 안 했나. 그런데 니 할매가 손자 놀라면 안 되니 연락하지 말라고 하데. 병원에서 주사 한 대 다 맞으면 나갈 텐데 뭐 땀시 공부하는 애 공부도 못하게 놀래키냐고 하길래 그 말도 맞아 그러마하고 말았지. 그래도 암만 생각해도 이건 아니지 싶어 시장으로 돌아와 집 수소문을 했다. 세상에나 나도 마찬가지지만 집을 알고 있는 사람이 그렇게 없었다니 말이 되나 몰라. 수십 년을 한자리에 앉아 장사했으면서도 누구에게 속마음을 열지 않았으니 당연하재. 내가 집을 어떻게 찾았는지 아냐?"

윤주는 더는 노파의 말이 끝나길 기다릴 수가 없어 집을 나섰다. 노파는 아직 할 말이 남아 있는지 윤주 뒤를 줄레줄레 따라오면서 계속 말을 했다. 윤주 마음 같으면 한달음에 달려 내려갈 수 있는 길을 노파의 말을 듣느라 걸음을 늦추었다. 노파의 숨이 검은 하늘에 치달을 듯해 걱정스러웠지만 아랑곳없이 계속 말을 했다. 이 많은 말을 지금껏 담고 있느라 힘들었을 듯싶었다. 대꾸라도 해주면 숨 쉴 시간이 있을 듯해 윤주는 궁금하지 않았지만 물어봤다.

"어떻게 알았는데요?"

"엉? 뭘?"

노파가 딴말을 하니 기가 막혔다.

"우리 집을 어떻게 알았느냐고요."

"엉, 내 정신 좀 보래이. 그걸 얘기하려던 참이었지."

"그 뭐시나 하면 어물전 양반이 알고 있더구먼."

어물전이라면 광자가 난전을 펼친 곳에서 마주 보고 있는 수산상회였다. 가게 밖으로 생선매대가 펼쳐져 여름날에는 파리가 들끓어 광자 푸성귀에도 파리 떼가 날아와 쫓아내는 게 일이었다. 비린내는 또 얼마나 고약한지 머리가 지끈거릴 지경이었다. 광자 몸에 늘 비릿한 냄새가 나자 윤주는 자리를 옮기자고 졸랐다. 그럴 때마다 광자는 철없는 소리 하지 말라고 했다. 어물전 손님이 곧 우리 손님이라 이 노른자 땅을 서로 차지하려고 다들 눈에 불을 켜고 있다고 누가 들을세라 속삭였다. 윤주가 못 알아듣는 눈치이자 쯧쯧 혀를 차면서 사람이 밥상에 생선 꽁다리만 올려놓고는 밥을 먹을 수가 없지. 김치도 먹어야 하고, 시금치나 냉이된장국을 끓여야 하고, 나물도 한 가지 올리자면 마늘도 있어야 하는데, 그게 다 여기서 해결된다면서 땅바닥을 툭툭 쳤다.

광자는 잠이 들어 있었다. 꼭 오랜만에 두 다리 쭉 뻗고 자는 듯 보였다. 표정도 편안해 윤주는 안도의 한숨이 나왔다. 병원까지 따라온 노파도 이런 광자의 모습이 안심되었다.

"이제 고만 집에 들어가야겠다. 내일 새벽시장에 나가 물건을 뗄 때 니 할매 꺼도 떼와야 하는지 모르겠네."

"이왕 병원에 들어온 김에 여러 가지 검사도 해보고 푹 쉬게 하고 싶네요."

"하모, 고집이 쇠심줄보다 더 질긴 니 할매가 말을 안 들으려고 하겠지만 니가 쎄워서라도 좀 쉬게 해라. 대학생 손자 유세를 그리했는데 이럴 때 써먹지 언제 써먹겠나."

노파는 당부인지 혼잣말인지 중얼거리며 병원을 나섰다. 자정이 가까워져 오는 시간인데 언제 한숨 자고 새벽시장에 다녀올지 윤주는 걱정이 되어 노파의 굽은 등을 한참 바라보았다.

3

광자는 거산이 모자를 찾는 일은 식은 죽 먹기보다 더 쉬울 거로 생각했다. 그래서 고달픈 나날 가운데도 날마다 태도를 흩트리지 않고 살았다. 지금은 붙박이자리가 되었지만 처음 몇 년 동안은 툭하면 쫓겨났다. 푸성귀가 잔뜩 담긴 고무대야를 덜렁 들어 아무 곳에다 던지면 신선해야 할 채소가 만신창이로 짓물러졌다. 등 뒤에 업혀 있던 희수가 놀라 울음보가 터지면 따라 울고 싶었다. 그래도 그 자리를 떠날 수가 없었다. 어떤 날은 거산이 멀찍이 서서 지켜보는 것만 같았다.

희수가 어렸을 때부터 아버지 비슷한 것도 입에 올리지 않아 마음이 짠했다. 스무 살이 되자마자 달 같은 배를 안고 온 여자와 결혼한다고 했을 때도 싫은 소리 한번 할 수 없는 것도 이런 이유 때문이었다. 어쩜 죽을 팔자라 서둘렀던 모양이었다. 오토바이 사고로 죽었다. 치킨집에서 배달 알바를 다녔는데 그날 비가 억수같이 쏟아진 날이었다. 비 오는 날에는 푸성귀도 잘 팔리지 않아 늦도록 좌판에서 일어설 수가 없었다. 박 노파는 삭신이 쑤신다며 일찍 집에 갔지만 떨이해서라도 팔아야겠다는 마음에 고무대야를 안고 오가는 사람을 쳐다보고 있었다.

경찰 두 명이 광자 곁으로 다가오자 가슴이 콩콩 뛰었다. 경찰만 보면 자연스럽게 일어나는 증상이었다. 대부분 불법 좌판을 단속하기 위해 왔기 때문이다. 그들이 보이면 알아서 고무대야를 들고 자리를 피했다가 그들이 가고 나면 다시 돌아와 쭈그리고 앉아서 팔았다. 그런데 그날은 고무대야를 들고 일어설 힘이 없었다. 가슴이 너무 벌렁거렸다. 대부분의 가게가 문을 닫아 시장이 빛을 잃어 어둑어둑한데 단속이라니 이상하기도 했다. 경찰은 대뜸 희수가 지금 병원에 있다고 했다. 오토바이 사고가 났단다.

광자는 제일 먼저 누가 잘못했는지 물었다. 만약에 희수가 잘못했다면 사고 보상금 생각만 해도 아찔했다. 경찰은 희수가 피해자라고 했다. 헬멧을 쓰지 않아 문제라고 했다. 그제야 병원이 어디냐고 물었다. 길 건너에 있는 병원이라고 했다. 열무 세 단과 애호박 다섯 개가 든 대야를 들고 일어서자 경찰관이 물건은 경찰서에서 잘 보관해줄 테니 병원에 가보라고 했다. 광자는 그 와중에 고맙다고 인사를 하면서도 차마 희수의 상태를 물어볼 수가 없었다. 나이 지긋한 경찰 한 명에 희수 또래의 어린 경찰의 얼굴이 침울해 더 그랬다.

시장 입구를 나서면 곧바로 4차선 도로가 나왔다. 바로 앞에 있는 횡단보도를 건너면 곧바로 병원이었나. 병원 불빛이 그날 따라 흐릿하게 보였다. 신호를 기다리고 있는데 길 한복판에 사람이 누워 있는 듯한 선이 하얗게 칠해져 있었다. 하얀 선 주위에는 핏자국인지 기름인지 물인지 흥건했다. 그 옆에는 경찰차 두 대가 경광등을 번쩍이면서 서 있었고 경찰관 서너 명이 뭔가를 적으면서 서성거렸다. 광자는 오른쪽에 서 있는 나이 든 경찰관을 흘낏 쳐다보았다. 경찰관이 광자의 시선을 슬며시 피하며 길을 건넜다. 때마침 신호등이 바뀐 것에 안도하는 표정이었다. 광자의 걸음은 자꾸 휘청거렸다. 희수 또래의 경찰관이 부축하려고 하자 손을 저었다. 희수는 하얀 천을 뒤집어쓰고 누워 있었다. 그 자리에서 즉사했다. 광자가 날마다 앉아 있는 좌판에서 불과 100미터밖에 되지 않는 거리였다.

화장해 뼛가루를 뿌리고 싶은 곳은 딱 한 곳 굴물밖에 없었다. 하지만 그곳은 광자가 살아서는 갈 수가 없는 곳이었다. 윤주를 생각하면 납골당이라도 마련하고 싶었지만 그것 또한 부질없어 보였다. 사기로 된 유골함보다도 그 옆에 놓일 주름 한 가닥 없는 탱탱한 사진이 너무 잔인했다. 대신 며느리에게 다 주었다. 사고 보험금이고 납골당 비용이고 결혼시키면서 광자의 전 재산을 탈탈 털어 얻어준 작은 아파트까지 다 주었다. 희수와 동갑내기인 며느리는 병원에 다녀오겠다며 잠깐만 윤주를 봐달라고 시장바닥에 내려놓고는 다시 오지 않았다. 윤주 빼고 모든 것을 탈탈 터는 데 반 년이 걸리지 않았다.

희수를 업고 처음 서울로 올라왔을 때처럼 다시 빈털터리가 된 광자는 윤주를 데리고 가지 않은 며느리가 고마웠다. 윤주까지 데리고 갔다면 광자는 살아낼 자신이 없었다. 윤주가 무럭무럭 자랐고 광자 또한 나이에 비해 건강해 금방 일어설 자신도 있었다. 희수를 닮아 공부에는 별 취미가 없어 보였는데 머리는 영민해 다행이었다. 제법 사내 꼴이 잡혀가자 과부 땡빚을 내서라도 방 두 칸짜리로 이사를 해야겠다고 마음먹었지만 쉽지 않았다. 근처에 생긴 대형 마트 때문에 장사가 전처럼 잘 되지도 않는 데다 나이도 점점 많아져 자신감도 자꾸 떨어졌다.

그즈음에 거산이 광자 앞에 나타났다. 대뜸 차를 한 잔 마시자고 했다. 꼭 몇 년 어디 기도처에 갔다가 돌아온 듯한 말투였다. 광자도 마찬가지로 어색하지 않아 선뜻 따라나섰다. 박 노파에게 요령껏 눈짓했다. 노파의 눈동자는 호기심으로 번들번들했다. 안 그래도 심심하던 차였다. 오후 세 시는 하루 중에 손님이 가장 없는 어정쩡한 시간이었다. 늦가을답게 시장 안에도 마른 낙엽 몇 개가 굴러다녔다.

그날 찻집에서 거산이 통장을 내려놓고 갔다. 광자가 부득불 안 받겠다고 뻗대었다. 혼자서도 얼마든지 손주를 잘 키울 수 있다고 호언장담했다.

"그 아이는 보통 아이가 아니라는 걸 잊었나?"

거산의 목소리뿐 아니라 눈매도 날카로워졌다. 광자는 까닭 없이 가슴이 쿵쿵 울렸다. 조금 전까지는 거산을 만난 반가운 마음에 가슴이 울렁거렸다면 지금은 어느 순간 그 말을 잊어버리고 살아왔었다.

"그 아를 잃어버렸잖소."

"무슨 소리? 지금 자네가 키우는 아이가 바로 그 아이니라."

"야?"

광자는 말꼬리를 흐렸다. 거산의 말이 알 듯 말 듯했다.

"큰돈은 아니지만 지금 가장 필요한 방 두 칸짜리를 얻어 아이에게 한 칸 주고 대학까지 가르칠 수 있을끼다."

거산의 목소리가 다시 부드러워졌다. 광자는 더욱 가슴이 후당당거렸다. 대학은 텔레비전에 나오는 부모 잘 만난 사람들이나 다닐 거로 생각했다. 희수가 고등학교 다닐 때 딱 한번 대학에 관한 말을 한 적이 있었다. 광자는 두 번도 생각하지 않고 주제 파악하라고 야단을 쳤다. 그 이후로 희수는 두 번 다시 대학에 관한 이야기를 하지 않았더랬다.

탁자 위에 있는 통장을 받으면 방 두 칸짜리 집은 물론 윤주를 대학까지 보낼 수 있다는 말에 희수가 생각났다. 너무 일찍 철이 들어 뭘 원해본 적이 없던 속 깊은 아이가 얼마나 대학에 가고 싶었으면 그런 말을 했을까 싶어 가슴이 찢어졌다. 그렇지만 오랜만에 만나자마자 돈을 덥석 받기가 면목이 없었다. 집을 뛰쳐나올 때 잘 키우겠다는 일념이 넘치고도 넘쳤는데 그 아이를 여의어 거산 얼굴을 볼 면목이 없었다. 더군다나 얼떨결에 들고나왔던 책도 분실했다. 지금이라도 그걸 내놓으라고 할까봐 내심 조마조마했다.

"그 아이를 잘 키우시게."

거산은 이쯤 하면 광자가 알아들었다고 생각되었는지 벌떡 일어났다.

"책도 잃어버렸잖소."

광자는 눈을 질끈 감았다.

"괘않다. 임자 찾아갔을끼다."

의외로 거산의 대답이 말끔해 그동안의 걱정은 봄눈 녹듯이 사라져버렸다. 그제야 온전히 제정신으로 돌아온 광자는 어쩌면 이게 거산과 마지막인 듯싶었다. 그래서 용기를 냈다.

"어데 가서 뜨신 국물 한술 뜨고 가소."

거산은 광자의 얼굴을 물끄러미 바라봤다. 표정이 꽤 복잡해서 밥을 먹자고 말한 광자가 뭘 잘못했나 싶었다. 그래도 내친 김이었다. 얼마나 오랜 세월을 그리워하면서 살았는데. 광자에겐 거산만이 남자였다. 박봉달과 산 세월이 훨씬 길었지만 이상하게도 지우개로 싹 지운 것처럼 그에 대한 기억은 별로 없었다.

"날도 저물어 다 지냑땐데."

"아이다. 해 떨어지기 전에 가봐야지. 탱자나무 울타리를 나오니 좋더냐?"

"마지막인 줄 우터 알겠소."

광자는 황급히 딴말을 했다. 거산이 얼굴을 찬찬히 바라보자 얼른 고개를 돌렸다. 눈빛은 늙지도 않았는지 여전히 형형했다. 한때 저 눈빛에 불타버렸으면 좋겠다는 생각을 많이 했었다. 뭐 지금도 그럴 수 있다면 기꺼이 그러고 싶은 눈빛이었다. 다른 한편으로는 폭삭 늙은 모습을 보여주는 게 부끄러웠다. 거산만이라도 한때 광자의 젊고 어여쁜 모습을 기억해주었으면 좋겠다. 광자 자신도 그 시절에 일어난 일을 믿을 수가 없어 꿈속인 듯 여겼다. 희수를 얻기 위해서고 윤주를 얻기 위한 과정이라고 짐작할 뿐이었다. 존재는 하나 존재하지 않는 현상이었다.

“내 원망 많이 했제?”

“부인은 잘 계시니껴?”

광자도 모르게 거산의 말투로 바뀌었다. 오랜 세월 그리워했던 결과였다.

“그 사람이 말썽꾸러기였지. 뭐 다 내 탓이다. 내가 부린 욕심 때문이었지. 자네 고모 부부처럼 그 세계가 또 한번 뒤바뀔 뻔했다. 지금쯤은 자네 고모에게 많이 혼나고 있을 끼다.”

“그럼, 부인도 그쪽 세계로 갈 수 있는 사람이니껴?”

“그 사람은 그럴 수 있는 팔자가 못되는 사람이었지. 그쪽도 핏줄에는 약한지 그 사람의 시아버지가 애를 썼느니라. 며느리 사랑은 시아버지라는 말이 그쪽에서 먼저 나온 말이다.”

이쯤 하면 거산은 입을 닫고도 남을 시간이었는데 그날은 이상했다. 거산답지 않게 말을 많이 했다. 광자가 뭘 물어본다면 모두 대답해줄 것 같은 느낌이 또 들었다. 한때는 감당할 수 없는 말을 들을까 두려워 뒷걸음질쳤는데 이제는 두려울 게 없는 나이가 되었다. 하지만 무얼 물어볼까. 여전히 이해할 수 없는 말만 하는 거산을 물끄러미 쳐다보기만 했다.

“희수가 있어 견딜 만했니더.”

“자네가 신선이다. 하긴 누구 조카인데. 윤주가 잘 풀어줄 끼다. 얼마 안 남았다.”

광자의 대답은 들을 필요도 없다는 듯 도포 자락을 펄럭이며 찻집 문을 열고 나섰다. 광자는 그가 찻집 문 앞에 우두커니 서 있다가 마침내 문을 열고 나가자 의자에 털썩 주저앉았다. 윤주 이름을 어찌 알았을까. 하긴 모를 수가 없을 거라는 생각이 들었다. 거산은 자기가 불리하면 아이들 이름을 들먹거렸다. 희수 이름을 들먹이다가 이제 윤주 이름을 들먹이면서 광자 입을 막았다. 광자도 이들 이름만 나오면 제초제 만난 풀처럼 시들시들 말라갔다. 그때 퍼뜩 떠오른 생각에 이내 머리를 흔들었다. 지금껏 까마득히 잊고 살아왔던 게 신기할 지경이었다. 이 또한 아직 질긴 인연이 끊어지지 않았다는 뜻일까. 그녀는 재차 머리를 흔들었다. 생각하고 싶지도 않았다. 윤주까지 그렇게 되는 걸 두고 보지 않을 것이다. 생각이 거기에 미치자 광자는 눈물을 소매로 쓱쓱 닫고는 씩씩하게 찻집 문을 밀고 나왔다.

4

광자는 병원에서 하룻밤 지내는 게 못내 못마땅했지만 윤주를 눈앞에 두고 바라볼 수 있자 그런 기분이 슬그머니 사라졌다. 이런 기회가 아니었다면 윤주의 머리카락을 이렇게 쓰다듬어볼 수가 있었을까. 마주 앉아 밥 먹어본 적이 언제인지 기억나지 않을 지경이었다. 잠을 깨울까봐 살금살금 쓰다듬으면서 만감이 교차했다. 언제나 물가에 세워둔 아이처럼 불안했고 미안해서 아이 앞에만 서면 죄인이 된 듯해 똑바로 보지 못했다. 아이도 희수를 닮아 속이 깊어 한번도 부모에 관한 말은 입에 올리지 않아 기특하면서도 그게 한없이 애잔했다. 또 이 아이가 없었다면 희수가 잘못되었을 때 따라갔을 것이니.

반면에 사는 게 고달플 때면 아이가 때로 원망스러웠다. 아이로 인해 죽지도 못하는 팔자에 기가 막혔다. 낮에 뭐하고 다니느라고 이렇게 매만져도 잠에서 깨지 못할까. 하긴 대학 공부가 어디 쉬운가. 고등학교를 중도에 그만두겠다는 말에 공부는 아예 취미가 없어 보여 얼마나 마음 졸였는지. 거산 판박이 얼굴을 쳐다보고 있으면 거산인 듯 아닌 듯했었다. 깨어나면 보낼 생각이었다. 그때 윤주가 눈을 뜨고 두리번거렸다. 침대에 누워 있는 광자를 보고는 곧 울 것 같았다. 겁을 잔뜩 집어먹은 얼굴이었다. 그의 얼굴 표정으로는 광자가 곧 죽을 것만 같았다. 광자는 일부러 조금 크게 웃으면서 윤주를 안심시켰다. 병실 안이 어두워 세세한 표정을 읽을 수 없을 것 같아 목소리를 더 키웠더랬다.

"핼미는 갠찮다. 갠시리 이리 시겁으 뚤미 병원비만 나가게 생겨 우타하나. 날 패자마자 퇴원할 거니 우리 가아지는 고마 집에 들어가라. 펜하게 자야 내일 핵교 가 공부하는데 지장이 없쇄."

윤주는 광자 말에 조금 안심이 되었다. 자기도 모르게 깜박 잠이 들어 죄송했는데 그런 마음마저 슬며시 내려놓을 지경이었다. 그래도 확인은 필요했다.

"할매, 정말 괘않나?"

"하모, 핼미는 건강 한나는 팔자로 타고났다는 거 우리 가아지도 잘 알제. 괜히 다 큰 사내자슥이 병실에 이레 있으면 다른 사람들이 불편하다. 여긴 여자들만 있는 병실이데이."

"여자 병실에 보호자는 남자들일 텐데."

"아이구야. 남자가 우째 간호를 하겠노. 환자들이 속이 터져 없던 병도 더 생길 텐데. 하모."

윤주는 광자의 말에 그제야 피식 웃었다. 목소리도 쌩쌩했고 체머리를 흔들 때 동작도 컸다. 작은 창으로 들어오는 불빛에 그림자가 만들어져 더 크고 더 깊었다. 윤주는 광자가 자꾸 일어서라고 채근하자 못이기는 척 엉거주춤 일어섰다. 내일 아침에 일찍 오겠다고 하자 광자는 그럴 필요가 없다고 손사래를 쳤다. 학교에 늦지 않도록 일찍 일어나서 밥해 먹고 연탄불 가리고 학교에 가라고 했다. 핼미는 퇴원하자마자 곧바로 시장에 갈 테니 저녁에 보자고 했다. 윤주는 미적거렸다. 박 노파에게 물건을 부탁하지 않았다는 말을 해야 할 텐데 틈을 주지 않았다. 빈 대야만 바라보고 있지는 않을 테고 또 어제 못다 판 물건이 있을 거라는 짐작이 갔다.

윤주가 어렸을 때는 광자가 끌고 가는 리어카를 뒤에서 곧잘 밀고 다녔다. 채소가 산더미처럼 실린 리어카였다. 앞에서 끌고 가는 광자가 보이지 않아 꼭 푸른 배추와 열무와 무만 돌돌 움직이는 느낌이었다. 그것들은 대부분 사이가 좋았지만 때로는 싸울 때도 있었다. 어쩌면 무료한 참에 밀어내기를 하는지 덩치가 제일 큰 배추가 리어카 밖으로 튕겨나와 돌돌 굴러갔다. 윤주는 배추 뒤를 따라 돌돌 뛰어갔다.

평소에 리어카를 미는 일이 근사할 것도 없었지만 그리 창피하다고도 생각하지 않았다. 리어카를 끌고 언덕을 올라가는 것보다 언덕을 내려가는 게 더 힘들었다. 리어카 속도에 탄력을 받지 못하게 뒤에서 잡아주어야 했다. 리어카에 채소가 한가득 쌓여 있을 때는 김장철이었다. 물건도 많이 떼야 했기에 아무래도 그날 다 팔리지 않으면 리어카에 가득 싣고 집으로 올 수밖에 없었다. 그런 날은 윤주가 알아서 어슬렁어슬렁 시장에 나타났다. 광자는 리어카 가득 배추며 무와 파 등을 실어놓고 눈 빠지게 기다려놓고도 윤주가 팔랑팔랑 나타나면 언제나 딴말했다.

"아이구야 심든데 왜서 왔나. 핼미가 혼처 잘 끌 수 있는데."

다음날 이른 아침에 장터까지 리어카를 밀어주고 학교에 가는 일도 당연하다는 듯했다. 산동네 아이들은 모두 부모의 직업 종류에 따라 내용물만 다를 뿐 다 윤주처럼 살았다.

그날 배추를 주운 아이는 김별이었다. 반에서 얼굴이 가장 희어서 백설공주라고 불렸다. 별명답게 옷도 공주처럼 예쁘게 입고 다녔다. 하얀 레이스가 목과 소매에 뽀글뽀글 달린 원피스에 종아리까지 올라오는 검은 부츠를 신고 배추 한 포기를 안고 있었다. 붉은 원피스 차림의 그녀와 푸른 배추는 잘 어울렸다. 언덕 아래로 굴러가면서 수난을 당할 대로 당해 군데군데 멍이 들었고 이파리가 뜯겨나갔지만 가을배추답게 몸통이 컸다. 그녀보다 배추가 더 커 보였다. 그녀도 배추가 무거운지 낑낑거리며 윤주가 얼른 받길 바랐다. 소맷부리에 뽀글뽀글 달린 레이스에 푸르딩딩한 배추물이 밴 게 눈에 들어왔다. 윤주는 손을 내밀어 배추를 받지 못했다. 마음 같으면 확 빼앗아 땅

바닥에 냉동이치고 싶었다. 모른 척하고 지났으면 얼마나 좋았을까. 누가 반장 아니랄까봐 주제넘게 참견하는 꼬락서니에 화도 났다. 광자가 대신 그 배추를 받았다.

"아이구 야이야. 정신을 어데 두고 그리 띠리하나. 얼릉 받지 않고. 아이구야 고만 입성을 베려 우떠하나."

광자가 꼭 주인집 여자 대하듯 절절매자 윤주는 더 끔찍스러웠다.

"옷은 빨면 되지요. 걱정하지 마세요. 저는 윤주 친구고요 이름은 김별이라고 합니다."

"아이구야 우리 가아지에게 이렇게 이쁜 칭구가 있었구먼. 마음절도 비단절이구 똘망똘망해 누기 집 메누리가 될런지 그 집은 복받았데야."

광자는 함박웃음을 터뜨리며 별을 찬찬히 뜯어봤다. 이 동네 사람이 아닌데 아침부터 여긴 무슨 볼일로 왔느냐며 묻지 않아도 상관없는 것까지 물어보았다. 윤주는 더는 그 자리에 서 있고 싶지 않았다. 마음 같으면 리어카고 뭐고 다 팽개친 채 달아나고 싶었지만 꾹꾹 참고 직접 끌고 언덕배기로 내려갔다. 뒤에서 잡아주지 않아 리어카는 탄력을 받아 윤주보다 더 앞서 내리달리려고 해 발걸음도 덩달아 빨라졌다.

"야이야 숬거라. 그러다 클난다. 야이야."

광자는 한 손에는 배추를 부둥켜안고 다른 손으로는 휘저으며 윤주 뒤를 따라 내리달렸다. 광자의 발걸음도 윤주처럼 탄력이 붙었지만 따라잡지 못했다. 그날 이후로 윤주는 광자 리어카 근처에는 얼씬도 하시 않았고 시장에도 나타나지 않았다.

광자는 윤주를 쫓다시피 내보내고 나서도 잠이 오지 않았다. 그동안 애써 잊고 살았는데 역시 몸이 편하니 잡생각이 나는구나 싶었다. 날 새자마자 퇴원시켜달라고 할 작정이었다. 버티컬이 드리워진 창문을 바라보고 또 바라봐도 날 샐 기미가 보이지 않아 조급증이 일어났다. 윤주 말대로 핑곗김에 검사라도 받아볼 마음이 잠깐 들었지만 이내 고개를 흔들었다. 병원비도 아까웠고 병원이 싫었다. 조금도 머물고 싶지 않을 정도로 나쁜 기운이 자길 휘감는 듯한 느낌을 떨칠 수가 없었다. 더군다나 뱃속 어디쯤에서 자주 신호를 보내는 실체가 발각될까 두려웠다. 그놈은 오랜 세월 동안 광자와 함께 살아서 한몸이나 마찬가지였다.

버티컬 사이로 푸르스름한 기운이 보이자 벌떡 일어나 화장실에 가 세수했다. 거울 속에 비친 자기의 얼굴을 물끄러미 바라보면서 못난 게 늙기도 많이 늙었구나 싶었다. 환자복을 벗어 잘 개켜놓고는 침대에 우두커니 앉아 있었다. 간호사가 병실 문을 드르륵 열고 들어오면서 불을 켜자 속이 시원했다. 둘둘 굴러가는 소리와 함께 음식 냄새가 솔솔 풍겼다. 그녀는 곧 퇴원하더라도 주는 밥은 먹어야겠다는 생각이 들었다. 분명 밥값까지 계산할 텐데 안 먹으면 손해가 막심할 테니까. 밥심이 없으면 목청껏 손님을 부르지도 못했다. 그녀는 자기 생각에 취해 머리를 끄덕이며 눈치껏 옆 침대 환자처럼 침대 옆에 달린 밥상을 더듬더듬 폈다.

간호사는 침대 발치에 걸린 이름표를 확인하면서 식판을 건넸다. 광자 자리가 문에서 가장 가까운 자리인데 그녀를 건너 배식해 슬그머니 부아가 났다. 옆에서 밥 뚜껑을 열고 반찬 뚜껑을 여느라 달그락거렸다. 음식 냄새로 배가 고팠다. 그동안 식당 밥 한번 먹으면 큰일이라도 나는 줄 알고 살았더랬다. 자기 손이 아닌 남이 해준 밥은 처음이어서 꼭 대접받는 느낌이 들었다. 간호사는 그녀를 지나쳐 문을 열고 나갔다. 광자가 어리둥절해하자 옆에서 환자의 식사 수발을 들던 간병인이 침대 발치를 흘끗 보더니 할머니는 금식이네요, 했다. 광자는 벌떡 일어나 침대 발치로 걸어가 쪽지를 봤지만, 까막눈이라 읽을 길이 없어 문을 드르륵 열고 나갔다.

간호사에게 다짜고짜 퇴원시켜달라고 소리를 질렀다. 광자는 자기가 불리하면 먼저 소리를 질러댔다. 그 옛날 옥화가 그녀를 찾아왔을 때도 뭔지는 모르겠지만 구석에 몰렸다는 생각에 소리를 버럭버럭 지르며 그녀를 쫓아냈다. 이런 성격을 발휘하지 않고 조신하게 지냈던 시절은 거산과 살았던 그 시절이 전부였다. 서울에 와서도 몇십 년을 그리 살았던 이유도 거산이 언젠가는 그녀를 찾아오리라는 기대 때문이었다. 그런데 거산이 어느 날 도깨비처럼 나타났고 그리고 몇 년 후부터는 원래 성격으로 차츰 돌아오게 되었다. 거산이 이 세상 사람이 아니라는 생각이 들고부터였다.

꿈속에서 거산이 보인 날은 그날이 처음이었다. 거산은 광자를 찾아온 바로 그 모습으로 꿈속으로 찾아왔다. 그동안 잘 있었냐고 물었지만 찻집에서처럼 부끄러워 고개를 들지 못했다. 광자의 말을 기다리는지 한참을 가만히 서 있었다. 광자가 어디 앉을 곳을 찾아 두리번거렸다. 멀리서 왔을 테니 다리가 아플 듯했다. 다리라도 편히 쉬게 하고 싶어 아무리 주위를 둘러봐도 마땅치 않아 마음이 안개처럼 아득했다. 거산 주위에는 안개가 빽빽해 꼭 거산이 안개를 피워대는 것만 같았다. 광자의 이런 마음을 짐작하는지 괘의치 말라고 했다. 곧 가야 한다며 잘 있으라고 했다. 말을 마치자 조금도 지체하지 않고 돌아서 허적허적 가버렸다.

"고모님은 언제 만나게 해줄 생각이니껴?"

광자도 모르게 대뜸 소리를 질렀다. 거산은 놀랐는지 가던 걸음을 뚝 멈추었다. 다시 광자 앞으로 다가와 눈을 쳐다봤다.

"잊지 않고 있었노?"

"그걸 어찌 잊을 수가 있겠니껴."

"잘못했다. 자네 발로 이쪽으로 다시 걸어나왔으면 그것도 내려놓고 나올 일이지. 무엇 때문에 지금껏 품고 있었노?"

"오래 전부터 기다리고 있었니더."

"산신령님을 만나는 일은 마음이 문제라고 했을 텐데. 준비는 되었나?"

"그것보다는 아직도 고모님이 기다리고 있을지 모르겠니더."

"산신령님은 천 년을 하루처럼 살아 마음이 변하고 할 틈도 없다. 괜히 잘 알지도 못하는 이쪽 세상의 인간들이 마음대로 추측할 뿐이지."

"자네는 아직 마음의 준비가 안 되었어. 먼저 가 기다리고 있을 테니 그날 만나자꾸나. 때가 되면 내가 자네를 데리러 올 끼다."

거산은 다시 돌아서서 떠났다.

따듯한 국물이라도 자시고 떠나라고 소리쳤지만 뒤돌아보지 않았다.

광자는 자기 소리에 놀라 벌떡 일어나 시계를 봤다. 새벽 3시였다. 거산이 작별 인사를 하러 찾아왔다는 생각이 들자 슬픔이 장마철에 하수구로 범람하는 물처럼 차올랐다. 큰 소리로 엉엉 울었다. 윤주가 수학여행을 떠나 마음놓고 울 수가 있었다. 울음은 울음을 불러와 그칠 수가 없었다. 목이 쉬어 기진맥진할 때까지 울다가 밥을 하러 벌떡 일어났다. 우는 것도 힘이 있어야 울 수가 있었다.

그날은 특별한 날이니 대충 밥을 할 수가 없었다. 냉동실에 있는 소고기를 꺼내 달달 볶다가 무를 나박나박 썰어 말간 소고깃국을 끓였다. 불고기도 온갖 양념을 아끼지 않고 넣어 조물조물 무쳤다. 윤주가 좋아해 냉장고에서 떨어진 적이 없었다. 거산은 갓 담근 파김치를 좋아해 금방 쪽파를 다듬었다. 푸성귀 장사를 해 다행이란 생각을 처음 해보는 순간이었다. 하얀 쌀밥 위에 쪽파 두세 대씩 척척 올려놓고 먹는 모습이 보기 좋았다. 광자는 거산의 모습을 재현이라도 할 듯이 쌀밥을 고봉으로 푸고, 맑은 소고기국에, 달달 볶은 불고기에, 갓 담근 파김치 한 접시를 상에 올려놓고 절을 두 번 했다. 이런 식도 괜찮은지 알 수 없지만 그리하고 싶었다. 밥그릇에 숟가락을 꽂고 향도 피웠다.

시장에서 향이 눈에 띄면 사두었는데 쓸데없는 소비를 절대 하지 않는 광자가 가끔 돈을 쓰는 순간이었다. 그렇다고 향을 피우지는 않았다. 언제 한번 기분이 꿉꿉해 향을 피웠더니 윤주가 코를 실룩대며 질색을 해 두 번 다시 피우지 못했지만, 가끔 향 냄새가 자욱했던 거산의 집이 그리웠다.

절을 하고 한참 후에 국그릇 대신 물그릇으로 바꾸어 올려놓고 또 한참을 앉아 있다가 밥상을 잡아당겨 밥을 먹었다. 쌀밥 위에 파김치를 척척 올려 밥을 한 그릇 먹고 나서 설거지를 끝낸 후에 또 한바탕 통곡했다. 울다가 이제 정말 혼자라는 생각이 벌컥 들었다. 윤주를 위해 한 푼이라도 더 벌어야겠다는 생각에 물건을 주섬주섬 챙겨 들고 시장으로 나갔다. 그날 내내 울면서 장사하자 옆에 노파가 눈을 깜박이며 자꾸 쳐다봤다.

5

"이광자 할머니 퇴원하시면 안 됩니다."

"뭔 소레기나? 내 몸뗑이로 내가 나가겠다는데. 푸성구가 다 물러 터지면 체내가 책임지겠능가?"

광자는 이제 갓 대학을 졸업했을 듯한 간호사에게 협박했다. 간호사가 눈을 동그랗게 뜨고 난감해하자 옆에서 이 꼴을 본 듯 안 본 듯 하던 나이 들어보이는 간호사가 다가와 어린 간호사가 들고 있는 차트를 받아 펄펄 넘겨보았다.

"이광자 환자 맞으시죠?"

"그렇다니까. 같은 말을 몇 번 하게 만드나. 내가 이광자 환자도 맞고 이광자 핼미도 맞다. 딴즌부리지 말고 얼릉 퇴원시켜주라."

광자는 이광자 할머니와 이광자 환자의 차이점에 대해 생각해봤다. 분명 같은 말인데 기를 죽이기에는 이광자 환자였다. 저 말에 넘어가면 안 되겠다고 다짐했다. 이 병원에 들어와서 다짐해야 할 게 너무 많았다. 꼭 전장에 들어선 병사 같은 심정이었다.

"이광자 환자분 보호자는 어디 있어요?"

"보호자?"

역시 나이 든 간호사가 한 수 위였다. 보호자란 단어 앞에서는 확실히 힘이 빠졌다. 윤주에게 보호자 짐을 지워주고 싶지 않아 슬그머니 돌아서서 병실로 들어왔다. 말이 통하지 않는 깐깐한 간호사와는 소나기 피하듯 일단 피해볼 심산이었다. 그런데 느낌이 좋지 않았다. 광자 사전에 날 새고 누워본 적이 한번도 없었는데 자꾸 침대에 눕고 싶었다. 기분 나쁜 무력감이었다. 복도에 발소리가 저벅저벅 들려오자 광자도 모르게 눈을 질끈 감았다. 의사가 이름을 두 번이나 부를 때까지 눈을 꼭 감고 있었다. 간호사가 흔들자 마지못한 듯 일어나 앉았다.

"이광자 할머니 간호사에게 퇴원시켜달라고 조르셨죠?"

"야."

"그래요. 퇴원하셔야죠. 대신 검사 몇 가지만 받고 퇴원하세요."

"어디 아픈데도 없쇼."

"그래요. 아프지 않았다니 참 다행이군요. 앞으로도 계속 아프지 않으려면 간호사 말을 잘 들으세요."

광자가 미처 대답할 새도 없이 옆 침대로 다가가서 환자의 상태를 살피고 있었다. 호리호리한 몸집에 흰 머리카락이 대부분인 의사의 옆모습을 물끄러미 바라보면서, 지금껏 벼랑에 간신히 매달려 있었던 새끼줄이 툭 떨어지는 느낌이 들었다. 광자는 몇 가지 검사에 응했다. 간호사가 보호자 타령을 해도 못 들은 척할 작정이었는데 윤주가 나타나자마자 먼저 보호자가 왔다고 노랠 불렀다. 대학교는 고등학교나 중학교와 달리 며칠 결석해도 문제가 없다는 말에 안심하면서도 화가 났다. 병원보다 대학교가 더 도둑놈 소굴 같았다. 핼미 걱정하지 말고 어여 학교나 가라고 채근해봤지만 간호사에게 자꾸 불려다니느라 그럴 짬도 없었다.

한편으론 윤주가 곁에 있어 든든했다. 윤주를 고생시키지 않으려면 퇴원밖에 방법이 없다는 생각에 간호사가 피를 열 번을 뽑아가던지 스무 번을 뽑아가든지 상관하지 않기로 했다. 의사에게 불려갔던 윤주의 표정이 영 마음에 들지 않았다. 구름 속에 들어간 달 같았고 한 자락 실컷 울고 난 후에 세수한 듯 빨간 눈동자가 불길했다. 물어보고 싶었지만 엄두가 나지 않았다. 대신 밥 좀 사먹고 오라고 채근했다. 머리맡에 주렁주렁 매달린 수액 주머니를 힐끗 쳐다보면서 핼미는 세 병이나 한꺼번에 맞느라 배가 하나도 안 고프다고 주절주절 늘어놓았다.

폐암 말기 판정은 빌려 입은 옷처럼 광자와 어울리지 않았다. 하나도 아프지 않은 사람이 암이라니 가당치도 않다고 생각했다. 병원은 순 도적놈만 우글거린다더니 이거 백주에 눈알을 뽑을 사람이라고 구시렁거렸다. 윤주가 광자를 물끄러미 바라보았다. 빨간 눈알이 쉬 사라지지 않았다. 이제는 꼭 혼이 나간 듯한 얼굴이었다. 못난 할미가 마지막까지 못난 꼴만 보이다가 죽게 생긴 모양이었다. 천지간에 의지할 피붙이 하나 없는 아이였다. 잘못하다가는 집 전세금까지 날아가버릴 것만 같았다. 그 돈은 광자를 위해서는 단 한 푼도 쓸 수가 없는 돈이었다. 광자는 두려웠다. 진작 마감했어야 할 삶을 덤으로 살다보니 이런 꼴이 펼쳐진 것만 같았다. 윤주를 위해 정신을 차려야 했다. 눈알이 빨간 아이는 곧 다시 눈물이 터질 듯해 광자는 더 정신을 차리고 결단해야 했다.

"야이야 핼미 소원이데이. 그마 집에 가자. 여긴 너무 싯다. 꼭이나 굴따마한 배미 온 몸땡이를 칭칭 감은 것 같데이. 니는 핼미 소원 한나 몬들어주나?"

"할매, 언나처럼 왜 자꾸 보채노. 병원에 있어야 병을 고치지 집에 가면 누가 고쳐주겠노. 너무 겁먹지 마라. 요즈음은 암도 고치기 쉽다고 하데."

윤주가 광자 손을 꼭 잡고 눈을 쳐다보며 속삭이듯 말하자 광자는 꼭 거산이 앉아 있는 듯했다. 아무래도 거산을 만날 날이 가까워졌다는 생각이 들었다. 죽기 전에 소원이 있다면 먼 빛이라도 굴에 다녀오고 싶었다. 윤주는 광자의 손을 놓을 수가 없었다. 손을 놓으면 또 퇴원을 하겠다고 난리를 부릴까봐 겁이 났다.

금식이 해제되고 저녁으로 죽이 나왔다. 윤주가 광자에게 죽을 권

했지만 먹지 못했다. 밤이 깊어지자 체온이 높아지며 기침이 났다. 숨을 쉴 수가 없었다. 가슴이 아파서 옷을 쥐어뜯었다. 환자복의 단추가 드르륵 뜯겨나갔다. 윤주는 이런 광자를 자꾸 말렸다. 침대에서 벌떡 일어나면 억지로 눕히려고 애를 썼다. 그래도 자꾸 일어나자 침대에 다시 눕히고 윤주의 체중으로 눌렀다. 광자는 윤주의 머리카락을 꺼들었다. 어깨까지 내려오는 긴 머리에 구불구불해 잡아당기기 쉬웠다. 윤주도 모르게 짧게 비명을 지르며 몸을 뗐다. 광자는 벌떡 일어나 링거 바늘을 뽑아 던지고 단추가 다 떨어져 나간 옷을 훌훌 벗어버렸다. 병실은 진작 불을 꺼 환자든 간병인이든 잠들었다가 그 소란에 깬 듯했다. 달그락거리는 소리도 간간이 들려왔고 신음하는 소리에 혀를 차는 소리도 들려오자 윤주는 더 안절부절못했다.

옆 침대 환자의 간병인이 혀를 끌끌 차면서 슬리퍼를 질질 끌고 문을 열고 나가 간호사를 데리고 들어왔다. 윤주가 몇 번 부르러 가봤지만 갈 때마다 기다리라는 말밖에는 듣지 못한 바로 그 간호사였다. 간호사는 광자의 체온을 재보고 빼버린 링거 주사를 다시 놓고는 다른 환자가 잠을 잘 수 없게 이리 난리를 부리면 어떡하느냐며 신경질을 냈다. 윤주는 간호사의 말에 기가 막혔다. 지금껏 광자가 엄살떠는 모습을 한번도 본 적이 없었다. 오히려 몸을 아끼지 않고 황소처럼 일만 해 아슬아슬 안타까웠을 때가 한두 번이 아니었다. 그래도 기가 팍 죽어 무슨 말로도 대꾸할 수가 없었다. 간병인이 또 나섰다.

"무슨 간호사가 환자에게 엄살떤다고 말해요, 얼마나 아프면 잠 한잠 못 자고 저렇게 고통스러워할꼬. 진통제라도 놔줄 생각은 못하고

서리."

간병인의 서슬에 간호사는 잠시 무르춤한 듯하더니 곧바로 담당 의사 처방 없이 진통제를 놔드릴 수가 없다고 했다.

"그라면 이렇게 아픈데 밤새도록 그냥 내버려둬야 옳아요?"

간병인의 기세도 만만치 않았지만 거기서 더 진전되지는 못했다. 의사의 처방 없이 멋대로 진통제를 놔드렸다가 환자에게 쇼크라도 오면 어쩌겠느냐는 말끝으로 각자 자기의 자리로 돌아갔다. 윤주는 오십대 후반으로 보이는 여자 간병인이 고마워 고개를 꾸벅 숙였다. 광자는 한 자락의 희망마저 사라지자 잠시 잠자고 있던 고통이 다시 들이닥치는지 이마에 식은땀이 송글송글 맺히며 안간힘을 쓰고 있었다. 엄살부린다는 소리가 듣기 싫어 비명을 참고 있지만 눈동자가 반은 풀린 눈으로 윤주를 간절하게 쳐다보고 있었다. 윤주에게 무슨 말을 하고 싶은데 마른 앙가슴을 쥐어뜯으며 컥컥 밭은 숨을 쉬느라 틈이 없었다.

"할매 참지 말고 맘껏 소리를 질러라. 그만."

윤주가 몇 번을 소리쳤지만 굳게 다문 입술이 더는 벌어지지 않았다. 윤주도 모르게 눈물이 나왔다. 할 수 있다면 대신 아프고 싶었다. 버티컬 사이로 푸른 여명이 들어올 동안 광자는 일어났다 누웠다 반복하느라 온몸이 소나기를 맞은 듯 땀에 흠뻑 젖었고 젖은 머리카락이 이마에 몇 가닥 들러붙었다.

간호사와 인턴을 고구마 줄기처럼 줄레줄레 달고 온 의사는 황급히 그녀의 가슴에 청진기를 대보더니 천둥치듯 소리를 질렀다. 빨리 중환자실로 옮기라는 말이 떨어지자마자 뒤에 서 있는 간호사와 인턴들이 일제히 그녀에게 다가왔다. 침대에 가로로 펼쳐진 탁자 위에 식판과 윤주를 번갈아 쳐다봤다. 윤주가 식판을 주섬주섬 챙겨들자마자 어느새 끌고 온 이동식 침대에 그녀를 옮겨 싣고 떠났다.

모두 긴장한 얼굴로 두세두세 분주했다. 윤주는 그들 뒤로 식판을 든 채 따라갔다. 옆 환자 간병인이 재빨리 식판을 빼앗지 않았더라면 손에 식판이 들려 있는 줄도 모를 뻔했다. 중환자실에 도착하자 함께 따라갔던 간호사가 그의 앞을 막았다. 스크린 문이 스르륵 닫히자 문 앞에 힘없이 주저앉았다. 도대체 뭔 일이 일어났는지 알 수가 없었다.

밤새도록 고통스러워했던 광자가 버티컬 사이로 푸른 빛이 어리자 진정이 되었다. 윤주는 그 빛이 천사의 수호신처럼 반가웠고 안도감이 들었다. 그래서 윤주도 광자 침대에 머리를 묻고 잠깐 잠이 들었다. 복도에서 바퀴 굴러가는 소리에 잠이 퍼뜩 깨 습관적으로 창문을 바라보았다. 그새 버티컬이 올라간 창문에는 조금 전보다 더 환한 새벽빛이 가득 들어와 있었다. 잠깐 잠이 들었는데 그 와중에 꿈을 꾸었다. 무슨 꿈을 꾸었는지 잘 기억나지 않았지만 꿈을 꾸면서도 참 독특하다는 생각이 들었다.

광자가 노인의 손을 꼭 잡고 굴속으로 들어가고 있었다. 노인의 얼굴이 낯설지 않았다. 광자가 처녀처럼 젊고 예쁜 모습에 꿈속에서도 놀라 정신이 하나도 없었다.

그 굴은 원래 신선들의 화합장소 중 하나였다. 여름에 인간들이 들락거리면서 오염이 되었다. 악령들의 장난이었다. 그쪽 세상에서는 악령들을 쫓아내기 위해 고민이 많았다. 악령들의 힘도 대단했으니까. 거산 아버지가 어느 날 이쪽 세계에서 홀연히 사라진 것도 이 일과 관계가 깊었다.

옥화가 거산이 쓰고 있던 책을 훔쳐본 게 문제였다. 욕심이 많은 옥화는 늘 거산의 능력을 시기했는데 옥화도 모르는 이유가 있었다. 따지고 보면 옥화도 그쪽 세상의 사람이었다. 그쪽 세상과 어울리지 않는 욕심을 부려 산신령의 대노를 사 추방당했다.

옥화는 자기가 악령들과 싸워 문제를 해결해볼 거라고 집을 떠났다. 애초에 옥화와는 상대가 안 되는 악령이었다. 악령은 애꿎은 이쪽 사람들을 공격했다. 그 방법이 저쪽 세상에서는 가장 큰 아픔이라는 걸 알기 때문이었다. 거산이 자주 그쪽 세계로 불려간 이유였다. 그쪽에서 한나절이 이쪽에서는 백 일이었다. 그쪽 세계로 불려갈 때마다 코가 빠지게 혼이 났다. 중간에 광자를 악령에서 구출해 그나마 정상 참작이 되었다.

악령이 노린 거는 광자였다. 악령도 이미 광자의 정체를 파악했다. 그녀를 건들면 이 싸움은 끝난다고 여겼다. 그것까지는 몰랐던 옥화가 악령에게 휘둘리고 있었다.

거산은 아버지 책을 통해 광자가 산신령의 조카라는 걸 이미 알고 있었다. 염력을 자진 반납해 매우 어렵게 광자를 구출했다. 젊은 모습으로 돌려놓을 생각을 한 것도 산신령의 마음을 얻기 위해서였다. 이 과정은 그의 아버지가 검지손가락 하나 얹어주었다는 걸 나중에야 깨달았다.

도치는 산신령이 옥화의 몸을 빌려 보낸 인물이었다. 악령을 평정하기 위한 사신이었다. 악령도 어찌해볼 수가 없을 정도로 도치의 염력은 대단했다. 도치가 버티고 있는 한은 그 마을은 평화로웠다. 옥화가 없어야 그 능력을 제대로 발휘할 수가 있었다. 문제는 도치가 그쪽 세계로 돌아가면 악령이 다시 득세한다는 거였다. 그렇다고 도치를 마냥 이쪽에 둘 수도 없었다. 아무리 염력이 높은 도치라도 이쪽에 있으면 이쪽의 시간을 따르게 되어 자연히 노화가 오기 때문이었다. 산신령은 그때를 대비해 오래 전부터 또 다른 인간들을 예비해 놓았다. 윤주와 별이었다. 별의 할아버지도 그쪽 세상에서 큰 죄를 지어 땅끝마을로 귀양을 왔다.

스크린 문이 스르륵 열리며 광자 담당 의사가 나왔다. 꼭 수술을 금방 끝내고 나온 사람처럼 가운이 흠뻑 젖었다. 윤주도 모르게 두 손으로 심장을 잡듯이 가슴에 올린 채 그쪽으로 슬금슬금 다가갔다. 의사가 그를 쳐다보자 뒤따라나온 간호사가 이광자 보호자라고 말했다. 윤주는 자동 인형처럼 고개를 꾸벅하며 인사했다. 의사는 윤주를 바라보면서 다른 보호자는 없냐고 간호사에게 물어보자 그녀도 아는 게 없다는 듯이 윤주를 쳐다보았다.

윤주가 이번에는 고개를 젓자 의사는 할 수 없다는 듯이 지금 환자가 매우 위험하다고 말했다. 급성폐렴이 온 데다 자가호흡을 하지 못한다고 했다. 지금 산소호흡기를 꽂아두었고 기력이 회복되어 호흡이 돌아오기를 기다리는 방법밖에 없다고 했다. 젊은 사람 같으면 기도삽관 수술을 해볼 수 있지만 워낙 노령이라 환자가 너무 고통스러워할 것이고 또 폐암 말기라 소용이 없다고 했다. 며칠 두고 보자며 어디 질문할 것 있으면 물어보라는 듯이 잠시 말을 멈추고 윤주를 빤히 쳐다보았다.

윤주는 갑자기 쓰나미가 자기 머리 위로 들이닥쳐 정신이 하나도 없어 물어볼 말도 없었다. 곧 죽을 수도 있겠느냐고 물어보고 싶었지만 그 말을 하자마자 달라붙을까봐 입에 담을 수가 없었다. 와들와들 떨고 있을 뿐이었다. 의사는 주머니에서 손을 하나 빼 윤주의 어깨를 두들기며 목숨은 저 위에서 주관하는 거니까 최선을 다해보자는 말만 하고 급히 떠났다. 의사가 오른쪽 검지손가락으로 가리키는 곳을 힐끗 쳐다보자 형광등 불빛에 일순 현기증이 일어 그 자리에 주저앉았다.

중환자실에 들어간 지 닷새 만에 죽자 시장 상인들이 일제히 입을 모아 말했다. 하나 달랑 남은 손주 고생시키기 싫어 부랴부랴 가버렸다고 했다. 윤주는 그런 말을 들을 때마다 착잡한 기분에 빠져들었다. 얼마나 손주를 믿지 못했으면 조금도 의탁하고 싶지 않았을까 싶어 부끄러웠다.

유골함을 집으로 모시고 왔다. 윤주의 그런 결정을 노파 박 씨는 질색팔색을 했다. 광자가 원하지 않을 거라고 했다. 그럼 평소에 원하는 곳이라도 있었는지 묻고 싶었지만 모른 척했다. 그냥 잠시라도 집에 모시고 와 같이 있고 싶을 뿐이었다. 집주인이 알면 큰일이라는 말에 발각된다면 그때 모실 곳을 알아보겠다고 했다. 그때야 오래 끼고 있어봤자 망자 저승 가는 발걸음만 막아 이승에서 헤매게 된다는 말을 남기고 갔다.

이제 윤주와 광자 둘만 방에 남았다. 윤주는 자기 방에 있었고 광자는 광자 방에 있었다. 평소와 다를 게 없었는데 한 사람의 겉모양이 달랐다. 집 나간 지 일주일 만에 도자기 항아리에 가루로 담긴 채 돌아왔다. 둘은 사흘 내내 잠만 잤다. 집주인이 방문을 두들기지 않았다면 더 오랫동안 잠에 빠져 있었을 것이다. 윤주는 장례식장에서 마주 보고 절을 했던 기억이 떠올라 시장통 사람인가 했다. 여자가 먼저 집 주인이라고 말했다.

박 노파의 우려가 현실이 되고 말았다. 유골함을 빼겠다고 말하고 싶었는데 그럴 기회조차도 주지 않았다. 하긴 사람이 죽기도 하는 세상에 다른 일은 아무것도 아니고 부질없다는 생각이 들었다. 차라리 잘되었다는 생각이 들었다. 집을 빼게 되면 그 돈으로 가장 좋은 곳을 찾아 모시리라는 생각에 기분이 좋아졌다. 이 모든 게 광자의 것이니 광자에게 모두 돌려주고 싶었다.

푸른 색이 좋아 푸성귀 장사를 한다는 광자의 말이 떠올라 당장 컴퓨터를 켜고 가장 비싼 수목장 검색에 들어갔다. 죽어도 돈이 있어야 제대로 대접받는 세상이었다. 광자가 살아 있었다면 불가능한 일이었지만 이제 윤주 마음대로 할 수 있어 다행이었다. 대기업 회장 부인처럼 대접받으면서 자연 속에서 편안하게 지냈으면 하는 바람이었다. 수목장 비용은 지금껏 살았던 집 전세금에다 광자가 푼푼이 모아둔 저금을 해약해야 받을 수 있는 금액이었다.

파란 배

사십 일 내내 비가 내리자 동네는 물의 나라가 되었다. 뒤란 벚나무 잎도 빗물에 축 늘어졌고 가지로 날마다 날아왔던 새들도 보이지 않았다. 어쩌다 날아와도 부리로 젖은 깃털을 다듬느라 울지도 않았다. 어쩌면 빗소리에 울음소리가 묻힌 줄도 모르겠다. 대신 강물 소리가 집안 가득 들어찼다. 골속 골속에서 흘러나온 물이 넓은 강에 합쳐져 강물은 나룻배를 띄워도 될 정도로 살이 쪘다. 윤주는 강물 소리가 듣기 좋아 짬이 생기면 새벽이든 한밤중이든 가리지 않고 강둑을 걸었다. 누런 황토물이 기세 좋게 울렁울렁 흐르자 물속으로 빨려들어갈 듯 물멀미가 났다.

하얀 물안개가 누런 강물 위로 자욱했다. 강둑에 늘어선 수양버들이 물에 거의 잠겨 초록 이파리만 둥둥 떠 거친 물결에 이리저리 쏠렸다. 비술나무 숲에도 강물이 들어차 미끈한 둥치가 반이나 물에 잠겨 꼭 누런 치마를 두른 듯했다. 굴에서도 우유를 탄 듯한 뿌연 물이 흘러나왔다. 도랑이 가득 차게 흘러내려 빨래터도 진작 물에 묻혔다. 빨건 묵은지가 김치 봉투에 담긴 채 돌돌 떠내려갔지만 유속이 빨라 그걸 뻔히 바라볼 뿐 건질 엄두는 나지 않았다. 마을 사람 누군가가 굴물에 김치 봉투를 넣어두고는 미처 꺼내지 못한 모양이었다.

꿈속에서도 물이 찾아왔다. 꿈속답게 물도 바다처럼 엄청나 마을

이 곧 물에 잠겨버릴 정도로 위태로웠나. 비술나무 숲은 캄보디아의 맹그로브 숲처럼 이파리만 물에 동동 떠 있었다. 강물 위로 빽빽이 드리워진 물안개는 거대한 뱀처럼 구불텅구불텅 기어가면서 주위의 산이고 밭이고 철탑이고 모두 삼켜 이 세상의 모습이 아닌 듯 아슴아슴 몽롱했다. 굴에서도 물이 폭포처럼 흘러나왔다, 다른 곳은 물이 황토색인데 굴에서 흘러나오는 물은 옥구슬 빛이었다. 굴을 품은 산 허리에 토성의 띠 같은 안개가 드리워져 굴이 더 신비해보였다.

물난리로 수도관이 터져버려 마을 사람들은 생수통을 몇 개씩 들고 물을 길으러 왔다. 소문이 퍼져 이웃 마을에서도 물을 뜨러 와 오랜만에 굴 앞은 그 옛날 화전 우시장처럼 사람들이 우글우글했다. 그때 단춧구멍처럼 좁은 굴 문이 하품하듯 동그랗게 벌어지며 파란 배 한 척이 나왔다. 맑은 물에 파란 색 노를 저으며 파랗게 나오자 굴 앞에 쪼그리고 앉아 바가지로 물을 뜨던 사람들이 깜짝 놀라 하던 일을 멈추고 우두커니 바라보고 있었다. 하얀 드레스 차림에 허리까지 내려오는 빨간 머리카락을 흩날리며 배를 젓는 사람은 별이었다. 윤주 역시 물을 길으러 와서 자기 눈을 믿을 수가 없어 눈을 커다랗게 떴다. 어느 순간 눈이 마주치자 그녀는 눈을 찡긋하며 생긋 웃었다. 그 바람에 잠에서 벌떡 일어났다.

그날 별이 찾아왔다. 꿈속이 아니라 실제 상황이었다. 새벽부터 매미가 요란스럽게 울어 일찍 잠에서 깨어났다. 오랜만에 들어보는 매미 울음소리였다. 마당가 뽕나무 가지에도 까치가 날아와 울었다. 창문을 드르륵 열어보자 장장 사십 일 동안 내렸던 비가 어느 순간 그쳤다. 앞산에는 하얀 구름 같은 안개가 산허리를 휘감았고 햇살을 등에 업은 온갖 새들이 마당에 그득 몰려들어 꽃나무 가지마다 누렇게 앉아서 짹짹거렸다. 까치는 그날 처음 본 날이었다.

윤주는 눈앞에 일어난 일이 믿을 수가 없어 눈을 몇 번이나 비벼보았다. 별은 꼭 어제그저께 헤어진 사람처럼 말갛게 웃고 있었다. 별의 웃음은 윤주를 언제나 부끄럽게 만들었다. 윤주는 얼굴을 붉혔다. 심장이 얼마나 펄떡거리는지 그 동력으로 뭉게구름이 둥둥 떠 있는 하늘로 훨훨 날아오를 것만 같았다.

"그냥 갈까?"

별이 윤주에게 이렇게 묻자 무슨 뜻인지 몰라 눈을 둥그렇게 떴다.

"아님, 언제까지 이렇게 세워둘 참인데?"

"아, 여기에 앉지."

윤주는 마룻바닥을 힐끗 바라보며 별에게 가까스로 말했다. 별은 윤주의 이런 태도가 익숙한지 쪽 고른 하얀 이를 활짝 드러내며 마루에 걸터앉았다. 그제야 윤주는 별을 자세히 쳐다볼 용기가 생겼다. 어쩌면 돌돌 소리를 지르며 함께 움직이는 파란 캐리어 때문인지도 몰랐다. 꿈에서 보았던 배와 같은 파란 색이었다. 그녀의 몸뚱이만 한 커다란 캐리어에는 항공 수화물 딱지가 더덕더덕 붙어 있었다. 별은 윤주의 눈길을 느꼈는지 다시 샐쭉 웃으며 캐리어를 자기 쪽으로 조금 끌어당겼다. 윤주는 자기도 모르게 피식 웃음이 나왔다. 어렸을 때 버릇을 보는 것 같았다. 부잣집 딸이라고 학교에 소문이 파다했지만 자기 거는 지우개 하나 못 만지게 했었지.

"그 웃음은 내가 와서 반갑다는 의미?"

"하여간에 앞서가는 거는 늙지도 않았군."

"뭐 그럼 다른 거는 늙었다는 거야?"

"뭐 딱히 그렇다기보다."

"돌려줄 물건도 있고. 아무리 생각해봐도 내가 갖고 있을 물건이 아니라서."

"뭔데?"

별은 대답 대신 어깨에 메고 있던 빨간 가방 속에서 두툼한 책을 한 권 꺼냈다.

광자가 늘 보자기에 싸놓고 신줏단지 모시듯하던 책이었다. 그게 언제 별의 손에 들어갔는지 생각해볼 짬도 없었다. 그 책을 보는 순간 둘은 처음으로 눈을 맞추며 웃었다. 윤주는 이제 안도의 웃음이었고 별의 웃음도 어째 비슷해 보였다. 별은 자기 몸만 한 가방을 끌고 온 세계를 돌아다니다 마침내 정박한 느낌이었다. 윤주와 별은 소리 내어 크게 웃었다. 웃고 나자 그동안 조금 벌어진 거리감이 모두 사라진 느낌이 들었다. 하긴 윤주는 언제 어느 날 한번이라도 별을 잊은 적이 없어 좁힐 간격도 없었다.

"누가 왔노?"

낮잠에 잠깐 빠져 있던 노인이 잠에서 깼다. 노인은 윤주의 대답을 기다릴 새도 없이 문을 펄떡 열었다. 노인은 눈앞에 펼쳐진 광경이 믿을 수가 없는지 눈을 몇 번 깜박깜박하다가 참지 못하고 마루로 엉덩이를 질질 끌면서 나왔다. 별 앞에까지 기어와 얼굴을 들이밀고는 면구스러울 지경으로 빤히 쳐다보았다.

"고참, 예쁘게도 생겼네. 이렇게 예쁜 처자는 누고?"

뒷말은 아무래도 윤주에게 묻는 말일 텐데 윤주는 뭐라고 대답해야 할지 갈피가 서지 않았다. 윤주의 말 한마디로 별의 행동이 결정될 듯했고, 별의 마음을 알 수가 없어서 어떤 대답도 할 수가 없었다.

"안녕하세요 할머니. 처음 뵙겠습니다. 저는 김별이라고 합니다. 윤윤주 여자 친구였었는데 지금도 그런 상태인지 물어봐주세요."

"엥? 그걸 내가 왜 물어봐 처자가 직접 물어보면 될 것을. 그라구 윤 가였구먼 나도 윤 가여. 나는 이때껏 자 성도 모른 채 밥을 얻어먹고 있었네. 이름이 둘 다 얼굴 맹키로 또랑또랑 영글구먼. 그라고 니는 니 여자 친구가 왔는데 어째 마루 끄트머리에 앉혀놓고 벙실벙실 웃기만 하노. 어여 빈방으로 델꼬 들어가 짐을 풀게 하고 밥도 해 먹여야지. 나도 배가 고파죽겠네. 거 조기 좀 꺼내설랑 좀 꿉고 소고기 무국도 좀 끓여라. 니는 요새 반찬에 영 신경을 안 써서 내가 힘이 하나도 없다니까. 처자 덕분에 나도 오랜만에 배터지게 먹어봐야지."

"할매 간식 언제 먹었다고 또 배고프다고 난리노."

"야 봐라. 니가 언제 간식을 줬다고 생사람 잡네. 내가 배가 고파서 차라리 잠이나 자자 하고 자뿌렀구만."

"아이고 할매. 또 사람 잡는 소리 하는 거 보소, 아침 숟가락 내려놓자마자 부추와 청양고추 넣고 부친 감자적이 먹고 싶다고 하셨잖아요. 설거지 끝내자마자 감자 몇 개 썩썩 갈아 노릇노릇 바삭하게 몇 장 구워드렸더니 잘 잡솨놓고는 또 저러신다."

윤주는 캐리어를 번쩍 들고 비워둔 건넛방으로 가면서 눈으로는 별에게 따라오라고 눈짓했다. 노인도 지지 않았다.

“고거 몇 장 먹었다고 그래 점심을 안 주니까 내가 배가 고프지. 니도 내 나이 돼봐라.”

“알았어요 할매. 얼른 밥해서 대령할게요.”

“맛난 거 마이 차려라. 니가 여기 온 지 삼 년이 넘었는데 처자가 찾아오기는 처음이네. 전화 한 통 걸려오는 데가 없어서 저눔아가 겉만 저리 멀쩡하고 속은 영 쓸모가 없는 고자인 줄 알았다.”

“아이고 할매. 처자 앞에서 못하는 소리가 없네.”

윤주는 얼굴을 붉히며 얼른 주방으로 달려갔다. 별은 캐리어를 열고 짐을 착착 꺼내놓으면서 자기도 모르게 배시시 웃고 말았다. 노인은 이 둘을 흘끗흘끗 살피며 저도 모르게 웃음이 자꾸 나왔다. 뭔가 막힌 물꼬가 탁 트인 것처럼 속이 시원하면서 기분이 좋았다. 처자는 아무리 보아도 윤주와 딱 어울리는 짝이다. 그동안 무슨 일이 일어난 줄은 알 수 없지만 저리 커다란 가방을 싸들고 찾아올 정도면 쉽게 떠나지 않을 듯싶어 마음이 놓였다. 두 명이 먹는 것보다 세 명이 먹으면 밥맛도 더 좋을 테고.

‘하긴 어메가 비록 돌팔이무당이긴 하지만 허투루 일을 벌일 사람이 아니지. 암만.’

이렇게 혼잣말을 중얼거리며 고개를 끄덕였다. 이런 특별한 일이 있을 때면 옥화가 꿈에 나타났다.

감자적을 한 장 먹고 얼핏 든 낮잠에서 옥화를 봤다. 옥화가 꿈에 나타나기는 이번이 두 번째였다. 첫 번째는 윤주가 처음 집으로 찾아온 날이었다. 그때처럼 마당으로 살랑살랑 걸어들어오는데 이 마을에 처음 왔을 때의 차림새라 꿈속에서도 깜짝 놀라 잠이 깼다. 별을 처음 본 순간 옥화가 앉아 있는 줄 알았다. 노인은 옥화가 별을 보냈다고 생각했다. 그건 이제 굴을 내내 누르고 있던 사악한 기운도 슬슬 물러갈 시기가 다가왔다는 것과 같은 맥락이었다.

'그럼 그렇지. 시작이 있으면 끝이 있고 생이 있으면 사가 있는 법.'

이렇게 혼잣말을 중얼거리며 고개를 끄덕였다.

● 참고서적

『강릉방언대사전』 김인기, 도서출판 동심방, 2014.

『등산도 하고 산삼도 캐고』 한상수 석영환 조홍상, 도서출판 대훈닷컴, 2003.

『한국민속대백과사전』 김도현, 국립민속박물관,

작가의 말

산길 다니며 잣송이나 알밤 줍듯한 이야기

뜻하지 않은 이유로 등산에 재미를 붙였다. 한 시간에서 한 시간 십오 분짜리 코스가 등산이라 이름 붙이긴 뭐해 산행이라 바꿔 불러가면서 틈만 나면 올랐다. 페이스북도 늘 눈팅만 했는데 산에 오르면서 뭔가가 자꾸 눈에 띄어 사진을 찍게 되었고 그러고 나면 막 자랑이 하고 싶어 사진을 올리게 되었다. 산행을 하지 않는 날에는 사진을 찍고 싶지도 않아 자연히 페이스북과 멀어지기도 했다.

새벽 여섯 시면 어김없이 집 앞에는 차가 서 있었다. 나를 데리러 온 동네 아줌마였다. 아줌마라니, 어엿한 직장 30년차가 다 되어가는 베테랑 기술자였다. 그래봤자 트로트 1절 겨우 듣는 거리였지만 산 밑까지 차를 타고 가면 기술자보다 계급이 더 높은 기술자 한 명이 등산화를 신고 물 한 병 들어갈 수 있는 간단한 배낭을 짊어지고 스틱을 양손에 들고 기다리고 있었다. 우리 셋은 서로 앞서거니 뒤서거니 하면서 산에 올랐다.

산은 들머리부터 가팔라 매번 숨을 헉헉 내뱉게 했다. 여의주를 한 손에 받쳐든 청룡 앞만 지나면 코스가 완만해져 꼭 청룡이 심술을 부리는 느낌이 들었다. 산허리를 돌아가는 코스 아래로는 청솔가지 사이로 마을 전경이 내려다보였다. 모롱이를 조금 더 돌자 전나무와 벚나무 가지 틈으로 궁도장과 테니스장이 보였다. 테니스장은 여섯 개의 LED 등을 한판으로 해 그걸 양쪽 두 군데에서 켜놓아 눈이 시릴 정도로 환했다. 그 새벽에도 회원들이 코트 두 면에 꽉 차고도 남아 플라스틱 의자에 앉아 경기를 지켜보고 있었다. 코트에서는 복식경기가 한창이었고 이따금 껄껄 웃는 소리와 탄식 소리가 동시에 들려오기도 했다. 중간 정상 지점에는 옆파도타기나 큰활차나 하늘걷기 등이 군데군데 놓여 있었고, 그 곁에는 팔각정자가 우뚝 서 있지만, 키 큰 상수리나무와 칡넝쿨이 앞을 가로막아 시원하게 마을 전경을 감상하기는 어려웠다. 운동기구에는 늘 동네 아저씨가 몇 명 매달려 있었다.

우린 정자에 앉아서 물 한 모금 마시고 다시 출발했다. 갈 길이 멀기 때문이었다. 또 얼른 내려가서 출근 준비도 해야 했지만 그것보다는 남자들 숲에서 운동기구에 매달려 몸을 풀기는 부끄러워 매번 생략했다. 비가 오는 날 빼고는 첫눈이 내릴 때까지 주말 빼고 거의 2년을 다녔다.

기술자 중에 계급이 더 높은 기술자가 명예퇴직을 해 도시에 있는 집으로 돌아갔고, 새벽마다 나를 데리러 왔던 또 다른 기술자는 가까운 면으로 발령이 나자, 시간 여유가 없어 새벽 산행은 시나브로 사라지고 말았다.

변함이 없는 것은 나였다. 산행의 맛을 이미 알아 몸이 근질거려 슬슬 혼자 다니기 시작했다. 처음에는 무섭기도 하고 어색하기도 했지만 차츰 아무렇지도 않았다. 몸통을 두드리면 텅텅 소리가 나는 플라스틱 청룡이 버티고 있는 산 대신에 집 뒤에 있는 산을 선택했다. 기술자들과 함께 다녔던 산은 오르막과 내리막과 완만한 능선이 교대로 펼쳐져 지겹지 않았고 무엇보다 산 정상에 오르면 마을이 한눈에 내려다보여 전망이 좋았다. 골짜기 가득 미끈하게 늘어선 낙엽송에 단풍이 들면 색상표를 펼쳐놓아도 그 오묘한 빛깔을 표현한 색이 없었다.

또 매봉산 골짜기로 차오른 운무로 인해 하얀 바다를 내려다보는 듯한 멋진 풍광을 뒷산에서는 볼 수 없었지만 이 모든 걸 대신할 수 있는 굴을 암탉이 알 품듯 품고 있었다. 한 시간 가까이 산에 올랐다가 굴에서 졸졸 흘러나오는 물로 땀을 씻고, 철 따라 꽃의 종류를 다르게 치장한 마을 골목과, 사과과수원과 양배추밭을 돌아 집으로 가는 길은 매번 처음인 듯했다. 그때가 비트코인 열풍이 불어 비트코인을 하지 않는 사람들은 뭔가 뒤처진 느낌이 들던 시절이었다.

굴에서 흘러나오는 물로 손을 씻으면서 문득 돈을 채굴하는 대신 이야기를 채굴해보자는 생각이 들었다. 굴은 음이니 음습하게 나가기로 했다.

골짜기 깊고 겹겹이 산으로 둘러싸였고 옥구슬처럼 맑은 냇물이 마을을 보호하듯이 빙 둘러 흘러내리는 내 고향 집성촌에서 보낸 어린 시절을 불러냈다. 봄이 되면 동네 언니들과 달래를 캐러 다녔고 산나물도 뜯으러 다녔다. 어느 해에는 땔감을 하러 가기도 했다. 연장자들이 나를 데리고 가지 않으면 그네들이 산에서 내려올 때까지 들머리에서 기다리고 있는 고집을 익히 알아 그냥 데리고 다녔다.

석이버섯을 따다가 호랑이를 만났다는 이야기를 어른들은 그 밤중에 누가 들을세라 쉬쉬하며 소곤거리는 소리를 꿈속인 듯 들으면서 잠들기도 했다. 집집이 굴뚝에서 연기가 오르고, 외양간의 소들이 여물 씹는 소리가 흐뭇하게 들려오는 저녁 무렵이면, 골짜기 깊숙한 곳에 사는 화전민이 검은 빛이 좔좔 흐르는 머루 한 바소쿠리를 지고 내려왔다. 그걸 쌀 한 됫박과 바꿔 엄마보다 내가 더 머루를 많이 먹어치우면서 어느새 어둠이 내려와 골짜기 가득 아슴아슴 어둑한 길을 되짚어갈 화전민의 발걸음을 생각했다.

이야기가 막히면 무조건 산에 올랐다. 산과 바싹 붙어 비스듬하게 펼쳐진 밭에서는 열댓 명의 젊은 베트남 남녀들이 골마다 늘어서서 감자 심는 모습을 지켜보기도 했다. 밥주발만큼 커다란 감자꽃이 하얗게 피면 골짜기 가득 차오른 산안개와 섞여 여기가 피안인 듯싶었다. 그 옆 옥수수밭에서는 옥수숫대가 바람에 서그럭 서그럭 울며 몇 번 몸살을 앓고 나자 옥수수자루에서 빨갛고 노란 수염이 나왔다. 감자꽃이 지고, 시퍼렇던 감자순이 두둑에 조금씩 내려앉으며 두둑이 불룩해지고도 얼마쯤 있다가, 잣나무 가지에 앉은 청설모가 잣송이를 떨어뜨리듯이 이야기가 슬쩍 떨어졌다. 멧돼지가 옥수수밭을 초토화시켰던 날이었다. 산 속 어디선가 그놈들이 노려보고 있을 것만 같아 산행을 계속해도 될까 고민했던 새벽이었다.

이 소설의 대부분은 이렇게 산길로 다니면서 짓송이나 일빔을 줍듯이 이야기를 주웠다. 그러면서 걱정되는 것은 봄이면 집집이 금낭화와 하늘매발톱과 복숭아꽃으로 아기자기 화사했다가, 여름이 되면 태양보다 더 붉은 개양귀비와 수국과 작약과, 가을의 코스모스와 금잔화와 족두리풀과 또 하얀 눈꽃으로 사시사철 꽃대궐인 마을을 너무 사특하게 표현한 것은 아닌지였다. 새벽마다 덩치가 작은 참새부터, 푸른 색 꼬리를 부챗살처럼 활짝 펼치며 요상하게 울어대는 물까치 등등의 온갖 새들이 모여들어, 각각의 목소리로 열정적으로 짝을 찾고 있는 마을이 어두울 리가 있을까. 소설은 픽션이니 오해 없길 바랄 뿐이다.

또 이 소설은 이 한 권으로 끝날 수가 없는 소설이었다. 나도 어떤 이야기가 숨었는지 알 수가 없다. 서두르지도 않는다. 장마철이면 굴에 물이 차오르듯이 이야기가 차오르고 차오르다가 주체 못해 흘러넘치면 그때 국자나 숟가락으로 조금씩 퍼담으면 될 터이다.

늘 격려를 아끼지 않는 북인 대표님께 감사드린다. 대표님의 격려가 외로운 글쟁이에게 천군만마를 얻은 것처럼 힘이 된다는 거 모르셨죠? 또 두 분의 O에게도 감사드린다. 채꾼아리랑을 기꺼이 채록할 수 있게 기회를 주셨고 화전민의 삶과 공삼제도에 대해서 많이 가르쳐주었다. 오타투성이 글을 바쁜 와중에도 꼼꼼히 읽고 잡아준 젊은 O에게도 거듭 고맙다는 말을 전한다.

2022년 가을

심봉순

심봉순 장편소설
화전

지은이_ 심봉순
펴낸이_ 조현석
펴낸곳_ 북인
디자인_ 푸른영토

1판 1쇄_ 2022년 12월 30일
출판등록번호_ 313 - 2004 - 000111
주소_ 121 - 842 서울 마포구 서교동 460 - 34, 501호
전화_ 02 - 323 - 7767
팩스_ 02 - 323 - 7845

ISBN 979 - 11 - 6512 - 066 - 5 03810

이 책은 강원도, 강원문화재단 후원으로 발간되었습니다.